メディアワークス文庫

百鬼夜行とご縁組
～契約夫婦と永遠《とわ》の契り～

マサト真希

登　場　人　物

花籠あやね（はなかご・あやね）
本作のヒロイン。とある経緯で、太白と契約結婚することになった。

高階太白（たかしな・たいはく）
仙台一の高級ホテル「青葉グランドホテル」の御曹司。その正体は鬼の大妖怪。

高階啓明（たかしな・けいめい）
太白の祖父。「青葉グランドホテル」の元総支配人で現在行方不明。

高階長庚（たかしな・ちょうこう）
太白の父。長らく行方不明だったが、突如姿を現す。だが真意は黙して語らず…。

土門歳星（どもん・さいせい）
「青葉グランドホテル」の現総支配人で太白の元教育係。正体は大天狗。

小泉（こいずみ）
あやねの世話役となったしゃべる猫（猫又）。

お大師さま（おだいしさま）
松島の地で暮らしていた狸の妖怪。小泉とともにあやねたちと暮らす。

白木路（しらきじ）
高階家に仕える幼い少女の姿をした狐。外界と隔絶する“結界”を張るのが得意。

藤田晴永（ふじた・はるなが）
東京からやってきた陰陽師。若くして陰陽寮No.２の地位を持つ。

三峰（みつみね）
晴永と契約している山犬の妖かし。

甘柿（あまがき）
高階の屋敷のシェフ。長庚とは付き合いが長く、彼を案じている。

目　次

1　噛む鬼はしまいまで噛むのか　4

2　鼠の尾まで錐の鞘　51

3　夫婦喧嘩は山犬も喰わぬ　99

4　一言既に出れば鬼も追い難し　147

5　鬼が唱える空念仏　195

6　狐七化け、狸は……八化け？　232

7　渡る世間に鬼はない　281

エピローグ　339

1　噛《か》む鬼はしまいまで噛むのか

〝……わたしの名前？　いろは、だよ。あなたは？〟

高階《たかしな》長庚《ちょうこう》が、太白《たいはく》の母のいろはと出会ったのは、松島《まつしま》のゲストハウスだった。

〝長庚ね、変わった名前。いろはも変な名前だって？　よくいわれるよ〟

よれよれのTシャツに穴の空いたジーンズ、持ち物は薄汚れたバックパックのみ。

彼女は貧乏なバックパッカーで、もう何年も海外で旅をしてきたと語った。

〝ひとつところに居ついた試しがないんだ。ビザが切れてお金も尽きたから帰国して、いまは旅行資金稼ぎ中。本当はすぐにでも旅に出たいんだけど〟

いろはの子である太白は、早くに亡くなった母にある種の幻想を抱いている。だが、彼女はそんな穏やかな甘い幻想とは裏腹の人間だった。

がさつで粗雑で生活能力は皆無。孤独が平気で、言動にはときおり諦観がにじむ。そのくせ人懐っこく、だれかれかまわず屈託なく話しかける。彼女がいれば場はにぎやかになるが、歓談のさなかにふらりと場を立つのもしばしば。

不思議で矛盾した性格に、長庚は惹《ひ》かれた。

〝旅……。どんな気分だ。異国なら言葉も上手《うま》く通じない、文化も違う〟

〝わたしにとっては日本にいるほうが、異邦人みたいな気持ちだよ〟

ゲストハウスの庭のベンチに座り、長庚といろははとりとめのない話をした。旅先にすぐ馴染《なじ》む性《しょう》といういろはは、気難しくて人嫌いな長庚でさえ話しやすかった。

〝長庚って、なんかいつも疲れた顔してる。お育ち良さそうな雰囲気なのに〟

〝育ちと疲れは違うだろう。だが、そうだな……ずっと、疲れているのかもな〟

何百年ものあいだ、この地の妖かしを統べる偉大なる父・啓明《けいめい》。

その跡継ぎと目されながら、長庚はとうてい父に力量で敵《かな》わない。

千年狐・白木路《しらきじ》の一族のひとりであった母親は、長庚を産んですぐに啓明のもとより去り、宮城《みやぎ》の地からも離れてしまった。啓明も引き留めなかったようだ。おそらく彼が欲しかったのは、鬼と狐の血を引く子だけだったのだろう。

そうまでして望んだ子は、父に劣る器量と鬱屈した性。啓明だけでなく妖かしたちにも失望された。血縁にあたる白木路は啓明の手前表立って肩入れできず、導いてくれる相手も守ってくれるものもなくて、長庚は長く孤独だった。

屋敷《やしき》を離れ、放浪しがちになったのもそんな理由。

〝長庚って、ずっとこのゲストハウスにいるけど〟

行く当てもなくゲストハウスに居続けていた長庚は、そこに滞在しつつバイトをしているいろはと、自然、顔を合わせて話す機会が増えていった。

もしもいろはに、自分が妖かしだと打ち明けたらどんな反応をするだろう。そんな誘惑を弄びつつ、長庚は少しずつ仲を深めていった。

〝家族は……まあ、色々事情があるよね。じゃあ、友だちとかは？〟

〝いるように見えるか〟

長庚が不愛想にいい返せば、いろはは遠慮なく笑った。

友人、と考えて長庚は土門歳星《どもんさいせい》と、屋敷のシェフの甘柿《あまがき》の顔を思い浮かべる。

啓明と協力関係を貫く歳星は、長庚の才能がもったいないと気にかけて、その気なら手ほどきをしようともいってきた。傲岸不遜だが、才能のあるものには一目置く彼らしい言だ。もっとも、長年の父の冷ややかな無視に疲れ果てていた長庚は、強引で自信にあふれた歳星に気後れし、距離を置いてしまったのだが。

白木路の身内である甘柿は内気で心優しい性で、気が合った。しかし優しすぎる性格で啓明を恐れ、白木路にも止められて、やはり公での味方にはなりえない。

〝君は友人が多そうだな、いろは〟

〝まあね。一回会っただけでも友だちにカウントしてる。だからもう、長庚とも友だち。わたしが初めての友だちってことになる？〟

〝かんたんだな。だが……まあ、悪くはない〟

いろはが差し出す手を長庚は握る。彼女の手はがさついていたが、温かかった。旅に生きる根無し草のような暮らしの彼女は、自分の出自や過去をくわしく語らない代わりに、長庚にも尋ねなかった。そんな距離感がいっそう、心地よかった。

彼女が生きていたなら、もう少し自分もまっとうだっただろうと思わない日は一日たりともなかった。旅が好きで、ひとつところに落ち着きたくない彼女が、長庚と添うために流浪の人生をあきらめてくれた。

その愛情と献身に、少しでも返せたものがあっただろうか。

長庚を駆り立てるのは、いろはへの切なる愛と、彼女を守れなかった不甲斐《ふがい》なさからの深い後悔、そして——啓明への、激しい憤りだった。

「……長庚さま、長庚さま！」

目を開けると青ざめた白木路の顔が見えた。次いで全身を襲う凄《すさ》まじい痛みがよみがえる。腕を上げようとして、それがとっくに失われていることに気づいた。

「気休めでしょうが、こちらの薬を」

白木路は薬包紙のなかの丸薬を長庚に含ませる。長庚は血の気のない唇で呑《の》み込むと、自分をのぞき込む白木路にいった。

「……おまえも、顔色が悪い。どうした」

「わたくしのことなどお気になさらず。いったい、なぜ啓明さまに歯向かうなどと馬鹿げたことをなさったのです」

敵うわけがないのに、とは白木路は口にしなかった。長庚もよくわかっていたことだ。だが、長く抱え込んできた後悔からの怒りを、自分の命を引き換えにしても晴らさなければならなかった。

「だれか、おいで。長庚さまをお運びして」

白木路の呼びかけに応え、数名の足音が遠くからやってくる。狐の顔をした着物姿の男の使用人たちは、担架を開いて長庚の体を乗せる。

「白木路、あいつは……どうした。啓明は」

「おあきらめください。ただいまは、生き延びることだけを」

「そうはいかない。どこだ。おれはあいつを」

「おまえたち、早く。気取られる前に静かな場へ」

長庚の言葉を無視して白木路は使用人に命じる。長庚は声を上げようとしたが、先ほど呑ませられた薬のせいか意識が乱れて定まらない。担架に揺られながら、長庚は無理やりに深い眠りへと落とされていった。

◆

……馴染みはないけど、なんか見覚えのある天井だなあ。

目を開けて見えた白い天井に、あやねが真っ先に思ったのはそんなことだった。

「って、ここ、どこ？」

枕のうえで目だけ左右に動かし、あやねはやっと気づく。

病院の個室だ。以前、晴永《はるなが》とカフェで会ったあとに、太白に敵対する妖かしからかけられたわざのせいで気絶して倒れ、運び込まれた病院……。

「あやねさま!?　気が付かれたんですね！」

思わず頭を上げたとき、桃生《ももお》が飛んできた。

「あ……桃生さん」

「ご気分はいかがですか。運び込まれたのは数時間前ですが、これまで何度も倒れられたので、心配しておりました」

ボディガードの桃生は不安げにあやねをのぞきこむ。

「うん、大丈夫だと思います……。でも、いったいどうして気絶なんて」

そういいかけて、はっとあやねは身を起こした。

「太白さん！　太白さんはどこですか⁉」

「歳星さまのオフィスにおられるはずです」

半身を起こすあやねの肩をそっと押さえるようにして、桃生が答える。その言葉に、あやねは最後の記憶を思い出す。

マンションのバルコニーで一緒にお茶を飲んだ。せっかくいい雰囲気だったのに歳星さんから電話がかかってきた。その電話を受けた太白さんが……。

「あやねさま⁉」

あやねの視界がぐらりと揺れる。倒れそうになるところですかさず桃生が抱きとめ、ナースコールのボタンを押した。

「どうかお休みください。太白さまのほうはお気になさらず。太白さまご本人からもそのようにうかがっております」

桃生に支えられ、崩れるようにあやねが枕へ頭を下ろすと、ドアが開いて看護師が現れた。脈拍と血圧を測定されているあいだ、ぼんやりとあやねは考える。

歳星さんからの電話の内容。太白さんはなんていってた？

たしか、父の腕……っていってた。長庚さんの腕が歳星さんのオフィスに——。

ぞっと身が震えた。看護師や桃生の呼びかけを遠くに聞くあやねの体から、ゆっくりと血の気が引いていった。


青葉《あおば》グランドホテル総支配人室で、太白は窓辺に立って外を見下ろす。

広く明るい窓からは仙台《せんだい》の街を一望できた。胸の空く眺めだが、彼のまなざしは険しい。眉間のしわは刻み込まれたがごとく深い。

「俺の観測範囲だが、不審なものが襲撃する気配は皆無だった」

デスクに腰かけた総支配人の土門歳星が、太白の背中に話しかける。

「警備会社に潜り込ませた青葉のものに、おまえたちの部屋だけでなく、マンション中を精査させたが、なにかを仕掛けられた様子も皆無だ」

「……父の腕は、どうやって届けられたんです」

窓の外を見つめたまま、暗い声で太白が尋ねる。

「笑える話だが、冷蔵タイプの宅配便だ」

歳星はちらと執務室の奥の扉に目をやる。

本来は資料室だが、いまは封鎖されていた。……長庚の血まみれの片腕を収め、天狗《てんぐ》の札を貼って厳重に封印された箱が置かれているからだ。

「冷蔵便だから直接執務室に運ばれてきた。受け取った秘書によれば、業者はただの人間だったそうだ。俺の秘書は有能だからな、妖かしならわかる」

「集荷された場所はどこです」

「仙台市内のコンビニだ。忙しい時間帯で、店員も預けにきたものの記憶はないらしい。行方の手掛かりにはならんな」

「あやねさんの謎の体調不良と、なにか関連は」

「鬼の腕はたしかに強力な〝呪物〟になり得るが、あの女が倒れたのはおまえたちのマンションだろう。さすがにそこまで遠隔の呪いが発動するとも思えん」

強力な〝呪物〟。太白の顔は、いっそう暗くなる。

啓明や、あるいは太白ほどの強大な素質を秘めているわけではないが、長庚も〝鬼〟だ。千年狐の眷属《けんぞく》の血も引いている。まさか啓明は、呪いをかけるために送ってきたのだろうか。それも自分の息子の腕を。

「調査に、陰陽師《おんみょうじ》に力を借りるのはどうですか」

本気か、と目を上げる歳星に太白は背中を向けたままで告げる。

「藤田《ふじた》晴永。彼なら信用できます」

「あれか。素性は調べてあるが」

歳星は難しい顔でタブレットを操作し、情報を呼び出す。

「陰陽寮のNo．2、実力も将来性も申し分ない。とはいえ、老人どもに不信感を抱かれていると聞こえてくるぞ。それと、あの女にちょっかいを出していることも。わざわざ恋敵に餌をくれてやるつもりか」

「藤田さんはそういう性格ではありません」

「人間を、しかも陰陽師を信頼するというのか。以前にも俺は警告したぞ」

険しい声で歳星がいった。

「おまえはこの地の妖かしを統べる立場で、そして〝鬼〟だ。たしかに十二月には陰陽師の力を借りたが、それは〝晴和《はるか》〟という共通の敵があったからだぞ」

「今回も〝啓明〟という共通の敵がいます」

「啓明は敵ではない。妖かしどものなかには、いまだやつを慕うものがいる」

歳星は厳しく否定した。

「陰陽師と結託して祓《はら》うような真似《まね》をすれば、それこそこの地の妖かしどもを二分する争いが起きるぞ。おまえにはまだ、妖かしたちを抑え込むだけの力はない」

「では、僕に充分な力があればどうです」

強い声に歳星が目を剝いて振り返った。太白はいまだ窓の外を見ている。

「僕はずっと、己の力と向き合うのを恐れていました。人間である母の想《おも》い出《で》が強すぎて、身も心も妖かしになるのを、無意識に拒んでいたからです」

「そうだろうな。薄々それはわかっていたぞ。長庚もそうだ」

ぎっ、と椅子を揺らして歳星は背もたれに体を預ける。

「あいつはいつまで経《た》ってもひとりの女に……それも人間の女に囚《とら》われていた。おまえも父親と同じだぞ。人間の女に惑わされて我を失うなんぞ」

ふと歳星は目を開き、太白の背を凝視する。

「まさか……おまえは、あの女のために〝鬼〟になり切ろうとするつもりか」

返事はなかった。だがその沈黙が、なによりの雄弁な答えだった。

◆

ぽけー、とあやねは高台より松島の海を眺める。

二月初めの海は穏やかな青い色をしていた。浜辺に出れば冬の名残《なご》りの寒風に見舞われそうだが、ここは高階の別荘のガラス張りのテラス。居心地のいいひじ掛け椅子に収まり、温かな陽射しとぬくぬくブランケットで寒さとは無縁だ。

原因不明の体調不良で入院し、二日後には回復して退院できたけれど、案の定太白からは出社停止のお達し……というより休養をお願いされた。そんなわけで、この別荘で明日まで療養中。もちろん、ひとりではなく――。

「あやね、ずーっとぼけっとしてるですにゃ」

膝《ひざ》のうえから寝ぼけ声がして、あやねはくすりと笑って見下ろした。

「小泉《こいずみ》さんこそ、寝てばかりですけれど？」

「小泉はいいんですにゃ。あやねと呑気《のんき》に過ごすのが今回の仕事ですからにゃ」

二股尻尾の三毛猫は、うにゃあ、と大きなあくびをしてまた丸くなる。

本当は、小泉さんを膝に乗せて優雅にぼけっとしている暇なんてない。バレンタインフェアは目前。フェアで開かれるドレスブランドＳＨＵＪＩの新作発表で、あやねがモデルを務める話はもちろん進行中なのに、試着も満足にできていない。

とはいえ、ゆったりした空気はそんな厳しい現実を忘れさせてくれる。

「あやねさま、小泉さま。おやつとお茶はいかがでございます？」

着物にかっぽう着の別荘の管理人、夏井《なつい》がひょいと居間の入口から顔をのぞかせる。彼女の正体はヤモリ。落ち着いた風情の女性の姿ながら、実はちょっと悪戯《いたずら》好き。でも家政についてはとびきり有能だ。

「おやつ！　もちろんいただくですにゃ！」

大張り切りで小泉が身を起こす。あやねは休んでばかりでお腹《なか》は空いていないが、夏井の料理の腕前は、高階の屋敷専属シェフの甘柿並み。遠慮なんて無理だ。

「ぜひ、いただきます。その代わりお夕飯は軽くしていただけますか」

「はい、承知いたしました」

小泉さんとともに居間に戻ると、ワゴンに載せた三段重ねの銀色スタンドのアフタヌーンティーセットが、あやねの目を惹いた。

「うわ、すごい。本格的ですね！」「美味《おい》しそうですにゃあ！」

あやねと小泉さんは顔を輝かせる。春先取りがテーマなのか、真っ赤な苺《いちご》をふんだんに使ったメニューで、華やかさに目も楽しませてくれる。

「わたしまでいただいて、いいんでしょうか」

ボディガードで付き添ってきた桃生が、居間の隅で所在なげにいった。

「もちろんでございます！　遠慮はなしですよ、たくさん作りましたのでね」

　夏井が得意げに胸を張って説明を始めた。

「下段のセイボリー……塩味のメニューは温かいクラムスープに白身魚のジュレ、生ハムとクリームチーズのサンドイッチ。中段は苺のスコーン、ベリーのジャム添え。上段は苺のフレジェとショコラバー、苺のムースにマカロン。そしてお紅茶は」

　にっこり、と誇らしそうに笑って夏井は金色の缶を見せる。

「二月がクオリティシーズン、最上質のヌワラエリヤでございます！」

　おもてなしが過ぎる！　とあやねは思わず笑ってしまった。あやねと桃生、小泉さんの三人は、勧められるままにテーブルについた。

「いい香り……」

　夏井が丁寧に淹《い》れた紅茶のカップを口にして、うっとりとあやねはつぶやく。

「いろはさまも、紅茶がお好きだったんでございますのよ」

　夏井は遠くを懐かしむまなざしになる。慕わしさが伝わるような表情に、あやねはふと胸が痛んだ。長庚の身に起こった悲劇を夏井は知らないのだろう。

「この別荘は太白さんのお父さまとお母さまがよく利用されていたんですよね。居心地がいいし、納得です」

「実は松島は、いろはさまと長庚さまが出会われた地でございますのよ」

「え⁉　初耳です」

「なんでも街なかのゲストハウスで出会われたとか。お付き合い後、長庚さまが最初にいろはさまにご紹介してくださったのは夏井でございましたのよ」

えへん、と夏井は鼻高々。いちいち仕草が楽しく、あやねは笑いを誘われる。この別荘を長庚が愛したのは出会いの地というだけでなく、夏井がいたからだろう。

「とてもお話上手な方でしたわ。あの気難しい長庚さまを笑わせるのは、いろはさまだけでした。ご存命でしたら、きっとあやねさまと気が合われたでしょうに」

「楽しい方だったんですね。話では病弱そうな印象でしたので、意外です」

「ええ、ご結婚前はとてもお元気な方でしたのよ。それがどうしたわけか次第に病みついてしまわれて、太白さまをみごもられてからは、すっかり……あら？　いま、結界内にどなたか入ってこられましたわね」

失礼しますと夏井はぱたぱたと玄関ホールへ急ぐ。と思ったら、

「あやねさま、あやねさま！　太白さまですわよ」

ものすごい勢いで戻ってきた。え、とあやねも思わず腰を浮かせて走り出す。療養中、なんて忘れるような浮かれた足取りだ。

「あやねさん、お加減はいかがですか」

　玄関へ出ると、夏井が開くドアからコートを腕にかけた太白が現れた。仕事から直行したのか、きりっとしたスーツ姿がまぶしい。あやねは喜びの顔で駆け寄る。

「太白さん！　ご連絡くださったらよかったのに」

「すみません、結界内は連絡が通じにくいので」

　というと、太白はそっとあやねの手を取る。

「回復されたようでよかった。ずっと心配していましたから」

　太白の美しい顔で優しくいわれ、あやねの頰が花を散らすように紅《あか》くなる。

「お、お仕事はいいんですか。太白さんに会いたかったので嬉《うれ》しいですけど」

「抜けてきました。……あやねさん以上に大切なものはありませんから」

　ふひゃ、とあやねはくすぐったさに変な笑いになってしまう。

「いやあ～、本当にいつまでも新婚ですにゃあ」

　なんて声に気づいて振り向くと、居間の扉の陰から小泉さんと桃生がにんまり、はっと見れば夏井までにこにこと見守っている。

「駄目ですよ、小泉さん、からかっちゃ」「ほほ笑ましい光景ですわよねえ」

　ひえ、とあやねは急いで離れようとするが、手に力が込められ引き留められる。

「え、た、太白さん？」

「そうです、まだ結婚して半年ですから充分新婚ですよ」

自慢げな答えに、あやねは目を剝く。

いったいどうした！　いままでの初心《うぶ》な太白はどこへ⁉

戸惑いがちに見上げたとき、太白の耳が真っ赤になっているのに気づく。中身はまだ、初心なままの彼だ。そんな彼を見上げ、あやねもまた頰が熱くなる。

練習じゃないキスで、ちゃんと、恋人同士になったのだ。せっかくならもっと恋人らしくしたい。つないだ手に指を絡めて握り返す。積み上がった仕事を放置しての休養で不安だったのに、彼とともにいられる幸せに胸が満たされる。

「ちょうどいまアフタヌーンティーをお出ししたところですのよ。太白さま、あやねさまやみなさまと一緒にお召し上がりを。さあ、どうぞ」

笑顔の夏井に案内されて、ふたりは手をつなぎながら居間へ入った。


「んん、美味しい〜！」

アフタヌーンティーのメニューを口にして、あやねは顔をほころばせる。

貝の出汁《だし》が効いた温かいクラムスープにぴりっと胡椒《こしょう》がアクセントのこってりクリームチーズのサンド。スコーンはさくさくほろほろで楽しい歯触りと食感。苺の甘酸っぱさを活《い》かす、蕩《とろ》けるチョコやクリームも素晴らしい。

みんなで次々たいらげて、気づけばスタンドはほぼ空になっていた。

「美味しかったですにゃ！　特にスコーンが絶品ですにゃ」

「ですよねえ、また最初から食べたいくらいです」

満足げな小泉さんに答えたところで、あやねは嬉しそうな太白と目が合った。

「あやねさんの食べっぷりが僕は嬉しいですよ。つられるくらいです」

「……え、は、恥ずかしい……。すみません、ただの食いしん坊で」

「そんなことございません。お元気になられて夏井も嬉しゅうございます」

手放しの賛辞に夏井も満足の笑みだ。太白の母のいろはが亡くなって以来、ここを訪れるものはなかったそうなので、自慢の料理の腕を振るえて嬉しいのだろう。

太白の手元の皿もだいぶ空になっている。それを見てあやねもほっとした。食欲があるのは、なにより大事だ。食事は生きる力なのだから。

「でも、こんなに何度も倒れるなんて疲れたのかな」

あやねは紅茶のカップを手にしてぽつりとつぶやく。

「小さいころからずっと体が丈夫なのが取柄だったので、ここまで頻繁に倒れたりするなんて思いもよらなくて……」

そういいかけて、ふと先ほどの夏井の言葉が脳裏によぎる。

〝……ご結婚前はとてもお元気な方でしたのよ〟

（関係ない。そんなの、べつに、関係ない）

湧き上がる胸の底の嫌な気持ちを、あやねは必死になって押し込める。関係ない、それは太白の母の話で、自分とは無関係だ。

「そうだ、太白さんはご両親の出会いの場所が、松島のゲストハウスだったってご存じでしたか？　夏井さんからうかがったんですけど」

「出会いの場所？　いえ、父も母もあまり昔を話すほうではなかったので、初耳です。そうか、だから父も母もこの松島の別荘を好んでいたのか」

「よろしければ邸内をご案内しつつ、夏井の思い出をお話しいたしましょうか」

紅茶のお代わりをそそぐ夏井に、あやねはパッと顔を輝かせた。

「ええ、ぜひ！　太白さんも嬉しいですよね」

「そうですね……。僕も気になるところではあるので」

太白はどこか思わし気な顔だったが、あやねの言葉にうなずいた。

「じゃあ、小泉は桃生と庭を散歩してくるですにゃ」

ぴょこんと尻尾を立て、小泉さんはソファから桃生の腕に飛び移る。

ちょうどひととおり食べ終わって一段落したところ。散歩には頃合いもいい。

「お夕飯は十八時にいたしますわね。それではまいりましょうか」

夏井は手際よくアフタヌーンティーの食器を片づけてワゴンに載せ、キッチンへ運んでから、あやねと太白を二階へ導く。

「こちらが、滞在時にいろはさまが使われていたお部屋ですわ」

そこは以前、あやねと太白が泊まったのとはべつの部屋だった。南国ムードのインテリアで、ラグやソファ、キングサイズのベッドを覆うカバーなどは民族調のデザインと色合いで、バリ島辺りのコテージを思わせる。

「いろはさまは、東南アジアを中心にたくさん旅をしていたそうですの。このインテリアも、お気に入りだったホテルの部屋を真似したとのことです」

「旅……ですか。母はそんなに旅好きだったのですか」

懐かしそうに語る夏井に、太白が意外そうに訊《き》き返した。

「僕をみごもったころから病がちになったと聞いていますが、晩年は目を開けるのも辛《つら》そうでした。ずっと弱々しくて、旅に出るようにはとても思えなかった」

「でもご結婚前はとてもお元気だったそうですから。ですよね、夏井さん」

あやねの言葉に、ええ、と夏井はうなずく。

「いろはさまから旅のお話はたくさんうかがいましたもの。バックパッカーだったそうですのよ。格安のホステルやゲストハウスを渡り歩かれていたとか。お得意のパンケーキは滞在先で働いたホテルで習ったとおっしゃってました」

「バックパッカー……、母がですか」

ますます太白は意外な顔になる。バックパッカーはお金がかからない分、快適さとは縁遠い旅になりがちだ。青葉グランドホテルの客層とは正反対である。

「はつらつとして、人懐っこい方でしたわ。お金が貯《た》まったら、次は長庚さまと海外へ旅に出るという計画も聞かせてくださったんですのよ」

あやねは部屋を見回す。バリ風のインテリアは暑い夏でも涼しげで快適そうだ。クッションを置いたふたりがけの籐《とう》のソファを見つめ、あやねはつぶやく。

「でも結局、その旅には行けなかったんですよね。おふたりは……」

「ええ。出発直前に、急にいろはさまが体調を悪くされて」

痛ましげに夏井は答える。

「ゲストハウスを引き払って、出発前に長庚さまとここへ移られたあとのことですわ。わたくしの作る食事をいっぱい褒めてくださって、こんなに美味しいご飯を食べていたら、旅先でもきっと恋しくなりそうだとおっしゃっていたのに」

「その話しぶりだと元気そうだ。なのに直前で体調を悪くしたとは、なぜです」

太白が眉をひそめて尋ねると、夏井は思わしげな様子で口を開いた。

「あれは……たしか、風の強い夜でしたわ。長庚さまはお留守で、わたくしといろはさまのふたりきりのときでした」


「……あら、こんな時間にどなたかしら」

居間でいろはのカップに紅茶を注いでいた夏井は、扉を振り返る。

「呼び鈴も鳴ってないのに訪問者に気付くの？」

ソファのうえで行儀悪くあぐらをかいて、夏井お手製のクッキーをもりもりたいらげていたいろはが、不思議そうに尋ねる。

「ええ。ここの結界はわたくしが、千年狐の白木路さまと協力して張ったものですの。入口はひとつだけで高階の匂いがしないものは入れませんわ」

「じゃあ、長庚くんが帰ってきたのかな」

いろはは目を輝かせて腰を浮かせる。

「っていうか、いまだに妖かし、ってピンとこないんだよね。最初に夏井さんにお会いしたとき、天井に貼りついてた姿で忍者か？　ってびっくりしたくらい」

「ヤモリでございますからねえ」

行儀は悪いが人懐っこいいろはに、夏井はにこにこと答える。

「いろはさまはここでお待ちくださいませ。玄関を見てまいります」

紅茶のポットを置いて夏井はいそいそと玄関ホールへ向かう。

怪しい侵入者の可能性は排除できないが、生半可な力のものに破れる結界ではない。第一、啓明の縄張りに入り込むような命知らずがいるとも思えない。

啓明のおかげでこの地では、妖かしが人間を脅かすことも、陰陽師が妖かしたちを脅かすこともめったになくなった。だから敵意を持つものがいるはずがない。

けれど長庚は、夏井に打ち明けていた。

啓明に――衰えが見え始めていると。

おなじ鬼であり、親子だからこそ長庚だけが敏感に気づいたらしかった。いまの段階でそれを聞かされたのは歳星と、隔絶された場にいる夏井のみ。

もしも啓明の衰えが本当なら、次代の高階の跡継ぎは長庚になる。

強大な力を持つ啓明が身を引き、力の劣る長庚が跡継ぎとなれば、この地は荒れるかもしれない。啓明が長庚の能力を軽んじてきたから、なおさらに。

いろははまったくのただの人間。長庚が愛している相手というだけだ。高階の頭領が交代するごたごたに巻き込まれれば彼女はどうなってしまうのか。

だから、海外に旅行という体で逃がそうとしているのかもしれない。

夏井はふたりを案じる気持ちが収まらない。長庚の留守中だからなおのこと不安が募る。万が一、害意ある存在の訪《おとな》いであったら、いろはだけでも逃さなくては。

強い風が叩《たた》くドアのノブを、夏井はそっと握る。結界に守られたこの場所で、こんな天気は珍しい……と思いつつ、ドアののぞき窓をのぞく。

外は暗くて相手の姿は見えない。夏井は警戒心を強めつつ問いかける。

「はい、どちらさまでございますか」

くぐもる声が聞こえた。その声で警戒心がほどけ、夏井はドアを開く。そして相手の姿を目にした――。

「……たしかに目にしたはずですのに」

夏井は顔をしかめ、必死に思い起こそうとする顔になる。

「いくら太白さまがお生まれになる前とはいえ、たかが二十何年前のこと。なのに姿や声を思い出そうとすると記憶が霞《かす》んでしまうのですわ。いったい、何者だったかすらもわからずじまいですの」

不審な話だった。聞いていたあやねはなにか息を呑むような心地になる。そこへ太白が鋭く訊いた。

「おかしい話ですね。あなたの記憶の混濁は、その訪問者のせいではないのですか。なにかの術をかけられたとか。それで、その訪問者のせいで母に異変が?」

「それが……侵入者の痕跡はありませんでしたの」

夏井は困惑気味に首を振る。

「いろはさまも二階のご自分の部屋でお休みになっておられました。翌朝お尋ねしましたら、待ちくたびれて寝てしまったとのことでしたわ。ですが翌日の夜、長庚さまがお戻りになってお出迎えしたとき……」

夏井はぎゅっと両手を組んで握り締める。

「いろはさまは、お倒れになってしまったのでございます」

あやねと太白は同時に声を呑む。なぜ、と訊く前に夏井があとを続けた。

「長庚さまは啓明さまに呼ばれて、この地を離れるのは許さない、と告げられたそうですわ。いままで無視も同然でしたのに、いろはさまと出国直前になにを勝手な……とたいそう憤りながら戻ってこられて。そのお怒りのせいでしょうか」

深々と息をついて、夏井はいった。

「長庚さまには珍しく、鬼の片鱗《へんりん》を見せておられたのですわ」

は、とあやねは息を呑む。自分が倒れたときの光景が脳裏をよぎる。

あのとき、太白は長庚の腕が送り付けられたと聞いて、あやねの前で鬼の姿を見せた。額に開いた、もう一組の金色の目、唇の端からのぞく鋭い牙……。

思い出して足元がふらつく気がした。駄目、気づかれては駄目。また心配させてしまう、とあやねは懸命に足を踏みしめる。

「ならば母は、半ば鬼と化した父を目にして倒れたのですね」

重苦しい太白の声が聞こえた。夏井は同意のように目を伏せる。

「そこからいろはさまは体調を悪くされて……入院しても過労としかわかりませんでしたわ。長庚さまは旅を取りやめ、いろはさまが退院後はここで静養を兼ねて過ごされていましたけれど、ご懐妊がわかって高階のお屋敷に移られたのです」

「それは……僕を育てるためですか」

「わたくしひとりではお世話が行き届きませんもの」

寂しげに夏井はいうと、窓辺へ歩いて麻の涼しげなカーテンを開けた。広いバルコニーには、心地よさそうな籐製の長椅子が置かれている。サンルームよりさらに松島の海が遠くまで望めて、胸の空く眺めだ。

「たまにお加減がいいとき、おふたりはここに滞在されて、サンルームやこのバルコニーで語らっておられましたわ。とても仲睦《むつ》まじくて、お幸せそうで」

ふ、と苦笑気味に夏井はつぶやく。

「ずっと忘れていたのに、あやねさまがお倒れになったから、いろはさまと結びつけてしまったのかしら。色々と昔が思い出されますわ」

〝ご結婚前はとてもお元気な方でしたのよ……〟

あやねは無意識に胸を押さえる。関係ない。関係ないってば。お母さまが鬼の姿を見て倒れたって、そんなことわたしたちにはなにひとつ関係ない——。

「母は……幸せだったのですね。この場所で」

太白はバルコニーを見つめて静かにいった。ええ、と夏井がうなずく。

「いろはさまは自由で気ままで、風に吹かれるような生き方が好きなお方でした。でもその身軽さをあきらめるほどに長庚さまを愛していたのですわね。長庚さまもそんないろはさまが、本当に大切だったのだと思いますわ」

「たしかに、そうかもしれない」

太白は沈む声でつぶやく。その言葉は隣に立つあやねにしか聞こえなかった。

「……母を亡くした僕のことなど、どうでもいいと思うほどに」

太白から夕食前に別荘を発つといわれ、あやねは彼とともにバルコニーへ出た。

外は夕暮れ、茜色《あかねいろ》の雲の下、庭から望める小島の浮かぶ海は淡い橙色《だいだいいろ》に染め上げられていた。美しい眺めだが二月の陽はたちまちに落ち、心惹かれる光景はほんの一瞬で薄れていく。寂しさを胸に眺めつつ、あやねは口を開く。

「お夕飯ご一緒できなくて残念です。ひとりでもご飯、食べてくださいね」

といって見上げると、太白の横顔は夕闇の翳《かげ》りに打ち沈んで見えた。

〝母を亡くした僕のことなど……〟

夏井に向けてつぶやいた言葉があやねの耳の奥でよみがえる。ずっと抱えてきた葛藤なのだろう。軽々しく慰められるものではないと、あやねはなにもいえない。

二月といえど結界のなかで寒くはない。けれど暗くなる足元に空気が冷えたような心地がする。太白の思いつめたような沈黙のせいだ。

「先ほどの夏井の話ですが、なにか不審に思った点はありましたか」

ややあって、太白が切り出した。あやねは夏井の話を思い出しながら答える。

「え……と、訪ねてきた謎の妖かしのことでしょうか。記憶が定かではない、姿も声も覚えていない、という」

「考えられる可能性は、なんです」

太白に問われ、あやねは自分の記憶を必死にたぐり寄せる。

「クリスマスフェアのとき、藤田さんの使い魔の三峰《みつみね》さんがいってたんです。たしか、〝狐は化かす。なにかに化けるだけでなく、幻覚を見せる〟って。化かして惑わすのが得手な妖かしなら、狐……じゃないかって」

「僕もそう思い当たりました。しかし、どの勢力の狐か」

「たしか、お大師《だいし》さまもこの地で狐に悩まされたそうですよね」

「お大師さまがいれば話が聞けたでしょうが、彼は狐の領域で療養中だ」

美しい眉をひそめ、太白は重い声でつぶやく。

「あるいは——父、の可能性もある」

意外な言葉にあやねは目を見開く。

「長庚さんが？　なぜです、正体を偽ってお母さまを化かす必要がどこに」

「あくまで可能性だけです。しかし父は白木路一族の狐の血を引いている。以前も晴和を欺くためとはいえ、狐の力であなたのお母さまを騙《だま》した経緯がありますから」

あやねは膝に置いた手を握り締める。たしかに長庚はクリスマスフェアのとき、母に術をかけて連れ去った。

でもそれは母を晴和の手から守るためで、白木路も手助けしていたのだ。

「とはいえ……それとはべつに、夏井の話で僕は懸念が強まりました」

太白の声がいっそう、重く、沈んでいく。

すでに外は陽が落ちて真っ暗だった。夕焼けに照らされ燃えるように輝いていた海も島々も、いまは黒々とした影でしかない。部屋についた灯《あか》りでバルコニーは照らされていたが、太白の横顔には黒い海とおなじような暗い影が張り付いている。

思いつめた彼の顔に、あやねは否応《いやおう》なく不安をかき立てられた。

沈黙に耐えられず、なにかいわなくてはとあやねは焦る。でもなにをいえばいいのだろう。焦れば焦るほどに言葉が行方をくらましてしまう。

〝ご結婚前はとてもお元気な方で……〟

〝あやねさまがお倒れになったから、いろはさまと結びつけて……〟

夏井の声が何度も何度も脳裏によみがえり、こだまする。

関係ない。わたしたちと太白さんのご両親とはなにも関係ない。関係なんてないんだってば。こみ上げる不安を懸命に押し込めようとしていたとき、

「……しばらく、離れて暮らすことにしませんか」

信じられない言葉が聞こえ、あやねは凍り付いた。

うそ。うそ、と声にならないつぶやきを漏らす。だって先月だって全然一緒に暮らせてなかったのに、また離れて暮らすの？　あんなに寂しくてつらくて、体調だって最悪で、でもそんな最悪のときに太白さんはそばにいなくて……。

あのときの絶望を思い出し、あやねは視界が真っ暗になる。そんなあやねに追い打ちをかけるように、太白の苦しげな声が響く。

「いや、あなたにはべつの地に移ってもらうべきかもしれません」

太白はバルコニーの手すりに肘をつき、組んだ手に顔を伏せる。

「いっそ……今度こそ本当に〝契約結婚〟を解除したほうが、いいのかと」

あまりの言葉だった。あやねはぼう然自失、脳内が真っ白になる。

「……な、なぜですか、どうしてですか！」

必死に自分を取り戻し、あやねは太白に詰め寄った。

「一方的に決めないでって、何度もいってるじゃないですか。今回の休暇だって本当は不本意でした。どうして向き合って話をしてくれないんです。太白さんは優しいのに、いつもいつもそうやってひとりで勝手に決めて……」

「あなたの命を守るためです」

はっ、とあやねの舌先で言葉が止まる。太白はうなだれ、唇を引き結んでいたが、ややあって顔を上げる。だがまなざしは目の前の闇を見つめている。

「聡明《そうめい》なあなたのことです。本当は、思い当たっているはずだ。あなたの体を害している原因は……」

す、と太白は大きく息を吸い込み、苦い声で吐き出した。


「――僕だと、いうことに」


とっさにあやねはいい返せなかった。

太白のいうとおり思い当たってはいた。漠然と不安を抱いていたのは事実だ。けれど証拠はないのだ。彼のせいじゃない。彼のせいだと考えたくない。なのに、そう思えば思うほど真実になっていく気がする。

額に手をついてうなだれる頭を支え、太白は苦しげにいった。

「母が鬼となった父の姿を見て意識を失ったと聞いて、僕は確信めいたものを抱きました。母もあなたも、父や僕と出会う前まではとても健康だったのですから」

「ま、待ってください！　まだ、そうと決まったわけじゃないですよね」

あきらめきれなくて、あやねは太白に食い下がった。

「状況だけで決めつけないでください。確証はないじゃないですか。お母さまの体調不良とわたしがおなじとは限りません。せめてもっと色々と試して、裏付けとか、証拠とか集めてから判断しても」

「そのたびに、あなたを病院送りにするのですか」

返ってきた言葉に、あやねはまたしても唇を閉ざしてしまう。

太白は眼鏡の奥で目を閉じ、静かだが苦しげな声音で続けた。

「外敵のせいならば、僕は自分のすべてを投げ打ってでも排除します。だが僕自身が原因なら、どうしたって離れる以外の方法はありません。原因を探るためにこのままそばにいて、もしその過程で取り返しがつかなくなったら、僕は……生涯後悔する」

思わずあやねの背筋が冷える。自分の命が惜しくない、なんて嘘《うそ》になる。あんなに辛くて、苦しかったのだから。

「こうして間近で話すだけでも、僕は不安でたまらない。ですから、これ以上の話は電話かオンラインで行いましょう。今日は……帰ります」

「ま……待って。お願い、行かないでください！」

身をひるがえそうとする太白の腕をあやねはつかんで引き留める。

「いま話していても、何事もなかったじゃないですか。あと、少しだけでも」

子どもじみた我がままだとはわかっていた。

けれど感情はあふれ出る。何度も何度も離れそうになり、そのたびぶつかって、やっと気持ちが通じ合い、ずっとともにいたいと確認したのだ。それなのに……。

「僕も、本当はあなたと一緒にいたい」

太白は腕をつかむあやねの手に手を重ねて見つめ返す。真摯なまなざしの奥には、隠しきれない苦悩がにじみ出ていた。

「僕の気持ちはお伝えしましたね。もう、あなた以外には考えられないと。しかし、自分がそばにいるだけであなたに害があり、衰弱していくあなたを見守るしかできないのなら……。わかってください、あやねさんの身が最優先です」

あやねを労《いた》わりつつも、太白の声には切実な苦しみがあった。

彼が母を看病し、看取《みと》ったのを知っている。最愛の母が次第に弱っていき、ついには亡くなるのを目の当たりにした記憶は、思い出すにつらいはず。あやねを大切に想えば想うほど失うのが怖いのは、当然だ。

あやねだって太白を失いたくない。それ以上に、太白が苦悩するのは見たくない。それが自分のせいならば、なおさらに。

相手を想うがために離れなくてはならない。そんな馬鹿な話があるなんて。

あやねはうつむく。自分の手に重ねた太白の手に額をつける。震える唇を嚙みしめ、こみ上げる感情が涙になってこぼれ落ちそうなのを必死にこらえる。

太白はあやねを抱き寄せようとして手を伸ばすが、寸前で握り締めて止める。代わりにそっと、壊れ物に触れるように静かにその肩を押しやって重ねた手も離す。泣きそうな顔を伏せるあやねに、太白はいった。

「ですが……いまはまだ、僕は無力にあえいでいるわけではない」

「……太白さん」

「まずはあなたの安全を一番に。そうすれば離れているあいだ、心置きなくこの件について調査を行えます。完全に望みを捨てたわけではありません」

力強い声だった。ふだんだったら、あやねもその言葉を信じたはずだ。けれど顔が上げられない。触れてくれない手が哀《かな》しくて、うなだれるしかできない。

唇を開こうとして、それが震えているのに気づき、一瞬ぎゅっと嚙みしめて抑えてから、あやねは尋ねる。

「調査して太白さんが原因でないとわかれば……また、一緒にいられますか」

「先ほど、証拠といいましたね。少なくとも、僕らがともに暮らすようになってからと同じ期間を離れて過ごし、あなたの体に何事もなければ」

だが返ってきたのは、思いがけず冷徹で、厳しい声だった。

「それが間違いようのない、証拠です」

◆

「チーフ！　もうお体、大丈夫なんですかぁ」

太白との話し合いの翌日、あやねは休暇を切り上げ出社した。フロアに入るとすでに出社していた鼠《ねずみ》の妖かし、小玉《こだま》が丸い目をくりくりさせて声をかけてくる。

「おはようございます、小玉さん。うん、もうすっかり元気！」

力こぶを作るように、ぐっと腕を曲げてみせると、小玉は心配そうに答える。

「無理しないでくださいねえ。といっても、チーフがいないと仕事溜《た》まるばかりなんですけども。はい、ＳＨＵＪＩからの新作カタログですぅ」

どさっとカタログを渡され、あはは、とあやねは引きつった笑いをもらす。

「衣装合わせは明日ってことでいいんですよね。美容部のほうにはもう話は通ってますから、午後の一時に行ってくださいね……ほんとに、大丈夫ですぅ？」

「ええ、平気、平気。休んだ分、取り返さないと」

あやねは張り切った顔でいうと、ふとやわらかい声になる。

「わたしが不在でも仕事が回ってるのは、ほんと小玉さんのおかげです」

「そんなあ、えへへ。チーフの代わりなんて全然務まってないですけどぉ」

照れながら答える小玉に、あやねは笑顔ながら真面目な口調でいった。

「ひとり欠けただけで立ち行かなくなるなら、組織の仕組みが間違ってるんですよ。でもそれとはべつに、小玉さんは優秀で、頼りになります」

「はわ、そ、そんな……チーフはいつも褒めてくださいますよねぇ」

小玉は、感に堪えないような顔になる。

「わたし、一族のなかではみそっかすで。お祖父《じい》ちゃんが人間だったせいか、人間の姿でいるほうが楽で、鼠のわざも上手く使えないですしぃ」

「お祖父さまが人間？　そうだったんですね」

「あ、しまった。内緒ですよ。こういう状況であまり広められたくなくてぇ」

……こういう状況。短い言葉だったが、あやねの胸は重くなる。思った以上に、妖かし側の人間に対する忌避感情が高まっているらしい。

「ですから、ここでチーフと一緒に働けて、ほっとしてるんですぅ。みそっかすのわたしでも、ちゃんと役立ってるんだなあって」

えへへ、と小玉は笑った。あやねは笑いながらも、心中は複雑だ。役に立たなくたっていいんですよ、なんていうのは彼女のいまの気持ちを否定することだからいわない。でも、小玉はちゃんと仕事もできるし、いるだけであやねの気持ちを軽くしてくれる。わざが使えなくたって、彼女のままでかまわないのに。

「おはようございます」「チーフ？　もういいんですか」「小玉ちゃん早いね」

スタッフが出社してきて、フロアはにぎやかになった。

「お休みしてしまってすみません。始業時間になりましたら、バレンタインフェアと、その次のフェアについてのミーティングを行いますので」

明るく声をかけながら、あやねはのどにつかえる重いしこりを意識する。そのしこりの意味を、自分でもよくわかっている。

このバレンタインフェアが終わったら、あやねは——青葉グランドホテルから退職し、太白のもとから去るつもりだった。

「……ただいまぁ」

玄関を開けると、自動点灯の照明が無人の廊下を照らす。先月はこの玄関ドアが重くて開けるのも精いっぱいで、開けてもその場に膝をつくほど体調が悪かった。

いまの体調は良好だ。あのときが嘘みたいに元気。けれど、無人の室内が広ければ広いほど、心は寂しさでうつろになる。

ふと気づけばいつの間にかバスルームにいて、シャワーを浴びたままぼーっとしていた。あやねは心ここにあらずでお湯を止め、ぼんやりと外に出て体を拭く。

パジャマを着て、のろのろと寝室に向かう。スキンケアをしたかどうかも覚えていなかった。真っ暗な寝室でベッドにぽふんと座り、ぱたんと横になる。

サイドチェストに置いたスマホを手に取るが、だれからも着信はない。もちろん、太白からも。ほっとしつつ、寂しさと苦しさがぎゅっと胸に押し寄せる。

〝僕らがともに暮らすようになってからと同じ期間を離れて過ごし……〟

スマホを戻し、真っ暗な天井を仰いで太白の冷静な声を思い返す。

〝あなたの体に何事もなければ……それが間違いようのない、証拠です〟

高階の屋敷で同居を始めたのが昨年の八月、それから約半年経った。少なくともその期間、離れて暮らさなくてはならないのか。しかも我慢したからといって、また一緒に暮らせるようになるとは限らないのだ。

――本当に、この体の不調が太白のせいならば。

じわ、と涙がにじむ。

太白と〝契約結婚〟したのは、あくまで利害関係からだった。不遇な状況から抜け出したくて、天職とも思う仕事をあきらめたくなくて、キャリアアップの機会も逃したくなかったからだ。それがいつの間にか、こんなにも太白への想いが勝るようになっていたなんて。いつだって太白は優しく、誠実だった。職場や人間関係でひそかに傷ついていたあやねにとって、彼の掛け値なしの誠実さは慈雨のようだった。

〝もう、あなた以外には考えられない……〟

わたしだって、太白さん以外にはもう、考えられないのに。

ぎゅ、とこぶしで目頭をこすり、あやねは毛布をかぶる。嘆いてもどうしようもない。自分がそばにいるだけで太白を苦しめるのなら、離れるしかない。

バレンタインフェアが終わったら、青葉グランドホテルを辞める。絶対に、辞める。当初の契約どおりグループ会社に栄転したら、わずかながらもつながりが残る。きっと未練がましく彼を求めてしまうはずだ。

だったら、彼の名前も近況も聞こえてこない場所に行きたい。一緒にはいられないのに彼を求め続けるなんて、きっと苦しいだけだ。

枕もとのスマホがパッと点灯した。はっとあやねは頭をもたげる。

『差出人：高階太白』

無意識に手を伸ばしかけ、思い直してぎゅ、と唇を噛む。

スマホを取ったがそれは電源を落とすため。素早く充電スタンドに戻し、あやねは毛布をかぶって目を閉じる。太白からのメッセージを読みたくて、彼の声を聞きたくて、けれどその気持ちを精いっぱいの自制で抑え込む。

いつものあやねは前向きで、状況を見極める分別もある。けれど哀しみと失望、太白への報われない感情にとらわれて、いつになく弱気でネガティブだった。

「あやね、すごい隈《くま》ですにゃよ？　ちゃんと寝たんですかにゃ？」

会社に向かう前に甘柿さんの部屋に寄って、あやねは小泉さんと同伴出勤をする。眠さにぼうっとするあやねの腕のなかで、小泉さんが遠慮のない指摘をした。

「うぐ……コンシーラーで消したはずなんですけれど」

「厚塗りでよけい目立ってるですにゃよ」

ぐさりとくる一言にあやねは取り繕った笑顔を強張《こわば》らせる。

寝られるはずがない。太白のメッセージを無視した罪悪感と後悔で、一晩中、悶々《もんもん》としていたのだ。しかもスマホの電源を切っていたせいでアラームが鳴らず起床が遅れ、化粧もろくにできなかった。濃い隈も仕方がないじゃない？

「おはよー、ございい、まぁす」

フロアにちょっと自暴自棄なあやねの声が響く。だがだれの声も返ってこない。

ん？　と見るとフロアの真ん中でスタッフが輪になって集まり、床を見つめている。

あやねは首をかしげ、小泉さんを抱いたまま歩み寄った。

「どうしたんですか、なにが……」

「チーフ！」「チーフ、大変なんです……！」

スタッフが振り返ったとき、彼らの足元でなにか白くて小さいものがもぞもぞと顔を出す。とたん、小泉さんが目をらんらんと輝かせて叫んだ。

「ネズミですにゃーっ！」「んちゅううっ！　猫ぉおっ！」

小泉さんがあやねの腕から飛び出すのと当時に、真っ白なハツカネズミが紛れもない人間の女性の声で叫んで、床を走り出す。

「え、え？　な、なに？」「チ、チーフ！　小泉さんを！」「止めてください！」

スタッフらの声にあわてであやねは小泉さんを止めようとする。だが目の色の変わった小泉さんと死に物狂いで逃げるネズミに追いつくのは容易《たやす》くない。

フロアのみんな総出で追いかけ回し、やっとあやねは小泉さんを抱き上げる。

「駄目ですよ、小泉さん。可哀想《かわいそう》じゃないですか」

「うにゃああ、小泉の野性が止まらないんですにゃああ」

小泉さんはじたばたと手足をバタつかせる。そこへ、スタッフのひとりの胸にしがみついたハツカネズミが小さな口を震わせながら開く。

「ち、チーフ、わ、わわ、わたしですぅ」

「え……その声、もしかして」

小泉さんを抱きしめ、あやねは大きく目を見開いた。

「まさか、こ、小玉さんっ⁉」

◆

「四角四境祭の決行は、二月十四日に決まった」

光の差し込む坪庭に面した和室に、老女のしわがれた声が響く。

ここは、陰陽寮の陰陽師が逗留《とうりゅう》する仙台のホテルの談話室。集うのは陰陽寮で重要な地位につき、実力も申し分ないものたちばかりだ。

「各位、手駒の下役にも伝えよ。隠密《おんみつ》の策ゆえ、使う下役はひとりのみに制限だ。青葉グランドホテルの宿泊手配は済んでおるな」

「はい。下準備のために、十二日より」

「よろしい。仕損じのゆるされぬ計画ゆえ、各位抜かりなきよう」

広い座卓に集う陰陽師たちが、老女に向かって頭を下げる。ひとり、晴永だけが険しいまなざしで目を落としていた。

「なにか不満か、晴永」

老年の男性陰陽師が見とがめると、晴永は皮肉たっぷりに答えた。

「……わざわざ、ひとが多く集まるバレンタインフェアに決行しなくてもいいんじゃないかな。そのなかに善良でなにも知らない妖かしがいたらどうするの」

「妖かしである時点で善良もなにもない」

男性陰陽師がにべもなく返す。晴永は嫌悪に眉をひそめた。

「横暴だね。人間に溶け込んで何事もなく暮らしている妖かしが大半なのに」

「貴様はどちらの側なのだ。人間か、妖かしか」

「すぐ喧嘩《けんか》腰《ごし》になる。身勝手なやり口には感心しないってだけだよ」

しわがれた老人ばかりのなかで、二十歳そこそこで美形の晴永はまったく悪目立ちしている。反抗的な態度がさらにその悪目立ちに拍車をかけていた。

「気にしないで。ちょっと苦言でも呈してみようと思っただけさ。少しは〝善良〟な思考の人間がいるかと思ってね」

生意気な態度もあからさまに晴永は指摘する。

「まあ、ぼくひとり反対しようが決行するんだろうけど」

「どうやって妖かしどもの〝善良〟さを見分けるのだ」

男性陰陽師は白い眉を逆立てる。

「善悪を判ずることこそ、傲慢で横暴ではないか」

「善悪も判じないでぜんぶまとめて祓うほうが野蛮極まりないけど?」

「やめよ」

陰陽頭の声が響く。顔を赤くして腰を上げようとした男性陰陽師が振り返った。

「この無礼な若造を捨ておくつもりか、陰陽頭」

「晴永の言にも一理はある。とはいえ、すでに動き出した計画。晴永」

老女は顔を上げ、晴永を垂れ下がるまぶたの下から見据える。

「善き妖かしを逃したいなら、そなたの裁量で術が始まるまでに逃がせ。むろん、仲間の手は借りられんと心得よ。……そしていうまでもないが」

牽制《けんせい》の鋭い針が含まれた声で、老女は告げる。

「標的は、高階太白。それを逃そうなどと、考えるでないぞ」

ブラインドの隙間から、夕暮れの光が総支配人室に差し込む。

ほんのりと夕焼けの色に染まるその部屋に、歳星が難しい顔で入ってきた。

「まったく、太白はどうした。上得意の接客を俺に任せきりで」

ぶつぶつこぼす声に、内線電話の呼び出し音が重なる。まるで部屋の主の入室を見計らったようだ。変なタイミングの良さに、歳星は眉をひそめて電話を見つめた。

難しい顔で受話器を取る。念のため、録音ボタンを押しておく。

『――歳星』

耳に触れたのは、思いがけない声だった。受話器を握る力が強くなる。奥歯を嚙みしめ、歳星は耳を澄ませた。

『……何用だ、啓明』

『あなたにはお礼をいわねばと思いまして、一言、連絡を』

慇懃《いんぎん》な口調だが、敬意は感じられない。歳星は不遜な態度で返す。

「なにをだ。貴様の留守にホテルを預かって、立派にやっていることか？」

『太白を見事に育ててくれたことです。母を亡くしてひどく気落ちしていたあれを、あなたは立ち直らせてくれました』

なに、と目を剝けば、かすかに笑う気配が伝わってきた。

『〝ひとでなし〟のわたくしには、とうてい無理なことでしたから』

不穏な言葉に歳星のまなざしが剣呑《けんのん》に尖《とが》る。

(ひとでなし、ね。遠い昔に人間だっただろうが、たしかに立派なひとでなしだ)

「いまさらいうじゃないか。俺に預けっぱなしで目をかけた様子もなかったのに」

何気なく返事をしつつ、歳星はスマホを操作して太白にメッセージを送る。

『気にしていなければ、事業統括部長という要職にはつけませんよ』

にこやかな声がいっそ薄気味悪い。だが歳星はあくまで傲慢にいい返す。

「本題に入れ。老人の戯言に付き合うほど、俺は暇じゃない」

『これが本題です。本当に、理想通りに教育してくれた……。冷静で冷徹で、有能。感情を抑えるすべと、力を振るうときをよく知っている。長庚と同じに人間を伴侶に選んだのは予想外でしたが、それも結果的にはよい方向へ動くようです』

「貴様、なにを……!?」

『長庚では叶《かな》えられなかったことです。あれこそが』

物柔らかなのに、ぞわりと肌が泡立つ響きの声が歳星の鼓膜を震わせる。

『――太白こそが〝鬼〟にふさわしい』

2　鼠の尾まで錐《きり》の鞘《さや》

「チーフ、事業統括部長より内線ですが」

「いま忙しいので、代わりに用件を聞いておいてください」

「チーフ、事業統括部長より社内メッセージのお返事をと課の全員にＢＣＣで」

「いま、手が離せませんから目を通してあとで報告してください」

チーフ、チーフ、チーフ！　手を変え品を変え太白から連絡がくるが、あやねはすべて「多忙」の二文字でシャットアウトしていた。

いったい、太白はどういうつもりなのだろう。距離を置こうっていったのに、連絡はいいの？　いや、たしかにオンラインで相談しようとはいわれたけれど。

「チーフ、事業統括部長よりまたお電話が入って……」

「ＳＨＵＪＩの衣装合わせの前に、ランチに行ってきます！」

がたん、と椅子を跳ね上げて立ち上がる。現在時刻は十一時五十分、衣装合わせは午後の一時からで遅刻は厳禁。早めにお昼を済ませておくつもりだった。

「ち、ちーふぅ。外出されるんですかぁ」

デスクに置いたマグカップから、ハツカネズミがふるふる震えながら顔を出す。

「小玉さんはどうします？　なにかご飯買ってきましょうか」

「い、一緒に連れてってくださぁい」

くりくりした目をしたネズミは泣きそうな声でいった。

「いつあの猫がやってくるか……チーフのそばなら、まだ安心なんですぅ」

どうも小玉は人間の姿になれないようだ。スタッフの話によると、一番早く出社したらしき小玉が、脱げた服のあいだでネズミとなって震えていたとか。

念のためほかの部署にも確認したが、異変はいまのところ小玉のみ。ゆえに彼女個人の問題と社内ではみなされている。

小泉さんは反省し、歳星に身を預けるといって総支配人室へ閉じこもっている。仕事の邪魔をしていなければいいが、とあやねは思いつつ、ハツカネズミを片手に乗せて、そっとバッグに入れた。

「外に行くので、郵便物あれば出してきますね」

あやねはスタッフたちから封筒や書類を預かり、小玉の入ったバッグを肩にかけてフロアを出ていく。また太白から連絡が入らない、いまのうちだ。

（って、スマホにもずっとメッセージと着信入りっぱなしなんだけど）

はあ、とあやねは吐息する。どうせ一緒にいられないなら、声なんて聞きたくない。呼びかける文面も見たくない。半ば拗《す》ねて、半ば意固地になって、あやねは耳をふさいでいた。意固地になり過ぎて、混乱も哀しみも当分収まりそうにない。

フロアを走るように出てエレベーターに乗り込む。ふるふる震えながら、肩掛けのバッグからハツカネズミがそっと顔を出した。

「い、いったいどうして……ネズミの姿なんてなっちゃったんでしょうぅ」

「なにか心当たりはないんですか、小玉さん」

「え、えと、だれかがフロアに訪ねてきたような記憶はあるんですけどぉ」

しょぼん、とネズミはバッグの縁に手をかけてうなだれる。

「姿がぼんやりして、思い出せないんです……変な話ですよねぇ」

あやねは眉をひそめた。つい最近、夏井から似たような話を聞いたばかりだ。

「それって、狐……じゃないですか。狐に化かされたとか」

ハツカネズミはくりくりした目をいっそう大きく開く。

「狐？　まさか、青葉グランドホテルで一緒に働いてる方って……」

「青葉のスタッフとは限らないです。外部からの訪問者かも」

「チーフ、なにか思い当たることでもぉ？」

あやねは唇を噛む。松島で夏井がいった言葉がいやでも思い返される。

〝入口はひとつだけで高階の匂いがしないものは入れませんわ……〟

高階。啓明か、長庚か。もちろん、ほかの妖かしの可能性もあるけれど。長庚と啓明は親子ながら折り合いが悪かったらしい。だから啓明が配下の狐に命じ、不仲な息子への仕打ちのために配偶者に害をなそうとしたとか……？　いや、それはあまりに狭量な理由すぎる。仮にもこの地を治める妖かしの頭領なのに。

第一、夏井の話では侵入者の痕跡はなく、いろはもその夜はなにもなかった。倒れたのは長庚の姿を見たせいなのだ。それなら、謎めいた訪問者の目的はなんだったのか。そしていろはの件と今回の小玉の件に、関連はあるのだろうか。

「たしかに、狐もネズミの天敵なんですよねぇ」

バッグの縁で、ネズミの小玉はしょんぼりとうなだれる。

「狐ってぇ、田んぼの害獣だったネズミを狩るからお稲荷《いなり》さまって崇《あが》められてきたのでぇ……。でも少なくとも青葉にいるときは、スタッフは仲が良かったのにぃ」

「いえいえ、ただの憶測で確証もないですから。すみません、不用意なことを」

エレベーターから出てフロントに差し掛かったときだった。

「あ、花籠《はなかご》チーフ！」「待ってください！」

フロントからスタッフが出てきて囲まれ、あやねは強引にバックヤードへ連れていかれる。いったいなに、と問い返す前に深刻な顔でスタッフが口を開いた。

「チーフの部署で、変化《へんげ》が解けて戻らないスタッフ、いましたよね」

「実は、フロント担当のスタッフのひとりにも同じ現象が起きたんです！」

え、とあやねが凍り付くとスタッフはさらにいった。

「事業統括部長にも報告しました。くわしい情報収集を行うのでいまこちらにおみえになるって」「責任者のひとりとして、チーフも同席を」

事業統括部長。その名にあやねはいっそう凍り付く。

「いや、わたし忙しくって、これから外出で、午後にはＳＨＵＪＩさまとの打ち合わせがありまして。あとで社内メッセください、ほんとすみません！」

スタッフに口を挟む隙を与えず畳みかけ、あやねは囲みを強引に抜けてバックヤードを飛び出す。チーフ！　という声が追いかけてくるが、必死に無視する。

バッグから小玉がそっと顔を出し、不安げな声でいった。

「お話、聞かなくていいんですかぁ……チーフ」

あやねはどきりとする。たしかに小玉と同じケースだ。話を聞いておくべきなのはわかっている。罪悪感に、あやねは胸のうちで必死にいい訳をする。

だって、もし顔を合わせて体調を崩したら、太白さんに心配をかけてしまう。なによりそれが決定的な証拠になったら、二度と会えないのが確定してしまう……。

自己嫌悪に陥りつつ、あやねは哀しさに打ちのめされる。そんな哀しみから目をそらすために、あやねは小玉に声を明るくして答えた。

「衣装合わせが終わったらメッセージで話を聞くつもりですから、安心してくださいね。そうだ、その姿じゃ困るでしょう。当面うちにきませんか」

太白を狙う妖かしの件が解決したあと、小泉さんや甘柿が訪れても大丈夫なように、マンションの部屋に施していた妖かし除けの術は解除されている。だから小玉が泊まりにきても、なんの支障もない。むしろ哀しみが紛れそうだ。

「え、いいんですかぁ？　たしかに自分のマンションには帰れないですし、といって一族に面倒見てもらうわけにもいきませんしぃ。でも高階部長にもご迷惑が」

「太白さんは仕事の関係で、いま離れて暮らしてるんです。だから大丈夫ですよ」

半ばうそ、半ば事実をあやねは口にする。小玉はくりくりした目で見上げるが、つと顔を伏せる。バッグの縁をつかむちんまりとした手が、かすかに震える。

「ありがとうございますぅ……。せっかく一族に大目に見てもらえてたのに、妖力がなくなったなんて、また居心地が悪くなってしまいそうでぇ」

「いくらお祖父さまが人間だったからって、そんなに当たりが厳しいんですか」

「古い一族でだいぶ閉鎖的ですからねぇ。すみません、愚痴でぇ」

「いいんですよ。じゃ、外出ついでに小玉さんの生活用品買いに行きますか」

「そんなお気遣いなくぅ。お菓子箱にタオルとかでいいですよぉ」

ちっちゃな手をぱたぱた振るのが可愛《かわい》くて、あやねは笑みをこぼす。

でも早く元に戻ってほしい。異変が小玉だけでないなら、もう偶然の事象ではない。

青葉グランドホテルの問題として、太白と歳星は調査してくれるはずだ。

（やっぱり、メッセージだけでも返事して相談しないと……いけないよね）

あやね個人ではなく、ブライダル&パーティ部門のチーフとして。

それでも気が進まない。声を聞けば想いが募ってしまう。決断を先延ばしにして、あやねは歩きながらふと思いつく。

「そうだ、藤田さん……！」

陰陽師で、妖かしのことにも通じている彼に話を聞けば、なにか思い当たるかもしれない。光明が見えた気がして、あやねの足取りが軽くなる。

慌ただしいランチとこまごました買い物を終えて社に戻り、晴永へメッセージを送って小玉をフロアのスタッフに預けたら、衣装合わせの時間十五分前。

軽く身支度を整えて急ぎ足で美容部に向かうと、すでにドレスブランドＳＨＵＪＩのスタッフはそろっていて、衣装もずらりと並んでいた。

もちろん、専属デザイナーである古賀《こが》えり子《こ》、新里《あらさと》めいのふたりも。

「古賀さま、新里さま、申し訳ありません、お待たせいたしました」

あやねは丁寧に頭を下げる。今回のモデルの件は向こうから強引に持ち込まれた話だが、仕事として受けたならベストを尽くさなくては。

「いえ、こちらが早過ぎたんですから。よろしくお願いします！」

次期オーナーのめいが、はつらつとあいさつする。彼女とは先月、顧客の結婚式で少しだけだが仕事をともにした。若さからの情熱ある働きぶりは信頼がおける。

「花籠チーフ、どうぞよろしく。それと〝さま〟でなく〝さん〟でお願いします」

にこ、とえり子がほほ笑んだ。ベテランらしい余裕のある対応だ。

先月の新年会のパーティでは、めいはきりっとしたパンツスーツ、えり子はやわらかなニットドレスと対照的だったが、今日もふたりは真反対の装いだった。

めいはシンプルな黒のパンツスーツ、えり子はまろやかなベージュのスーツ。

刈り上げヘアのめいと、甘やかに軽く巻いたミディアムヘアのえり子。

なにからなにまで対照的なふたりのデザインは、事前資料で見せてはもらっているものの、新作ドレスとあればいっそう楽しみになる。

(これで、わたしが着るんじゃなければなあ)

心のうちで吐息しつつ、あやねはスタッフに促されてドレッサーに向かう。

「花籠チーフには、ラストのふたつの衣装を連続で着ていただくことになります」

「大変で申し訳ないですけど、ご負担はなるべく軽くするよう努めますから」

えり子がにこやかに、めいが意気込んで説明する。

「わたしのドレスはこれです。平均的体型の方にも合うようデザインしました」

「わたくしの新作は、こちらの色打掛になります」

めいとえり子はそれぞれのマネキンを指し示す。まさか洋装と和装というところから対照的とは、と思いつつ鏡越しに見たあやねは目を見開く。

ドレスは、きりっとしためいがデザインしたとは思えない、フリルふんだんの甘さ。前面はミモレ丈だが後ろはドレープで、優雅さと愛らしさが同居している。

一方、和装である色打掛は、オーガンジー素材に金銀の刺繡《ししゅう》、白の濃淡の市松模様の掛下が透けてエレガント。いかにも壇上で映えそうだ。

「素晴らしいですね、どちらも！」

わたしが着るのがもったいない、と心からの本心を口にしそうになって、あやねは呑み込む。これは仕事。仕事でなくても、自分を貶《けな》す必要はない。

「じゃあ早速、衣装合わせを」「軽くメイクしてから行いますね」

めいとえり子が声をかけると、ふたりの取り巻きのスタッフたちが割り込んだ。

「えり子チーフの新作をぜひ、先に」「なにをいうんです。和装は着付けに時間がかかるから、先にめい新オーナーのドレスでしょう」「ドレスだって変わりませんよ。花籠さんを疲れさせるだけです」「そっちだって同じ魂胆じゃないんですか」

「おやめなさい」

えり子がぴしりといった。さすがのベテランの貫禄《かんろく》と威厳で、えり子のスタッフだけでなくめい側のスタッフもはっと言葉を呑む。

「いい争うことが花籠チーフにご負担です。お先にどうぞ、めいさん」

すっとえり子が身を引いたので、めいは目を見開く。しかしすぐに何事もないように会釈して、美容スタッフに目で合図する。

「花籠さん。今回は衣装合わせですが、ヘアアレンジも試させていただけますか」

「ええ、どうぞ」

めいとえり子のやり取りに身をすくめていたあやねは、急いでうなずく。

「こちらの体調不良で、フェアまで時間がなくなってしまって申し訳なく思っています。もう元気なので、できる限りご協力いたしますから」

「体調不良なら仕方ないですよ。こちらこそ無理をお願いして……」

めいはふいに唇を嚙んだ。あやねは眉をひそめる。鏡越しに見れば、背後でえり子のスタッフが顔を寄せてひそひそささやいている。

「やっぱり、現オーナーの七光り……」「威厳も実績もえり子チーフには……」

聞こえよがしな陰口。しかもあやねの耳にも届くような声だ。

「あなたたち、なにをさぼっているのかしら」

えり子の厳しい注意が飛んで、彼女らは急いで離れていった。めいは唇を引き結んでうつむくが、すぐにきりっと顔を上げる。

「すみません、じゃあ、早速メイクをしますので」

以前一緒に仕事をして、めいのやり方はわかっている。意欲的で顧客想い、若さゆえの熱意がある。ただ、その熱意があり過ぎて空回りの危険もある。なにより、若いがために打たれ弱そうな気もした。

これは仕事なのだ。どちらかに肩入れするわけにはいかない。

しかし歳が近くて熱意のあるめいに、あやねはつい同情心を抱いてしまう。ベテランのえり子とはまだ、距離があるからなのだけれど。

(っていうか、ふたりが対立する必要はないのになあ)

ドレスブランドSHUJIは、現オーナーの新里修司《しゅうじ》が一代で興した会社。その彼が引退を表明した際、孫のめいを次のオーナーに指名したのは、血筋優先としてわからなくもない。どこの企業も、いまだ血統主義は強いのだから。

でも、そのやり方が、あまりに拙速で杜撰《ずさん》。

公の場であからさまにひいきすれば、スタッフにも悪影響なのに。結局は上に立つ現オーナーがもっと上手く采配していればよかった話だ。

「チーフ、ぼんやりしてないであごを上げて」

遠慮のない青葉の美容スタッフが、ぐいとあやねのあごをつかむ。

「ちょっとスキンケア怠ってません？　フェアまでのエステの特別スケジュール、お渡ししますから。ちゃんと美容部にいらして施術受けてくださいね」

エステ？　いきなりいわれてあやねは混乱する。

「エステって、まさか業務の合間にですか？　そんな時間は……」

「だ、め、です。うちの威信にもかかわります。全身を磨き上げますからね」

強硬な態度でいわれ、あやねはひええと身を縮める。退職までに色々と片づけておきたいのに、そんな時間はどんどん削られていく。

本当に、小玉にチーフを任せたかった。……彼女があんな状態でなければ。

はーっ、とうなだれて深々吐息すると「チーフ！」と美容スタッフにぐいとあごをつかまれ、ばふばふと粉をはたかれた。


洋装・和装の両方の衣装に合わせて散々顔をいじられ、色んなウィッグやアクセサリを試され、細かに採寸され写真もたくさん撮られ、気力も体力も奪われて、あやねはへろへろで一日を終えた。見栄えがどうだったかなんて、覚えてもいない。

「大丈夫ですかあ、チーフ。まだお加減悪いんじゃぁ」

桃生の車から降り立つと、肩にかけたバッグからちょこんとネズミが鼻先を出す。今日は小玉のために買った生活用品が多いので、桃生に送ってもらったのだ。

「ちょっと疲れただけです。ほんと、以前の疲れとは違いますよ」

太白と離れたからだろうか、と思うと心は沈んでいくのだが。

「どうして小泉がキャリーバッグなんですにゃ。不公平ですにゃあ」

桃生が提げる籐製のキャリーバッグから、不満げな声が聞こえた。

「甘柿さんちに着くまで我慢してくださいね。そうそう、甘柿さんには夕方に連絡しておいたので、今日はみんなで一緒に夕ご飯ですよ」

「やったですにゃ！　ネズミ、喜ぶですにゃよ。甘柿のご飯は世界一ですにゃ」

「ええ……一緒に食べられちゃうんじゃないですかぁ」

小玉はぶるぶる震えて鼻先を引っ込める。

「あやねさま、高階部長からずっとご連絡が入っていますが」

桃生がスマホを取り出し、そっと耳打ちする。

「あやねさまからのご返信がないので、ずいぶんご心配のご様子です」

「元気です、って桃生さんからお返事しといてください。……お願いします」

「にゃんですか。まぁた太白となにかこじれてるんですかにゃ」

「えっ、お仕事の関係で別居されてるんじゃなかったんですかぁ」

小泉と小玉の問いに、あやねは声に詰まる。桃生が追い打ちのようにいった。

「だから心なしか、お元気がなかったんですね、あやねさま」

ううう、とあやねは歩きながら斜めに傾いていく。

「世話の焼けるふたりですにゃあ。よし、小泉たちがひと肌脱いであげるですにゃ。夕ご飯のときに、じっくり話を聞かせるですにゃ」

「そうですね、先月も仲直りのためにお力添えいたしましたので」

「いやいや、大丈夫です、大丈夫ですってば」

あやねは小泉と桃生にあわてて手を振る。変に首を突っ込まれてこじれでもしたら敵わない。そう思いつつ、優しいなあ、と心が温まる。

太白と離れていても、小泉さんや桃生がいてくれる心強さ。改めて、彼らをお守り役と警護役につけてくれた太白に感謝の想いがこみ上げる。そんな彼らと離れなければならないと思えば、いっそう胸が詰まる心地がした。

「お帰りなさいませ。あやねさま、みなさま」

荷物を家に置き、みんなで甘柿の部屋に押しかけると、着ぐるみのクマこと甘柿がハートマークのついた可愛いフリルエプロンで出迎えた。

「手を洗って、配膳手伝いますね」「そ、そんな、あやねさまはどうぞお座りくださ い」「そうです、配膳などわたくしが」「桃生さんこそ座っててくださいって」

「にゃーっ、外に出すですにゃ。襲わないから大丈夫ですにゃっ」

「信用できませぇんっ。野性が抑えられないっていってたじゃないですかぁ」

キャリーバッグから小泉さんがしきりに声を上げ、あやねのバッグからネズミの小玉が悲鳴を上げる。にぎやかなこと、このうえない。

「節分は過ぎてしまいましたが、今日は巻き寿司《まずし》にいたしました」

甘柿が大皿に載せた色とりどりの巻き寿司を運んできて、わっと場が沸く。

旬の魚を使った定番の太巻きから、目に鮮やかな具材を使ったカリフォルニアロールなどの裏巻きと、種類も豊富。ほかにも綺麗《きれい》に飾り付けたオードブル料理がたくさん並び、おうちパーティな空気が盛り上がる。

「おひとりでこんなに作られたんですか。大変だったですよね」

「いえいえ、仕事とはいえ、半ば趣味のようなものでございますから」

ねぎらうあやねに、クマは会釈する。

高階の名で給与を支払っているし、食材費や住居費などの経費も月末にまとめて精算しているけれど、それを超えて甘柿は心を尽くしてくれる。

小泉始め、甘柿に桃生、職場の小玉、別荘の夏井。情が深くて優しい妖かしたち。

そして、彼らと引き合わせてくれた太白。

あやねはいっそう、離れがたさが増してしまう。

太白がここにいればいいのに。もうどれだけ、まともに顔を合わせて食事をしていないだろう。彼はちゃんとご飯を食べて、寝ているだろうか。

一緒にご飯を食べたい。彼と向かい合い、話をしながら笑って食事をしたい。彼が食べているのを見て安心して、自分も美味しいご飯を味わいたい……。

「あやね、どうしたんですかにゃ！」

小泉の声に、あやねは我に返る。気づけば食べかけの巻き寿司を載せた小皿を持ったまま硬直していた。周りを見れば、みなが心配そうに見つめている。

「あやねさま、やはりご様子がおかしいですよ」

「そうですよぅ。お仕事中も時々ぼんやりされてたしぃ」

「え、ええ？　べつにおかしくなんて……」

答えかけて、あやねは自分の頬に涙が流れているのに気づいた。

「あやね、充分おかしいですにゃよ」

小泉が椅子の上でぴしりと姿勢を正し、真剣な面持ちでいった。

「どう見てもあやねは具合が悪いですにゃ。体じゃなくて心が、ですにゃ」

ずばりといわれてあやねは言葉もない。

「大丈夫でございますか。少し休まれてから召し上がるのはいかがです」

甘柿が気遣いつつ、あやねの手から落ちそうだった皿を取り上げてテーブルに置く。

あやねは恥ずかしさがこみ上げて、懸命にまばたいた。

「すみません、ちょっと外に行ってきます。桃生さん、小玉さんを頼みますね」

ぺこ、とあやねは会釈して、玄関へと走っていった。

エレベーターでエントランスまで降りると、あやねはマンションの中庭に出た。住民しか入れない静かな場所だ。

常緑樹が植えられ、水路と噴水がある中庭はライトアップされて、水面に跳ね返る光が美しい。けれど二月のいまは、寒さで体が震える。

あやねは水路のそばに、ぺたりと膝を抱えて座り込む。コートを着てきてよかったと前をかき合わせて、きらめく水面を見下ろす。

自分がどうしたいのか、わからなくなっていた。

こんな、意図せず涙が流れるほど太白に会いたくてつらいくせに、声もメッセージも拒否するまで意固地になる必要があるんだろうか。拗ねているのか、不安になっているのか。どうしたって一緒にはなれない未来に、絶望しているのか。

きっと、その全部なのだ。

抑え込んでいた涙がこみ上げる。あやねは膝に顔を埋めた。

「……チーフぅ、大丈夫ですかぁ」

か細い声とともに、ぴょ、とハツカネズミが足元に顔を出す。

「すみません、わたしがこんなで。チーフにもご負担おかけしてぇ……」

「いえ、小玉さんのせいじゃないですよ」

そっと手のひらを差し伸べると、ネズミはぴょんと飛び乗る。心配そうに見上げる小玉に、あやねは力ない声でつぶやいた。

「実は、バレンタインフェアが終わったら青葉を辞めようと思ってて」

「え……？　え、ええっ、そんな！」

「だから、小玉さんに後をお任せしたいなあって考えてたんです」

ネズミは驚愕《きょうがく》し、後脚で立ったままのけぞった、かと思うとこてんと倒れる。

「こ、小玉さんっ⁉　小玉さん、し、しっかり⁉」

「す、すみませぇん。あんまりにびっくりして」

しょんぼりと小玉は起き上がるが、ぺたりと手のひらでうずくまる。

「わたしじゃ、とってもチーフの後釜になんかなれません、けど、でも……チーフがそうしたいって決めて、安心して辞められるなら……といっても」

小玉は自分の小さな手を開き、悄然《しょうぜん》とつぶやく。

「ただのネズミのままじゃ、後釜どころの話じゃないですけどぉ」

「そうですよね。そうなんですよね……。せめて、それだけでも解決すれば」

ごめんなさい、とあやねは自分の無力に打ちひしがれて顔を伏せる。

小玉は身を起こし、うなだれるあやねを見つめると、ややあって口を開く。

「チーフ、あのぉ……もしよかったら、うちの祖母に会いませんか」

「小玉さんのお祖母《ばあ》さまに？　人間のお祖父さまと結婚されてたっていう？」

「はぁい。祖父はもうずいぶん前に亡くなりましたけど、祖母は元気でしてぇ。一族のうちでも長生きで、物知りの知恵者として知られてるんですぅ」

「お祖母さまにお会いしたら異変の手掛かりが？　どちらにお住まいです？」

あやねは思わず熱を入れて尋ねる。

「祖母は蔵王《ざおう》の山奥に一族と住んでるはずですぅ。ああ、でも、小さいときに行き来が絶えて、わたしじゃ居場所がわからないんでした」

ネズミはしょんぼりと小さな肩を落とす。

「だから祖母に会うならまず、柴田郡《しばたぐん》に住んでる父母に一族の住処《すみか》を訊かないとなんですけどぉ。実は一族だけじゃなく、父母ともちょっと折り合い悪くて……すみません、会いませんかっていったくせに、こんなおぼつかない話で」

「いえ、行きましょう。わたしからご両親にご連絡しますから」

あやねの力強い声に、ネズミは、え、と頭を上げる。

「蔵王なら行ったことあります。同行していただけそうな方も知ってます！」

『元気ですと伝えてください……だそうです』

スマホに入った桃生からのメッセージを、太白はホテルの部屋で開く。

『明らかにあやねさまのご様子はおかしいです。わたくしが口を挟むのは差し出がましいとは思いますが、おそばで労わってさしあげたほうがよろしいのでは』

桃生のメッセージを閉じ、スマホをデスクに置いて腰を下ろす。

あやねからの連絡はいまだにない。太白の唇から吐息が漏れる。

先月、太白は高階の実質的な頭領として、啓明に対抗する妖かしたちの協力を取り付けるために、マンションにも帰らず県内を飛び回っていた。

体調の優れないあやねをひとりにして。

太白を追い回す正体不明の妖かしを近寄らせないためもあったとはいえ、事情もわからず労わってくれるものもなく、どれだけ彼女は心細くて不安だっただろう。

彼女が味わった心細さを想像すれば、解決方法を探すという言葉を信じてもらえないのは当然だった。再び一緒になれる可能性が低いなら、なおさらだ。

すぐ近くで控える桃生が胸を痛めるほどあやねが苦悩しているなら、なにを差し置いても飛んでいきたかった。だがそれは、彼女の体を損なう危険がある……。

思い悩む太白のスマホに、ぴ、と通知が入った。歳星からのメッセージだ。

『起きているか、太白。変化を解かれた従業員の件だ』

単刀直入の文面。電話でないのは、だれかに聞かれる可能性を排除するためだろうか。太白は素早く返信を打ちこむ。

『なにか、調査に進展でも』

『おまえが聞いた話だと、夏井は正体不明の相手に〝化かされた〟。そして今回、俺たちの拠点である青葉グランドホテルでも、三名が同じように〝化かされ〟て、変化を解かれた。これは――啓明のしわざだと思わんか』

共通点には気づいていた。しかし短絡的に結論に飛びつきたくない。

『化かされたという表現も、啓明の関与も、まだ不確定です』

『おまえが松島に行った日、あやつは笑えることに内線で通話してきたんだぞ。どこから入り込んだか、まったく舐《な》めた真似をしてくれる』

とても笑える話ではない。いったいなんのための通話だったのか。煽りか、牽制か、攪乱か。太白だけでなく、ずっとそばで啓明を見てきた歳星すらも意図は理解不能と、判断は保留になっている。

『目的がわからんなら手段から類推するしかない。あの通話から察するに、啓明の思惑に沿って事態が進んでいるのはたしかだ。それに松島の別荘の件はともかく、今回の三人には共通点が見つかった。この三人には』

長い文面を追う太白の目が止まる。そこには、こう書かれていた。

『近親に、人間の血が入っている』

◆

「さ、寒い!?」

JR東北本線の船岡駅《ふなおかえき》から出たとたん、午前の冷たい空気にあやねは震えた。

さすが二月、春は目の前のようでいて、冬コートの前をしっかり閉じていても寒い。首筋を縮めてあやねは歩き出す。肩には小玉のキャリーケージが入ったバッグ。

小玉の両親の住む家は、駅より徒歩八分ほどの白石川《しろいしがわ》沿いにあるらしい。まずは話を聞くために、そこへ向かう予定になっている。

「この道を真《ま》っ直《す》ぐ行って、白石川の堤を歩くと、実家はすぐですぅ」

透明なケージの蓋を自分で開け、ネズミの小玉が顔を出す。

「チーフのご同行の方って、どちらで合流なんですかぁ」

「白石駅《しろいしえき》ですって。仕事があるので遅れるって連絡がありました」

同行者は、藤田晴永と彼の使い魔で山犬の三峰。その三峰が、かつて隠遁《いんとん》していたのが蔵王山中だった。

（あのときは太白さんと一緒だったんだなあ）

バス酔いした彼を介抱したのも、懐かしい……なんて、ことあるごとに彼を思い出してしまう自分に、あやねは深く吐息した。

しかし、我ながらいつになく短絡的だなと呆《あき》れ返《かえ》る。小玉の祖母に会ったとして、小玉を元に戻せる手がかりが得られるなんて確証もないのに。でもじっとしていると、暗い考えに取り憑《つ》かれるばかりだ。それならしゃにむに動いていたい。

小玉以外の異変は、フロントと人事部の二件。歳星からの連絡によると、彼らには人間の血が入っているらしい。だがそれを公表すれば、妖かしと人間とのあいだで緊張が高まっているいま、社内で魔女狩りのような騒ぎが起こりかねない。ゆえに、あやね含む上層部限定の極秘情報だ。

三人とも周囲にひとがいないとき、やってきただれかと言葉をかわした次の瞬間、人間の姿が保てなくなったという。そしてみな、相手の姿を覚えていない。変化を解かれた以外、夏井のときと似たような状況だ。だが相手の正体も目的もわからない。

せめて正体さえわかればそこから話がつながりそうな気もするのに……。

考えつつのどかな住宅地を貫く小道を歩いていくと、間もなく土手に出た。青くきらめく水面に沿って並木道が続く。寒いが天気はよく、散策は心地いい。

「この並木って、有名な〝一目千本桜〟ですよね」

あやねは葉も花もない木々を見上げる。どれもが老木のようで、幹は割れてごつごつと太く、枝は大きく横に広がり、地面へと下がっている。

「写真でしか見たことないですけど、咲いたらきっと見事でしょうね」

「いやあ、シーズン中はお祭りもあって観光客いっぱいでぇ」

ネズミは枝のあいだからのぞく薄青い空を見上げていった。

「うちはカフェを営んでるので、お弁当を作ってお祭りの会場に出したり、カフェで接客したりで手伝いでへとへとで、桜の時期はうんざりでしたよぉ」

「なのに接客業のホテルに就職したんですね」

「おかしい話ですよねぇ。しかもブライダルなんて、ほかのひとたちと深くかかわるじゃないですかぁ。疲れるのはおんなじですよねぇ」

くんくん、とネズミは鼻先で冷たい空気を嗅ぐ。

「でも、お客さまの幸せそうなお顔を見ると、なんだか嬉しいんですよぉ。あ、あと青葉はお給料がすっごくいいですからねぇ」

たしかに、と小玉と笑い合って、ふとあやねも空を仰ぐ。

自分も華やかなパーティや、幸せの門出を祝う結婚式にかかわるこの仕事が好きだ。

太白との契約結婚を選んだのも、その仕事を続けたかったからだ。

太白から離れ、その仕事も辞めて実家に帰ったとして、あやねの居場所は母のもとにはない。もちろん母は温かく迎えてくれるはずとしても……。

沈んだ気持ちで川べりを歩く。桜の時期なら、もう少しはずんだ気分になっただろうか。けれどいまは、寒々しい枯れた梢《こずえ》が続くばかりだ。

「あ、実家はそこですぅ、そこ」

小玉の声にあやねは自分を取り戻す。顔を上げれば、川べりから一歩入った道沿いに建つ、レトロな外装の喫茶店が目に入った。看板の名前は『喫茶コダマ』。

「はぁい、いらっしゃい」

からんからん、とドアベルを鳴らして入ると、明るい声があやねを出迎えた。奥から出てきたのは、清潔そうなエプロンをした小柄な中年女性だ。

「初めまして。わたくし、お電話した青葉グランドホテルの花籠です」

「……お、おかーさん」

あやねのあいさつとともに、そ、とネズミがバッグから顔を出した。

「まあ、おまえ！」

女性は駆け寄り、あやねの前で深々と頭を下げる。

「申し訳ありません、花籠さん。うちの娘を連れてきてくださって。こんな、人前で変化が解けてしまうなんて不始末をしでかしたというのに」

「いえ、不可抗力だと思いますから」

あやねは慌てて手を振り、小玉の母を押しとどめる。

小玉の母はあやねをテーブルに通し、温かいコーヒーを出してくれた。川べりの冷たい空気で凍えた体に沁《し》みる美味しさに、あやねはほっと息をつく。

まだ早い時間で客はあやねだけ。おかげで心置きなく話ができそうだ。

「……というわけで、小玉さんのお祖母さまに話をうかがえないかと」

あやねが説明すると、小玉の母はふうと息をつく。

「義母はだいぶ高齢なこともあり、義父を失ってからほぼ外に出ておりません。お教えするのはできますけれど、会えるかは保証できませんよ」

「かまいません。蔵王の山中にくわしい案内人も頼みましたから、お母さまたちのお手をわずらわせることはありませんので」

「この子がこんなことにならなければ、ご迷惑もおかけしませんでしたのに」

小玉の母が悩ましげにいうと、コーヒーカップの陰でネズミは身をすくめる。

「幼いころから勉強はできても要領が悪くて。半妖の夫は上手くやってきたのに、この子は人間の血が変に出てしまったようなんです」

微妙な居心地の悪さをあやねは感じる。目の前に人間がいるということを忘れているのだろうか。人里で商売しているなら、客も人間が多いだろうに。

しょんぼりとする小玉にも、あやねは胸が痛くなってしまう。

「義母は〝えぼし千年杉〟の付近に隠れ住んでいるはずです」

はっとあやねは小玉の母に目を移す。彼女は目を伏せてあやねを見返さない。小玉が、おそるおそるといったふうに母に尋ねた。

「お母さん、お父さんはぁ？」

「お父さんはちょっと出てるの。おまえが元気だとは伝えるから」

なにかを含む口ぶりだった。小玉はいっそう小さくなってうつむく。そんな娘の姿に、小玉の母はいい聞かせるように言葉を継ぐ。

「もし戻れないなら、それ以上ご厄介をかける前に帰ってきなさい。あんたがそんな姿でも、一族にいえばもらってくれる相手のひとりくらい、いるでしょう」

小玉はショックを受けた顔で見上げる。あやねは急いで取り成した。

「あの、小玉さんはとても優秀なんです。うちの課になくてはならない方なんです。ですから、一刻も早くこの事態を解決したくて」

「職場で優秀でも、結局、女の子は結婚するんですから」

だが小玉の母はにべもなく返す。

「ですから……こうなって、よかったのかもしれません」


カフェを出て、あやねはとぼとぼと駅に向かって堤を歩く。天気もよく川面《かわも》もきらきらしているのに、どうにも気分は沈むばかりだ。

「すみませぇん。母が……そっけなくてぇ」

バッグの縁にそっと鼻先だけのぞかせて、小玉がつぶやいた。

「だから、あんまり気が進まなかったんですよねぇ……親と話すの……」

「いえ、わたしも似たようなことといわれた経験、ありますので」

あやねは自分の母のみちよを想う。自由な性分の彼女は、あやねの生き方に干渉はしてこないが、それでも以前は親戚からの縁談を紹介することがあった。シングルマザーで苦労した分、あやねにはだれかと助け合って生きてほしいと。

そのたびあやねは、自分という個人の人格や意志も、〝結婚〟という形態のために無視されているような心地になったものだ。

（……太白さんは、最初からわたしをわたしとして扱ってくれた）

いっそう、太白が恋しくなる。話し合い、助け合って困難を乗り越えてきた彼との関係は、決して慣習や世間体のための結びつきではなかった。

「半妖の父は、わたしより一族からの風当たりが強くってですねえ」

考え込むあやねの耳に、小玉のぼそぼそしたつぶやきが触れる。

「だから、上手くネズミのわざを使えないわたしが歯がゆいんじゃないかなって。それを支えてきた母も色々思うところあるのかもってぇ……」

「小玉さん、白石の名物って〝うーめん〟でしたっけ」

「へ？　え、はぁ、はぁい、そうですけどぉ」

いきなりあやねに脈絡のないことをいわれ、小玉は戸惑う。

「よし、美味しいうーめん食べて、元気出して、必ず解決しましょう。優秀な小玉さんを、絶対にこのままにはしませんから！」

「チーフ……」

小玉は感に堪えたような声でいうと、「はぁい！」と元気よく答える。

あやねは意気揚々と堤を歩き、船岡駅前でタクシーを捕まえると颯爽《さっそう》と——あくまで脳内イメージとしてだが——乗り込む。

「運転手さん、白石駅前のおすすめの、うーめんの美味しいお店まで！」

「いま、あやねさまはタクシーに乗られました」

ゆるやかに車を発進させつつ、インカムで桃生は通話をする。

目下、秘密裏の尾行とボディガード。狐の特性を活かし、見知らぬ男性に変化している。桃生はさりげなくタクシーのあとを追って車を走らせる。

「〝喫茶コダマ〟は、あやねさまの部下のご実家です。おそらく、ご自分で今回の異変の手掛かりを得ようと考えているのでは」

『あのひとは本当に……。いつも、思い切ったことをする』

嘆息気味の声が返る。通話の相手は太白だ。

『僕も念のため、そちらに向かいます。高速で四十五分くらいでしょうか』

「では、あやねさまとお顔を合わせてくださるんですね」

『いや、桃生、あなたが様子を知らせてくれればそれでいい』

太白の返事に桃生は顔をしかめる。

「了解いたしました。ですが、もしあやねさまが危険な目に遭われたなら、わたくしではどこまで対処できるかわかりません」

『あやねさんと同行するのは、藤田氏と山犬の三峰でしょう。あのふたりがそろっているなら、大体の危険には対応できる。あくまで僕は念のためです。とにかく見失わないことだけを心がけてください』

太白の念押しに、桃生は「はい」とだけ答えて通話を切った。

いったい、あやねと太白になにがあったというのだろう。松島の別荘では小泉さんや夏井にからかわれるくらい仲睦まじかったのに。

あやねは明らかに無理をしている。この思い切った行動も、その無理に起因している気がする。やっぱり、こんな状態はふたりのどちらにもよくない。

自分が小泉さんなら、図々《ずうずう》しく口を出せるのだろうけれど、と桃生は嘆息し、アクセルを踏んでタクシーを追いかけた。

「うーめん、美味しい……っ！」

白石名物うーめんを一口すすり、あやねは思わず声を上げる。

出汁の効いたつゆが絡む麺は優しいのど越しと舌触りで、あっという間に胃のなかに消えていく。朝食を取る時間もなく早朝に出てきたので、よけいに美味しい。

「うーめんって、素麺《そうめん》や冷や麦とどう違うんですか？」

「素麺みたいに製造過程で油を使わないんですよぉ」

お座敷《ざしき》のテーブルの下で、あやねが湯呑《ゆのみ》に分けた麺をすすり、小玉が答える。ネズミを持ち込んだと知られたら大変なので、ふたりは極力声を忍ばせていた。

「あと麺が短いので食べやすいってことですかねぇ、消化にもいいそうですぅ」

「へえ、美味しそうなもの食べてるね」

「藤田さん、三峰さん！」

頭を上げて、あやねは顔を輝かせる。美形な晴永の登場で店内はざわつき、彼の背後に立つ長身強面《こわもて》、ウルフカットで片目を隠した女性にもいっそうざわつく。

晴永はあやねが座る座敷に上がり込み、カウンターに手を上げる。

「すいませーん、こっちにうーめんセットふたつお願いしまーす」

「おい、のんびり飯を食ってていいのか」

ウルフカットの強面、こと山犬の三峰が座敷の上《あ》がり框《かまち》に腰をかけ、獰猛《どうもう》な声でいった。ひぇ、とネズミの小玉があやねの膝にしがみつく。

「いいえ、栄養取っておくの大事です。これからトレッキングですから」

「トレッキング⁉　聞いてないんだけど」

あやねの言葉に晴永が驚きの声を上げる。

「小玉さんのお祖母さまはえぼし千年杉近くに隠れ住んでらっしゃるらしくて。調べたら、スキー場から行けるトレッキングコース沿いにその杉はあるんです」

「ふん、まあ案内は任せろ。だがその装備で大丈夫なのか」

三峰の言葉にあやねはけげんなまなざしで見返す。

「いちおう、動きやすい恰好《かっこう》で来ましたけれど」

「二月でスキー場から行くんだろうが。つまりは雪中行軍だ」

あ、とあやねは口を開けた。晴永は乾いた笑いであやねを見返す。

「遭難しないようにしないと、だね？」


というわけで、あやねたちはゲレンデのリフトから降り立った。

「……マジで？」

真っ白に雪が積もったトレッキングコースを前に、あやねはぼう然とつぶやく。

スキーウェアからスノーシュー一式をレンタルし、装備をきちっと固めてはいるものの、果たしてたどり着けるのか心配になってきた。

天気がいいのが幸いだ。これで荒天なら、いくらいまあやねが無鉄砲な考えに取り憑かれていても、さすがに日を改めただろう。

「調べたところ、千年杉までは三十分、ただし夏場での話。この雪だともっとかかるだろうね。下りだからまだ楽かな」

晴永は雪に埋まる行く先を見晴かす。その隣では三峰が、ジャケットにワークパンツの軽装で立っていた。

「三峰さん、スノーシューとかウェアはなくて、大丈夫なんですか」

「私が、なんだって？」

はん、と笑ったかと思うと三峰はふいに雪を蹴って跳躍した、かと思うと瞬きの間に、前方の雪のなかに片眼《かため》の潰れた巨大な犬が現れる。いや、犬ではない。ふさふさの毛皮に尖った耳、シベリアンハスキーに似たその姿は……。

（そうだ、山犬って狼《おおかみ》だ）

あやねの内心を悟ったように、三峰は太い牙を剝いて笑った。ひょえ、とあやねはちょっと身震いする。ダウンジャケットの胸元では小玉もぶるぶる震えていた。

「行くぞ、遅れるな」

山犬は雪を蹴り、駆けていく。晴永は嘆息した。

「狼の脚力で遅れるな、っていわれてもね。こっちも用意があるんだけど」

そういうと、彼は人型の紙を数枚取り出すと手のひらに載せて、ふっ、と息を吹きかける。たちまちそれは白い鳥の姿となって行く手に飛んでいった。

「これで周囲を警戒しておくね。じゃ、行こうか」

晴永に促され、あやねは彼のあとについて踏み出す。

スノーシューはいわゆる〝かんじき〟。ふかふかの雪の上を歩くのにうってつけだ。慣れないスキーよりはまだ、歩きやすい。

「先月はありがとうございました。今日も、ですけれど。藤田さんにはいつも、お世話になってばかりです」

「もう何度もお礼はいわれたよ」

晴永は綺麗な顔にゴーグルを下ろしてほほ笑む。

彼とはいつしか心地よい距離感になっていた。むやみにいい寄られたりしなくなったからだろう。友人としてのいい関係でいられるような気がした。

「でも、こんなに大変な行程になるとは思わなかったですけど」

ストックを地面につき、あやねはよいしょと雪を踏みしめて進む。

「コダマネズミは、鉄砲の鳴《な》き真似をするんだよね」

晴永はあやねより軽快な足運びで進みつつ、いった。

「その鳴き真似で、山奥に入ってくるマタギを惑わすんだ。だから山が縄張りでもおかしくない。そのネズミちゃんから話は聞いてない？」

「なるほど……って、そうなんですか、小玉さん？」

「はい、そうですぅ。わたしはそのわざ、あんまり上手く使えませんけどぉ」

ポケットのなかで小玉はうなだれる。また彼女のコンプレックスを刺激してしまったらしい。急いであやねは取り成した。

「いえいえ、大丈夫ですよ。わたしこそ最初に訊いておけばよかった」

「それより御曹司は？　どうして一緒じゃないのかな」

隣で雪をかく晴永にいわれ、ぎくりとあやねは体が強張る。いい返せずにうつむいてしまえば、揶揄《やゆ》するような言葉が聞こえた。

「またなにかすれ違い？　どうして君らは素直にくっついていられないのかな」

「そ、そういうわけじゃなくって……ってことも、ないんです、けど」

「せっかくあきらめたのに、付け込みたくなるよね」

え？　とあやねが目を向けると晴永は知らん顔で雪をかいている。と思っていると、前方から山犬がラッセル車のように雪を蹴立てて走ってきた。

「おい、狐の臭いがするぞ。どうやら後をつけているようだ」

ふんふん、と山犬は大きな鼻先を空に向けて嗅ぐ。

「この臭いは覚えがある。あやねのボディガードか。なら、心配ない」

「え……桃生さん？」

たしかに念のため、行先《いきさき》も目的も桃生に告げておいたが、晴永と三峰がいるから大丈夫とも伝えたのに、まさか雪のなかを追ってくるとは。それも太白の指示か。

（だったらいっそ、太白さんが直《じか》にきてくれればいいのに……）

なんて思いかけて、いやいやと首を振る。

「急ぎましょう。三峰さんが案内してくれても、遅くなるのはよくないです」

あやねは心を奮い立たせ、がしがしと雪を踏んで歩いていく。三峰が小首をかしげ、また先を走っていった。晴永が苦笑いして足を踏み出す。

しばしあやねたちは無言で雪のなかを歩く。意外に重労働で、こんなに寒いのにあやねは汗がにじんできた。ひょこりと小玉が胸元から顔を出す。

「チーフ、汗出てますぅ。大丈夫ですか」

「うん、だい、じょう、ぶ」

やがて行く手で山犬が足を止めて待っているのが見えた。その傍らにそびえ立つ、見上げるほど立派な巨大な杉の木も。あれがえぼし千年杉か。

「もうすぐだよ、あやねさん。ん、式神も戻ってきた」

晴永が空に手を伸ばすと、白い鳥が止まってふっと消えた。

「害をなしそうな妖かしの気配はないかな。といって、ネズミちゃんの一族が隠れ住むような場所は……」

「なにをするちゅー！」

ふいに晴永の言葉をさえぎり、おかしな叫び声が響き渡った。なに？　と目を向けると杉の根元から、三峰が巨大な白ネズミをくわえてやってきた。

「やめるちゅ！　わしは孫を迎えにきただけちゅ！」

「え……もしかしてぇ、お祖母ちゃん？」

ひょこ、とあやねの胸元から小玉が顔を出すと、山犬が口を離した。ぽす、と白ネズミは雪に埋まってしまう。うわ、とあわててあやねは雪を掘り起こした。

「だ、大丈夫ですか。すみません、ええと、小玉さんのお祖母さま？」

「まったく、無礼な山犬ちゅ！」

雪まみれの白ネズミはあやねの手のひらでキィキィわめくと、ぽんと飛び降りた。かと見るや、着物姿で目も覚めるような美少女が出現する。

「ふん、人間にはこの姿のがウケがええんじゃろ」

美少女は、江戸時代の町娘といった様相。冬のさなかで分厚い重ね着だが、小袖の柄は派手で髪も可愛く島田髷《まげ》に結っている。あれ、島田髷って未婚女性の髪型じゃなかったっけ……とあやねは疑問に思うが、敢《あ》えて黙っておいた。

「杉の木の根元にいきなり現れて不審だったからな。身内か」

白ネズミの抗議にも、山犬姿の三峰は悪びれた様子もなくいった。町娘は三峰にイーッ、と歯を剝《む》き出《だ》しにすると澄ました顔で名乗る。

「わしはコダマネズミの一族がひとり。群れゆえ明確な名はないが、呼びたければ木霊から取ってひびきと呼ぶがいい。その小ネズミが孫じゃな。よしよし、おいで」

小玉は挙動不審にあやねと町娘ことひびきをおろおろと見比べるが、ひびきは遠慮なく可憐《かれん》な手を伸ばして小玉をひょいとつまみ上げた。

「ど、どうしてわたしたちがここに来るって、わかったんですぅ」

「おまえの父親が知らせにきたんじゃ。もう帰ったがな」

ひびきは山の下方を見やる。よく見れば雪には足跡がついていた。その先はロープウエーの乗り場のはずだ。小玉は驚いた顔でひびきを見上げる。

「だから留守だったんだぁ。わたしと会いたくないのかなって思ってましたぁ」

「会いたくないのは間違いなさそうじゃな。ああ、そうしょげた顔をするんじゃあない。だれのせいでもない、つまらん心の行き違いじゃ」

というと、ひびきはあやねたちに向き直る。

「悪いが、わしら一族の隠れ家には入れてやれんのじゃ。人間どもは遠慮なくわしらを狩るし、わしらの好物は人間どもの作物じゃしな」

「でも、小玉さんのお祖父さまは人間だったとうかがいましたけれど」

「長生きの気まぐれじゃ。狩る側の気持ちがわかるかと思うてな」

遠慮がちにあやねが訊くと、ひびきはあっけらかんと答える。

「といってネズミの天敵は猫に狐、山犬にイタチと山ほどおるわけじゃから、なんであのマタギを選んだかと問われると困るがな。まあ、気まぐれには違いない」

「ネズミなんぞ喰《く》わん。狩りのしがいもないし、食い出もない」

山犬三峰が嗤《わら》うようにいった。ひびきはじろりとにらみつける。

「どうせ人間の食い物に馴染みすぎただけじゃろ。野性を失いおって」

「ほほう、ここでその野性を見せつけてもいいが？　おまえ相手に」

「やや、やめてください。ほら、小玉さんがそんなに小さくなってます！」

ひびきの手のひらで震える小玉を、あやねは指し示す。

「口の悪い山犬なんぞ放っておいて、さてと」

ひびきは小玉をつまみ上げ、あっちこっちの角度からしげしげと眺める。小玉は落ち着かなげにおろおろと見返した。ふむ、とひびきは首をかしげる。

「見たところ、妖力がなくなっておるようじゃなあ。生まれつき、人間の姿でいるほうが楽じゃったと父親から聞いてはおったが」

「まぁ、はぁい、そうですぅ」

「もともと妖力が弱かったんじゃな。それがなくなりただのネズミになったか」

「それじゃ、小玉さんを元に戻すには妖力を取り戻せばいいんですね」

しゃべるネズミはただのネズミではないと思いつつ、あやねは尋ねる。

「理屈ではな。そうかんたんな話でもなさそうじゃが」

「ぼくは陰陽師なんだ。なにか力になれるかもしれないよ」

晴永が進み出ると、ひびきはへっ、と行儀悪く鼻で笑う。

「陰陽師に頼るのも業腹じゃわ。……とはいえ、なにか思い当たる節はあるか」

「残念ながら、ぼくには〝見鬼《けんき》〟の力は備わってないんだ。けど修行の結果で、呪的なわざの名残りや、魔の障りは感じ取れる」

晴永は小玉に手を伸ばし、スススッ、と手刀で格子状に印を切った。

だが、小玉はきょとんとしている。ふむ、と晴永は首をかしげた。

「破邪の法を使ってはみたけれど……。邪《よこしま》な意図をもってのわざじゃないようだね。それともぼくの力じゃ及ばない、もっと高度な術なのかもしれない」

「力不足を自ら認めるとは、傲慢になりがちな陰陽師らしからぬな」

「……色々とあって、謙虚になったのさ」

意外な言葉にあやねは目を開く。これまで見てきた、晴永の傍若無人で遠慮のない振る舞いが嘘のようだ。

「よければ彼女をもっと調べてもいいよ。ああ、むろんあやねさん預かりで」

「そうじゃな。一族で預かっても孫は居心地悪い想いをするじゃろ」

よくわかった言葉に、小玉もほっと強張る体をゆるめた。

「それと……もし、一族に伝えられるなら伝えてくれないかな」

ふいに晴永が声を落とし、神妙な面持ちで告げた。

「今月中だけでいい。住処の近辺から出ず、仙台市内にも近寄らないように。ぼくがこの周囲に目くらましの術をほどこすから、その範囲内にいてほしい」

不審そうにひびきは晴永を見上げる。後方で聞いていたあやねも眉をひそめた。

そのときだった。山の下方から空気を裂くすさまじい破裂音が響き渡った。発砲のようなその音に、その場の全員が身を強張らせて振り返る。

「しまった、風下から迫られたか、晴永！」

三峰が叫び、晴永は即座に式神を取り出して放つ。何羽《なんわ》もの白い鳥が群れをなし、空を滑るように山を駆け下りていく。

「居場所がバレたのか。これじゃ目くらましの術も役に立たない」

晴永は悔しげに吐き捨てると、すっと印を結ぶ。

「三峰、できるだけ時間は稼ぐけど、きっとここまでやってくる。あやねさんたちを上のロープウエー乗り場まで逃がしてくれ。彼女の護衛の狐もいるはずだから」

「承知。おい、戻るぞ！」

三峰の呼びかけに、はっとあやねは駆け寄る。といっても歩きにくい雪上、焦りと裏腹に足は動かない。一方、ひびきはぼう然と立ち尽くしている。

「先ほどの破裂音……まさか」

「どうしたんですか、早く三峰さんのもとへ……」

あやねが歩み寄り、声をかけたときだった。

「に、逃げろ！　逃げるんだ！」

ふいに下方から男の声が響き、はっと小玉が祖母の手のひらから身を乗り出す。

「え……おっ、お父さん⁉」

振り返るあやねの視界に、スノーシューで上がってくる男の姿が入る。

彼が着ているダウンジャケットの半身が焼けただれているのが、遠目だが見えた。

まるで強い炎で炙《あぶ》られたようだ。それでも男は足を止めずに叫ぶ。

「イタチだ、イタチの群れだ、逃げろ……っ！」

な、とあやねは口を押さえる。イタチ――晴永の姉で、啓明に与《くみ》した晴和が使役していた妖かし。まさか、ここにも啓明の手が迫ってきたのか。

「お、お父さんっ！」「駄目じゃ、下がれ」

飛び出そうとする小玉をひびきは手で挟んで押しとどめる。すると、

「あやねさま、お逃げくださいっ」

頭上からも声が降ってきた。振り仰げば、一匹の狐が雪を蹴立てて駆け下りてくる。やはり尻尾や体が半ば焦げていた。

「え、まさか……も、桃生さん⁉」

狐は雪煙を上げてあやねの前で急停止した。手傷を負いながらも、狐はあやねをかばうように山上を見上げて立ちはだかる。

「半数は噛み倒しましたが、数が多すぎました。無念です」

チ、と山犬の三峰が舌打ちする。
「上下両方を相手にするのは骨が折れるな」

「火を操るイタチか。ぼくの術とは相性が悪いな。とりあえず風上は押さえる」

晴永が両手を下げると、ダウンジャケットの裾からいくつもの形代が現れた、かと思うと新たな鳥の群れが現れ、山上へ空気を裂いて飛んでいく。

あやねは頭上と眼下を見比べ、震えながらいった。

「こ、小玉さんのお父さまを助けてください！」

山犬が身をひるがえして男のもとまで一足飛びに駆け寄り、その首筋をくわえて駆け上ってくると、ぽいとひびきの足元に男の体を放った。

「下方を見てくるぞ」

「気を付けて。危ないようならすぐに合流だ」

承知、と晴永に応えて山犬は凄まじい勢いで駆け下りていく。ひびきと小玉が雪のうえにうずくまる男へ雪をかいて歩み寄る。半泣きで小玉が呼びかける。

「お、お父さん……大丈夫、だいじょうぶぅ」

しかし男は荒い息でぐったりしたままだ。

「コダマのわざを使ったんじゃな。半妖が、無理をしおって」

ひびきの言葉に男は苦しげに顔を上げる。不安げに見守るあやねの背後で、晴永が手負いの桃生に声をかける。

「山上の群れは式神で足止めしてるけど、突破されるのも時間の問題だ。簡易に結界を張るから、あやねさんたちとやり過ごして」

そう桃生にいうと、晴永は印を結び、あやねたちの周囲を不思議な足取りで反時計回りに回る。一周して最後に、結んだ手を刀で切るように切って開く。

ふっと一瞬、あやねは周囲の空気が清らかになった気がした。

「吉備真備《きびのまきび》の使った陰身の術だよ。息をひそめて声は出さないで。術が破れる」

そういって晴永は山の上に向かって歩いていく。強い風が吹いて雪を舞い上げ、遠ざかるその背中を隠していく。

あやねは不安にかられながら、小玉の父や祖母と身を寄せ合った。

目を落とせば、火傷《やけど》を負った小玉の父と桃生は顔を歪《ゆが》めて唇を噛んでいる。雪で体を冷やしているが、火傷はかなりつらそうだ。一刻も早い手当てをしなければと思いながら、しかし動けば見つかってしまうとの恐怖でどうすることもできない。

風下から、風上から、凄まじい獣のうなり声や争う物音が響いてくる。

それは身の毛のよだつような音だった。荒れ狂う風と雪に視界は閉ざされ、音しか聞こえないのがいっそう恐怖をあおる。

晴永と三峰は無事なのか、と思った瞬間、晴永らしき人影が火をまとって斜面を転がり落ちてくる。は、とあやねは身じろぎしかけて小玉の祖母に肩を押さえられた。

晴永は雪のなかを転がって火を消すが、立ち上がる足はふらつく。

そこへ山犬が雪を蹴立てて駆け寄った。しかし、後方からけたたましい鳴き声が迫ってくる。雪中で晴永と山犬は背を合わせる。それを上から囲み、下方からもべつの群れが挟み撃ちしようとする。数では敵わない、圧倒的だ――。

そのときだった。

上方から滑り降りてきただれかが、イタチの群れに体当たりして弾《はじ》き飛《と》ばした。次いで下から追いすがってきた群れも吹き飛ばす。

火をまとうイタチどもはたまらず倒れ、雪に転がる。

（え……⁉）

思わずあやねは口を両手で押さえてぼう然となる。

それは、スノーボードを履いた太白だった。

3　夫婦喧嘩は山犬も喰わぬ

（太白さん……！）

あやねは口を押さえて、歓喜に震える体も声も必死に抑え込む。

平地だというのに、太白は片足をボードから外して雪を蹴り、見事なスノーボーディングテクで滑ってイタチを吹き飛ばす。

山犬三峰もそれに追随し、嚙みつき、喰らい付いてひるませる。すかさず態勢を立て直した晴永が式神で加勢する。白い鳥がイタチに襲いかかり、火で燃え上がりつつも翼で切り裂いて追い散らした。

あれほど数多くいたのに、イタチの群れは大半が倒れて残りわずかとなった。後方にいた、リーダーらしき大きな個体が鋭く短い鳴き声を上げると、イタチは雪を散らして逃げ始めた。雪のなかに点々と意識を失った仲間たちを置き去りにして。

太白は追わない。彼らの撤退を見届けて、膝をつく晴永に歩み寄る。

「大丈夫ですか、藤田さん」

「……そうか、護衛がつけてきたのは、御曹司に居場所を知らせるためなんだ」

太白の手につかまらず、晴永はよろりと身を起こす。

「あやねさんはどこです。気配は感じられますが」

「はは、ぼくのわざが〝鬼〟の目をくらませられて光栄だね」

といって晴永は、パン！　と両手を叩いた。

ぱちりとあやねは大きく瞬きする。急に視界が開けた気がした。

即座に気付いた太白が「あやねさん！」と顔を輝かせた。しかし踏み出しかけたその足が止まる。あやねも立ち上がろうとして、同じく動けなくなる。

いますぐ駆け寄りたい。心はすでに太白のもとに飛んでいるのに、体が迷う。晴永と三峰が、目をそらすふたりを不思議そうに見比べる。

「怪我人《けがにん》は桃生だけではないようですね。すぐに手当てを」

太白がごまかすように、あやねの背後でうずくまる小玉の父親と桃生へ目を移す。

あやねは我に返り、冷静さをかき集めて答えた。

「え、ええ、火傷が酷《ひど》いんです。レスキュー隊を呼びましょうか」

「いや、僕が担いでいったほうが早い」

といって太白は雪を蹴り、ボードを滑らせてあやねの隣をすり抜けて桃生たちに近寄る。なるべく距離を取ろうとする彼に、あやねは哀しみが増した。

そのとき、近くに倒れる人影がゆらりと起き上がった。それは、体は人間だが尖った鼻と鋭い牙のイタチ。ふいにそれは体に火をまとい、あやねに襲いかかる。

とっさの出来事に、あやねは逃げる間もない。鼻先に赤い火が迫る。

ふいに背後から腕が伸びた。狂暴な爪を持つ赤黒い鬼の腕だった。だが、これまで見てきたのとは違い、大きさは人間の腕と同じ。

あやねのすぐ目の前で、太白は火をものともせずにイタチの首をつかむ。その額には、冷たく光るふたつの金の眼《め》が開いていた。

「……貴様、そこまで命が惜しくないか」

冷たく低い、ぞっとする声があやねの耳朶《じだ》を叩く。その姿、その声を見聞きした瞬間、あやねの視界がぐるりと回る。

「あやねさん!?」

だれかが名を呼ぶ声を遠くに聞きながら、あやねの膝はくずおれる。雪の冷たさを頬に感じた、そう思った次の刹那、意識がぷつりと途切れた。

（いやだな、また倒れて……）

戻ってくる意識の隅で、あやねはぼんやりと思う。

「チーフぅ……チーフぅ」

半泣きの小玉の声に、あやねははっきりと目が覚めた。頭上は薄暗い天井。といって、これまで見てきた病院ではない。やっと慣れてきたマンションの寝室だ。

「あ、チーフ！　気づかれたんですね、お加減は⁉」

目を向ければ、ハツカネズミが枕もとでおろおろしている。可愛くて必死な仕草にあやねは答えようとして、はっと気づく。

「太白さんは⁉　太白さん、どこですか！」

「あいつならいないぞ」

乱暴な声が足元から聞こえて、あやねは首を起こす。

人間の姿になった三峰がベッドの端に腰かけて、コッペパンサンドを食べていた。しかも両手に二個持ちで、あんぐり、と大きな口を開けて。

「あ、あのう、寝室で食事は……まずいんじゃぁ……ないですかぁ」

「働いたから腹が減った」

おそるおそるの小玉の注意をよそに、三峰はばくばくとサンドを食べていく。

「美味《うま》い。おまえのところの板前の腕は悪くない」

板前？　とあやねは首をかしげ、甘柿のことだと思い当たる。

「あの、三峰さん、それよりも太白さんは？」

「歳星のもとへ向かった。どうやらネズミの一族と同じような事例がほかにもいくつか起こったらしいからな」

そんな……と青ざめるあやねの前で、三峰はたちまちサンドをたいらげた。

「晴永も状況把握のために同行した。あの狐とネズミの父親は病院送りだ。というわけで、しばし私がお守り役らしい」

「まあ、山犬！　おまえ、なにをしてるちゅ！」

ドアが開いたかと思うと、甲高い娘の声が響いた。あやねが驚いて目を向けると、お盆に湯呑と急須を載せたひびきが歩んでくる。

「不衛生でちゅ……、ではなく、寝室で食事とは不衛生じゃ！」

「はっ、無駄な老人口調で笑うな」

「ふん、人間の食い物を食うのと無駄口にしか使わん口よりよく回るのじゃ」

ひびきは知らん顔の三峰をにらみつけると、お盆を差し出す。

「それより、ええと、あやねか。あの陰陽師が薬をくれたから飲むがよい。なんでも体内より浄《きよ》めるための、術をほどこした漢方由来の薬じゃと」

「体内より……って」

「陰陽師の見立てによると、不調は〝鬼気〟に当てられた可能性が高いそうじゃ」

――鬼気。

やっぱり、という想いがこみ上げる。予測していただけに衝撃はさほどでもないけれど、逆に哀しみは深くなった。陰陽師である晴永の見立てなら、決定的だ。

「鬼気というなら、太白のせいか」

食べ終わった三峰がずばりといった。あやねの顔が暗くなる。

「とりあえず晴永の薬を飲め。あいつがここを出る前に、おまえの不調の原因である鬼気を祓っておいた。といっても、一時的な処置に過ぎんそうだがな」

いわれれば以前のようなひどい倦怠感《けんたい》はない。起き上がるのも楽だ。

「……藤田さんには、ご迷惑をかけてばかりですね」

「つまらん物言いを」

三峰が不快そうにいい捨てる。

「だれにも迷惑をかけずに生きたいなどと、それこそ甘ったれだろうが」

「ぬしこそ弱ってるものにその物言いはなんじゃ。ほれ、あやねは飲め！」

ひびきが急須から湯呑に薬をそそぎ、ぐいぐいとお盆を突き付けるので、あやねは湯呑を取り上げる。のぞくと、つんとした臭いの茶色い草が浮いたお茶。

とても飲みたい気持ちにはならない代物だが、あやねはおそるおそる湯呑を手に取り、目をつむって一息にあおる。

「う、うぐぐぅう⁉」

あやねはうめいた。ひどく苦いし、喉に引っかかるし、飲み下すのはあまりに無理。なにかの拷問か、と思いつつ、あやねは涙目で必死に呑み込む。

だが気分は悪くない。むしろ、まだ残っていたわずかな倦怠感がゆっくりと消えていく。晴永の処方はたしかに効き目があるようだ。

（三峰さんのいうとおりだな。詫《わ》びるよりお礼をお伝えしなきゃ）

「あやね、あやね、大丈夫ですかにゃあぁ」

寝室のドアをかりかりとひっかく音が聞こえた。ひびきが振り返る。

「なんじゃ、別室に閉じ込めておいたのに出てきたな。猫を入れると思うか」

「なんにもしないですにゃ！　あやねが心配なだけですにゃあ」

「あ、あの、小泉さまは自分が抱っこしておりますので」

小泉さんと甘柿の必死な声に、三峰がじろりとあやねをにらんだ。

「おまえが倒れているあいだ、猫も板前もみっともないくらい案じていたぞ。枕元のちびネズミも、ずっとそばを離れなかった」

「あ……」

「そんなやつらに、なにか話すことがあるんじゃないのか」

あやねは毛布に目を落とし、それから深く息を吐いてうなずいた。


居間に移動し、あやねはみなに囲まれて事情を語った。

松島の別荘で夏井の話から、母のいろはが同じ症状だったと知ったこと。そこから体調不良の原因に思い当たり、太白の申し出で一時離れるのを決めたこと。けれど、あやねは失望から意固地になり、話をするのも拒んでいたこと。なのに、ことあるごとに太白を想ってしまっていたこと。

とはいえ結局、今回の件で体調不良は太白のせいだと決定的になってしまったのだが……とあやねはうつむく。

「そうだったんですかにゃ」

小泉さんはソファのうえで、しょんぼりと尻尾を垂れる。

「じゃあ、もうあやねと太白は一緒に住めないってことなんですかにゃ？」

「そう深刻な話じゃろうか。陰陽師の力を借りれば不調も抑えられるじゃろ」

「残念だが、それは根本的な解決じゃない」

ひびきの言葉に、三峰がすかさず水を差す。

「太白であるかぎり、あやねにはずっと害が及ぶ。薬も一時しのぎだ。晴永のように協力的な陰陽師はまれだぞ」

「けど、太白だって陰陽師のわざを学んでいるはずですにゃ」

小泉さんが口を挟み、あやねへ身を乗り出す。

「あやね、前に説明したことを覚えてるですかにゃ？　啓明は、もとは方相氏という災いを退ける役を担っていたんですにゃ」

「……えと、はい。覚えてます。方相氏は時代が下るにつれて鬼とみなされるようになった、っていうことも」

「災いを退けるためのわざを、鬼となったあとも啓明は学び続けていたんですにゃ。妖かしを滅しようとする陰陽師や法師たちに対抗するためですにゃよ」

あやねは、百鬼夜行祭のときを思い返す。

晴和の式神が投げた鬼祓いの豆を太白は拾い、投げ返して、式神を滅した。ならばあれは鬼としての能力というより、方相氏のわざだったのか。

「後継者である太白も会得しているはずですにゃ。だから太白があやねの体に合わせた薬を調合できれば解決ですにゃ！」

「本当ですか。じゃあ、藤田さんに薬の処方を教えていただければ……」

「お、お待ちください。そうたやすいお話でしょうか」

おろおろと声を上げる甘柿に、みなの視線が集まる。

「長庚さまはあらゆる手を尽くしておいででした。啓明さまから後継とみなされなかったせいで、長庚さまは方相氏のわざを学ばせていただけませんでしたから。啓明さまの前に膝をついていろはさまの治療をお頼みしたのに拒まれて、最後はこっそり人間の陰陽師のもとへお連れした……とうかがっております」

「長庚がいろはを陰陽師のもとへ連れていったですと？　初耳ですにゃよ」

驚き顔の小泉さんに、甘柿はしおれた声で答える。

「啓明さまに知られぬよう、白木路さまの手引きで極秘でございましたから」

「なんだと、治療を拒みながら人間のもとへ連れていくのも許さなかったのか、啓明は？　横暴な。よほど自分の息子が気に入らなかったのか」

憤然とする三峰に、甘柿は自分が叱られたように小さくなる。

「長庚さまには鬼としての冷酷さが欠けていると、啓明さまは思われたのかと……。どちらかといえば、お母上の狐の血が濃い傾向がございましたゆえ。情が深く、変化や幻覚のわざのほうがお得意ですから」

「妻を亡くして絶望させ、高階から追い出す腹積もりだったやもしれんのう」

忌々しげにひびきが吐き捨てる。あまりの指摘にあやねは背筋が凍った。甘柿は大きな体をさらに小さく丸め、哀しげな声でいった。

「そうまでしても、結局いろはさまはお亡くなりになられました……。ですから、もしも……あやねさまの症状がいろはさまと同じ原因ならば……」

場の空気がいっそう沈む。あやねの心が絶望に暗くなる。

陰陽師に頼っても駄目なのか。つまりそれは、薬を使い、晴永に鬼気を祓ってもらっても、結局は一時しのぎで、いつか倒れるかもしれないということだ。

そんな恐怖を抱いて太白とともにいられるほど、自分が強いとは思えない。太白も、あやねを少しずつ害していくとわかっていながらそばにいられるだろうか。

自分の無力さに打ちのめされ、あやねは深く、深くうなだれる。そんなあやねに小泉さんが励ますように提案した。

「あやね、あの陰陽師に監視してもらって、もっと太白と会うですにゃ。まだなにもかもが憶測ですにゃよ。原因を確定するには、証拠が不十分ですにゃ」

「で、で、でもぉ、その過程で何度も何度もチーフを倒れさせることになるなら、いくら陰陽師の方がついていても、チーフにはあまりに負担じゃないですかぁ」

ずっと黙っていた小玉が遠慮がちにいった。まっとうな指摘だった。

「……そうです。太白さんともそんな話をしたんです。だから」

あやねは息を吐き、腰を上げてみなの前に頭を下げる。

「もう、いいんです。やっぱり、このまま離れるのが一番です。すみません、みなさん。せっかく話を聞いてくださったのに」

だれもが声がなかった。痛々しい沈黙がその場に満ちた。

「あやね、なぜ謝る。というか、どうしてそんなみっともなく弱気なんだ」

遠慮のない三峰だけが、厳しいまなざしで身を乗り出した。

「おまえはもっとあきらめが悪くて図々しいはずだ。隠遁していた私を下界に引きずり下ろすくらいにな。付き合いは短いが、それくらいはわかる」

「……三峰さんは強いから、わたしの臆病さがわからないんですよ」

震える声であやねがいい返すと、三峰は鼻で笑った。

「私が強い？　養い子のゆうかと会うのを拒んで山に隠れていた私が？　はっ」

「一緒にいても、ゆうかさんに害があったわけじゃないでしょう」

「忘れたのか。私がゆうかと離れたのは、逆恨みする山犬の一族に狙われていて、ゆうかに害が及ぶのを恐れたからだ」

は、とあやねは目を開く。三峰は強くいった。

「私が山犬の長《おさ》と対決を決めたから、ゆうかとも再び会えて、彼女の結婚を祝福できたんだ。問題から逃げていたら解決の道もなにもないだろうが」

正論だ。あまりにも正論だった。あやねは唇を強く噛む。

「それでも……怖いんです。顔を合わせて、太白さんを見ただけで倒れたらって。直接会ったとき、薬が効くかどうかも保証はないんですから」

歩くのもやっとだった先月と、えぼし千年杉の前で目をそらす太白、そして直後に鬼の姿となった彼を見て倒れたのを思い返し、恐怖と悲しみに胸が押しつぶれる。

どうせ一緒に暮らせないのだ。このままあきらめて離れたい。

「あんな辛さと苦しさを味わうのは、そして苦しむわたしを見て太白さんが傷つくのは、もう、もう……いやなんです」

あやねは立ち上がって頭を下げると、逃げるように居間を出ていった。

◆

「俺の秘書が調べたリストだ。……近親に人間の血が入っている従業員のな」

歳星が差し出す用紙を太白は受け取り、目を通す。枚数は二枚、二十名ほど。数は少ないがそれでも各部署に該当者は散らばっている。

「人間の姿を保てず、変化が解けたものは最初の三名から今日で六名に増えた。しかもその一族の根城に、啓明の配下によるものらしき襲撃があったそうだ」

太白は唇を引き結ぶ。眉間には険しいしわが刻まれている。

「被害はどれくらいです」

「コダマネズミはおまえが知っているとおりだ。ほかは、主だって戦えるものらが迎え撃って退けたり、あるいは住処を荒らされたり、だな」

「なにか、警告の意味だと？」

「そうともいえん。歯向かったものらは手ひどい怪我を負った。住処を追われて身を隠すしかなくなった一族もいる。しかも、だ」

苦々しい声音で歳星はいった。

「啓明に与せず、人間の血を入れる一族は滅する、と襲撃者は告げたらしい」

太白の瞳に怒りの火が瞬《また》く。リストの用紙がぐしゃりと握られた。

「……それで、襲撃された一族らは、なんと」

「反応は一様ではない。仲間を傷つけられ憤って反発するものもいれば、怯《おび》えて高階とたもとを分かつと告げてきた一族もいる」

「高階というより、僕自身ではないですか」

冷徹に指摘すれば、歳星は気まずそうに口ごもる。

「歳星、あなたの一族は無事ですか」

「俺を敵に回すほど馬鹿とも思えんな。とはいえ、天狗とて長く人間の世に存続している。そのあいだ、人間の血を入れたものもいる」

「ならば標的となる可能性はあるわけですね」

太白が冷ややかな声でいえば、歳星はますます気難しい顔になる。

「いったい啓明はどんな料簡《りょうけん》だ。いまさら妖かしだけの王国でも作るつもりか」

揶揄する口調だが、声音は真剣だ。太白は静かに返す。

「あるいは、混乱を引き起こしたいだけかもしれない。混乱させて、どうしたいのか目論見《もくろみ》がわからないのは苛立《いらだ》ちますが。……ところで」

太白は、長庚の腕を収めた箱のある資料部屋のドアに目をやる。箱には天狗のお札でめくらましの術をかけ、なおかつ扉を固く閉ざし、だれも入ることは叶わない。

「なにか変化はありませんでしたか」

「ないな。下手に処理するわけにもいかんが、置いておくのも忍びない」

やけに感情的な言葉だった。長庚と歳星は親しいやり取りがあったと聞いている。親友の無残な腕を抱えておくことへの無念があるのだろう。

「啓明の罠《わな》かもしれません。置いておくのは危険だ」

「曲がりなりにも〝鬼〟の腕だぞ。移して他になにか被害があればどうする」

たしかに、と太白がうなずくと歳星が話題を変える。

「そういえば、ずっとホテル泊まりで自宅に帰っていないそうだな。いいのか」

「……あなたには関係ないことです」

「ずいぶんな言い草だな？　たしかに関係がない、だが、あれだけ執着していたあの女を放っておくとはおまえらしくない。なにがあった」

「なにも。ここにいればアクシデントが起こっても僕がすぐに対応できますから」

理にはかなっているが、そっけないにもほどがある返事だった。歳星はけげんそうな表情を崩せない。しかしそれ以上を問う前に太白がいった。

「それより、避難先のない一族がいれば、青葉グランドホテルグループ系列の宿泊施設に受け入れをお願いしたい。援助も僕の資産から行います」

「受け入れはかまわん。早速手配する。おまえの資産なら援助も好きにしろ」

「感謝します」

「だが根本的な解決にはならんぞ」

容赦ない指摘に、ええ、と太白は淡々とうなずく。

「もしも啓明が、妖かしが跋扈《ばっこ》し、人間を脅かす時代への復古を望んでいるなら自滅の道です。我らは人間あってこその存在。せいぜい、結界を作って妖かしだけで暮らすのが関の山です。なにより妖かしが害をなすなら陰陽師らは黙っていない」

「ひとと妖かしのあいだで大きな争いを起こしたいのかもしれん」

「それも仮定だ。結局、僕らのあいだで不明なのは、啓明の目的です」

ふ、と太白は胸の内を整えるように息を吐くと、理性的な口調でいった。

「歳星。天狗たちを借り受けられますか」


バレンタインフェアに向け、ロビーは華やかに飾り付けられた。

真紅の薔薇《ばら》を惜しげもなく使った、シックだがゴージャスなデコレーションは、いかにも一流ホテル。カフェやレストランもバレンタイン特別メニューに一新。

この期間、常連の上客だけでなく、カフェを利用する一見の客も多く集まっている。

カップルや夫婦の姿も目立っていた。

通りすがりにそれを目にして、あやねは吐息する。

何事もなければ自分もバレンタインになにを太白に贈るか、頭を悩ませながらもわくわくしていただろうに。

倒れて翌々日の今日、あやねは仕事に復帰していた。体調は驚くほどによくなったけれど、それが晴永の薬のおかげか太白と離れているせいかはわからない。

太白から連絡はなく、あやねも連絡していない。いまのところホテルの従業員の異変は数名程度で落ち着いている。落ち着いているといっていいのか。

動揺しないよう、歳星が強気の態度で通達したため、混乱は免れている。けれど、社員たちがかわす会話にある不安を、あやねも感じ取っていた。

「急にお時間をいただいて申し訳ありません、花籠チーフ」

ラウンジカフェの予約席で、古賀えり子がしとやかに頭を下げる。今日は彼女から内密に相談があるとの連絡を受けて、時間を作ったのだ。

席はカフェの一角で隔離スペース。緑の庭を望む窓のそばだ。

今日もえり子は淡くやわらかな色合いのパンツスーツ。彼女が着るとなにもかもエレガントで、ドレスのように思えてしまう。

「いえ、こちらこそ一度古賀さんとはお話をしてみたく思っておりました。それで、ご相談とは？　フェアについてでしょうか」

「まずは先日の衣装合わせの際、わたくしのスタッフがご無礼をいたしました」

えり子が神妙な表情と口調で口を開いた。

「仕事そっちのけで、無駄話などあり得ません。それもおなじブランドで働くデザイナーに対しての陰口とは、お恥ずかしい話です。申し訳ありません」

「いえ、あの、色々とご事情はおありでしょうし」

年上のえり子に深く頭を下げられ、あやねはしどろもどろに返す。

「現オーナーと区別するために名前で呼ばせていただきますけれど、花籠チーフは、めいさんともうお仕事をなさったのですよね」

「はい。残念ながら途中まででしたけれど」

「今回は不本意な始まりで、こちらも戸惑いました」

えり子は吐息する。目の前の紅茶もケーキも手を付けられていない。

「花籠チーフのお仕事ぶりは、ずっと聞こえておりました。こんな慌ただしい形ではなく、めいさんのようにきちんと仕事をご一緒したく思っておりましたのに」

「恐縮です……。古賀さんこそ、ＳＨＵＪＩの東京《とうきよう》進出に大きく貢献されたとうかがっております。現オーナーの信頼が篤《あつ》いのもうなずけます」

「さあ、それはどうかしら。いえ、お言葉には感謝いたしますわ」

えり子はにっこりとほほ笑みを返す。四十代でキャリアも積んだ相手とどう話をしていいか、戸惑いながらあやねは観察する。えり子の態度は丁寧で、裏はなさそう。如才のなさといえばそうだけれど、それでもひとの行動には理由があるものだ。

「今回、めいさんとわたくしの新デザイン衣装をチーフに着ていただき、フェアの参加者とチーフを含めた審査員で勝敗を決めるということになっていますが」

乗り気でないのを隠して、はい、とあやねはうなずく。

モデルを務めるだけのはずが、いつの間にか歳星とSHUJIの現オーナー、新里修司とのあいだで、えり子とめいの衣装のどちらが優れているか、審査で勝敗を決めるとの話し合いがされてしまっていた。

ちょうどあやねが体調不良で休んでいた時期で、抵抗する間もなかったのだ。

まったく、と腹立ちを通り越してすでにあきらめの境地である。

「参加者の審査員は抽選です。ですからそこに手心や忖度《そんたく》はありません」

はい、とあやねはまたうなずく。つまり、ベテランのえり子と新参のめいが、公の場で明確に、公平に、比較されるということだ。

ブランドの発展に尽くし、経験豊富でおそらく自分の技量に自信もある彼女がもしも敗北したなら、どう感じるだろう。しかも相手は次のオーナーだ。

良《よ》し悪《あ》しなんて主観。あやねはともかく、ほかの審査員は素人。勝敗なんてお遊びの話でしかない。それでも多くのひとの前で〝負け〟と決めつけられて、傷つかない人間はいない。プライドが高ければなおさらだ。

「とはいえ、わたくし、勝敗がどちらでもかまわないんです」

と思ったところで、えり子の意外な言葉にあやねは目を見開く。

「しょせん……というと不遜ですが、正式なコンクールでもありません。ただ、どちらが勝ってもわだかまりは残るでしょう。ですからチーフにお願いしたいのです」

「なにを、でしょう」

尋ねるあやねを真っ直ぐ見据えて、えり子は告げた。

「めいさんに、投票していただけますかしら」

「え、ええ⁉」

思いがけない言葉に、あやねは目と口を同時に開けてしまう。えり子は悠然とほほ笑んで、ぼう然となるあやねにいった。

「すでに一度仕事をしたチーフならきっと、周りも納得するはずですもの」

「そ、それは、なぜでしょう。理由をおうかがいしてもよろしいですか」

「引継ぎが終わり次第、ＳＨＵＪＩを辞めるつもりですので」

意外な言葉だった。声もないあやねの前で、えり子は庭に目を移す。丁寧に手入れをされた二月の庭は、鮮やかに梅を咲かせていた。

「長く働いた場を去るとき、つまらない禍根を残したくないのです」

◆

一日を終えてあやねは帰途につく。小泉さんは先に帰ったらしく、今日の夜道はひとりきり。マンションまで徒歩五分だが少々心細かった。

桃生はまだ怪我の治療中。三峰が代わりに警護するはずだが姿が見えない。だからつい足早になってしまう。

早歩きしながら考える。えり子の話はどういう意味だったのだろう。

あの場ではひとまず、どんな形でも不正投票のようなお話は受け入れられないと丁重に断ったが、いったい彼女の意図はなんなのか。自分の思惑を隠すためのカモフラージュ？　あるいは、本当に本心から？

悶々と考えつつ、最後は暗い夜道を小走りになって、マンションのエントランスに飛び込む。キーでオートロックを解除、フロントにコンシェルジュの姿はない。

スマホをバッグから取り出す。太白からの連絡は入っていない。あれほど頻繁にくれたのに、一昨日からぱたりとなくなってしまった。

自分だって返さなかったのに、反応がないと哀しみが募る。馬鹿だな、とあやねはエレベーターの前で立ち止まり、深く吐息した。

辞める決意が揺らぐ。もう一緒になれないと思い知ったのに、どうしてこんな未練がましいのか。スマホを握り、口元に当てて、あやねは唇を噛む。

リン、と音が響いてエレベーターが一階に到着する。ふ、と息をつき、目頭ににじむ涙をこらえて、あやねは開くドアに一歩、足を踏み出す。

「動くな」

くぐもる声が首筋に触れた。びく、とあやねは足を止める。

「振り返るな。スマホのロックを解除し、太白に電話をかけろ」

だれ？　いつ後ろに？　恐怖で体が強張る。

職場から徒歩五分。夜道を注意して歩いてきたが、だれかの気配は感じられなかった。マンションのエントランスもフロントも無人だった。いや、ここはオートロック、どうやって入ってきたのか。しかも太白の名前を知っている……！

「早くしろ」

有無をいわさない獰猛な声。なにかで口をふさいでいるのか、男か女かもわからない。スマホを握るあやねの手が恐怖でわななく。どうしよう、どうすれば？　電話をかけるふりで大声を出す？　いや、もしこの相手が妖かしだったなら？

「た、太白さんにかけても、出てくれないかもですよ」

「さっさとかけろ」

言葉をひとつも聞かず声は命じる。あやねは震える指で番号を呼び出し、通話アイコンを押す。呼び出し音のあと、太白の声がスピーカーから聞こえた。

『あやねさん？　どうしたのです、あなたから電話とは……』

いきなり後ろから、鋭い爪が伸びた大きな手がスマホを奪い取る。はっと息を吞むあいだに、背後から声が響いた。

「くく……太白、あやねは預かったですにゃ」

まさか、その声⁉　とあやねは驚愕して振り返ろうとする。

だが肩を手で押さえつけられて動けない。そのあいだも得意げな声が、高々とエレベーターホールに響き渡る。

「返してほしくば、いますぐマンションに帰ってくるですにゃ。ついでに美味しいお刺身も持ってくると、いいですにゃ！」

「あやねさん⁉」

オートロックを解除するのももどかしく、太白がフロント前に駆け込む。しかしそこで出迎えたのは、カウンターでちょこんと前脚をそろえて座る小泉さんだ。

「んむ、十分以内ですからよしとするですにゃ。お刺身を持ってきてない様子なのはマイナス百点ですけどにゃ」

「小泉さん、どういうつもりです。なにかふざけているのですか」

「ふざけてなんていないですにゃ。小泉はいたって本気ですにゃよ。あやねは預かった、返してほしければ小泉のいうこと聞くですにゃ」

ぴょん、とフロントのカウンターから小泉さんは飛び降りて、とことことエレベーターホールに歩いていくと、ちょいちょいと前脚でエレベーターを指し示す。

「さ、直通エレベーターに乗るですにゃ」

太白は不審そうに小泉さんを見つめるが、覚悟を決めたようにボタンを押す。かごが降りて扉が開き、偉そうな態度の小泉さんの先導で太白は乗り込んだ。

最上階に到着、と同時に小泉さんは飛び出す。扉の向こうは広々とした玄関ポーチ。緑の観葉植物が置かれて小さな庭のようになっているそこを太白は通り抜ける。

わずかに玄関ドアが開いた。その隙間にするりと小泉さんが入っていく。

太白は踏み出そうとして一瞬ためらう。

相手の魂胆がわからない。もしや小泉さんまで、味方のふりをしていたのか？　なんて疑いたくはない、だが小泉さんは、自分よりずっと長く啓明のもとにいた。実は前から啓明の仲間だったとしてもおかしくはない。

疑心暗鬼にかられながらも太白は息を深く吸い、なかに入る。靴を脱ぎ、長い廊下を進むと居間のドアの前で小泉さんが待っていた。

「あやねは三峰が拘束してるですにゃ。さ、入るですにゃよ」

……三峰か。強面だが高階に味方してくれていると思ったのに。太白は緊張をみなぎらせてドアを開ける。

「遅いな。なにをためらった」

居間は灯りがなく暗い。夜目でみれば広いリビングの窓際に、三峰が腰掛けていた。その腕にあやねを拘束して。

「た、太白さん……！」

怯えた声が名を呼ぶ。ぎ、と太白は奥歯を嚙みしめる。リビングは広く窓までは距離がある。しかし太白の鬼の脚力ならばひと飛びだ。

「僕に敵うとでも思っているのか、三峰」

「敵う？　すぐに力に頼るとは、鬼も獣並みだな」

嘲笑する三峰に、太白は体の陰でこぶしを握る。山犬の三峰の力は侮れない。一対一ならどうとでもできるが、あやねを盾にされては難しい。

「あやねさんを害されるなら獣で上等です」

「いいだろう、表に出ろ」

「僕はここでもかまいません」

「外に出て乱闘の騒ぎに気付かれたくないのか、この腑抜《ふぬ》けが」

三峰が牙を剝く。太白は冷ややかににらむ。居間の空気が張り詰める。

「はい、止《や》めじゃ――っ!!」

いきなりパッと灯りが点《つ》いたかと思うと、居間のドアが大きく開いてひびきが現れた。足元から恐々《こわごわ》ネズミの小玉ものぞいている。驚いて太白は振り返り、三峰はふんと鼻を鳴らして、ひびきを軽くにらんだ。

「勝手に出てくるな。まだ途中だぞ」

「試すだけじゃというたに、なにを一触即発になっとるんじゃ、山犬」

「意外にこいつが慎重でな。一度仕合してみたかったのもあるが」

は？　とけげんそうな太白と同様、三峰の腕のなかであやねもわけがわからない、といった顔で彼女を見上げた。三峰はにやりと笑いを返す。

「むーん、目論見は失敗ですかにゃ」

小泉さんがやはりひびきの足元から顔を出して歩んでくる。

「目論見とは……小泉さん、どういう意味です」「そうですよ、いきなりわけもわからず、ここまで連れてこられたんですから説明を……わっ」

三峰に背を押され、あやねは太白へと足を踏み出す。太白も戸惑い気味に、引かれるようにして近づく。ふたりは混乱した顔で、居間の真ん中で向き合った。

「どうだ、顔を合わせるだけならなんともないだろ」

そういうと、三峰はふたりの横を通り過ぎて戸口へ歩む。

「わからぬ。陰陽師の薬が効いているだけかもしれんぞ」

「え、えと、結局どうなったんですかぁ」

「とりあえずもっとふたりで話し合うといい。太白、スマホを寄越せ」

ひびきと小玉の声を無視し、三峰がずいと鋭い爪の生えた手を差し出す。

「邪魔が一切入らない場で、とことん語っておけよ」

「待ってください。話し合うのはいいとしてですが」

太白は戸惑いを抑え込み、三峰に抗《あらが》うように言葉を返す。

「もしもふたりきりで話している最中に、あやねさんが倒れたらどうします。スマホを取り上げられて、連絡手段もないままでは……」

「私たちは甘柿の部屋にいる。なにかあればすぐこられる。ほら」

ぐいぐい、といっそう三峰が手を突き出す。

「わかりました」「太白さん⁉」

存外素直に太白がスマホを三峰に渡したのを見て、あやねが声を上げる。

「陰陽師の薬とやらがなにかわかりませんが、あやねさんの体調がよくなったのならひとまず予防策はあるのでしょう。でしたら」

太白はあやねに向き直る。

「少しでも不穏な兆候があれば、すぐに話を打ち切ります。ですので、どうか僕とふたりきりで話をする時間を、もらえませんか」

座りましょう、と促され、あやねは太白とソファに並んで腰かける。少し、距離を空けて。久々のふたりきり、だがぎこちなさはその距離に表れている。

「太白さん、夕飯は？　わたしは仕事中に軽く食べましたけれど……」

ぎこちない空気をごまかすために、あやねは尋ねる。

「僕も少しは口にした……記憶はあります」

「記憶って……ちゃんと毎日、ご飯食べてますか」

「あやねさんこそ、食べているんですか」

「わたしは、太白さんのおかげで甘柿さんのご飯をいただいてますので」

答える声も強張る。あやねの気持ちはふさがるばかりだ。甘柿を寄越してくれた太白に感謝する気持ちは本当なのに、どうして上手くいえないんだろう。

「やはり、僕とふたりきりは怖いですか」

太白が尋ねる。責めるでもなく、哀しむでもなく、淡々とした声。けれどそこには優しさがあり、だからこそ彼が傷ついているのもわかった。

あやねは唇を引き結んでうなだれる。

彼になにを、どういえばいいのかわからない。あやねを害していたのが、彼の〝鬼気〟だと判明したのだ。たとえいま一時、害が抑えられていても、それが生涯続くならどこまで一緒にいられるのか。

それを考えるだけで、あやねはぎゅっと胸がひきつれるように痛む。

しばしふたりは無言で壁を見つめて座り続ける。いつもは気にしたこともない、壁にかけた時計の秒針が、秒を刻む音がやけに大きく響く。

「……離れて、あなたからの返事が途絶えてから、ずっと考えていました」

ふと、静けさのなかに太白の低い声が生まれた。

「これまで、僕はことあるごとにあなたから離れようとしてしまっていました」

思いがけない告白に、どき、とあやねの心臓が強く鼓動する。

「今回だけではない。あなたを意識するあまり、その想いから逃げようとしたり、多忙をいいわけに連絡が間遠になってしまったりと、不誠実なことをしました」

身を固くして、あやねは耳を傾ける。太白は静かに言葉をつなぐ。

「離れようと告げたのは僕なのに、あなたの顔も見られず声も聞けず、返事を待つだけなのが不安で、いても立ってもいられなかった。警護の桃生から逐一報告を受けても、あなたを案じる気持ちと会いたさに、身がよじれる心地でした」

苦しげに太白は目を閉じる。膝の上で組み合わせた手を、強く握りしめる。

「そうして……やっと僕は、あなたがどんな気持ちだったのか、理解したのです」

感情を懸命に押し殺した声。それでも声音から感じる痛み。

「これは謝罪ではなく、懺悔《ざんげ》です。自分事にしなければわからないなど、愚かの極みだ。ましてや……大切なあなたのことなのに。本当に、馬鹿だった」

ぐっ、とあやねは唇を嚙む。太白は真摯な、しかし苦しげな声を絞り出す。

「あなたは、僕を待ってくれていた。待つだけでなく、自分からも働きかけてくれた。いたらない僕に歩み寄り、許し、受け入れてくれた。ほかのだれがそんなことをしてくれたでしょう。あなただけだ。あなただけです……僕は、そんなあなたを」

太白は強く唇を嚙むと、吐き出すように告げる。

「……こんなにも、なによりも代えがたく愛しているのだと、思い知りました」

ふと、小さな沈黙が降りる。太白は詰めていた息を、静かに吐いた。

「え、な、あやねさん⁉」

いきなり無言であやねが涙をぼろぼろこぼし始めたので、太白が驚愕する。彼は腰を浮かせ、おろおろとうろたえて手を差し伸べる。

「ど、どうしたのですか。大丈夫ですか！　どこか痛むとか⁉」

「す、すみませ……あの、なんか、も……う」

ああ、情けないくらいに情緒不安定。あやねは泣きながら笑えてしまう。

「触れてください」

涙とともに、あやねは振り仰ぐ。見捨てられた子どものような顔で見下ろす太白に、あやねはほほ笑んで告げる。

「わたしに、触れてください。怖いなんて気持ちも忘れてしまうくらい……」

「……あやねさん」

太白は、うなだれてしゃくり上げるあやねの前に膝をつく。触れるのをためらうようなその手に、あやねは恐る恐る自分の手を重ね、ぎゅっと握り締める。

「わたしも謝ります。わたしも……」

目を伏せて、あやねは口を開く。

「太白さんから離れようっていわれて、実は半分拗ねていたんだなって。散々太白さんからの連絡を待ってやきもきさせられてましたから。だけど太白さんがこうして傷ついたのを見て、わたし、酷いことをしたと……思って」

あやねは涙に濡《ぬ》れた目を閉じる。閉じた拍子にまた涙が流れる。

「逃げるなんて卑怯《ひきょう》だった。太白さんが自分を振り返って歩み寄ってくれなかったら、本心を打ち明けられもせず、関係が終わってしまったかもしれないのに」

「……本当に、すみません。僕のほうがもっと早く気づくべきだった」

「もう謝らないでください。お互いさまってことで」

「それでもあなたを傷つけてしまった自分を、僕は許せません」

心から悔いる声でいうと、太白はあやねの濡れた頬に手を当てる。

「いいのですか。あなたが怖いなら、無理には触れたくはない」

「いいえ、ちゃんと触れてください。離れていた分、ちょっとくらい我がまま聞いてほしいです。っていうか、その、触れるだけじゃなくて」

泣き笑いでいうと、あやねは目を上げて真っ直ぐに太白を見つめる。

「抱きしめて……ほしいなって」

照れつつも笑みとともに告げれば、太白は大きく目を開いた。

腰を上げ、太白はあやねのすぐ隣に座ると、肩に腕を回して抱き寄せる。ほっとあやねは息をつき、太白の胸にもたれる。

久しぶりの温かな彼の腕のなか。こんなにぴったりとくっついて、どきどきするより安心感が勝る。ここが自分の居場所なのだと心から思える。

額にそっと、太白の唇が触れた。

あやねは仰向いて、その唇を自分の唇で受け止める。ふたりはそのまま、キスを続けた。そっと重ねて、顔の角度を変えて、想いを伝えるように幾度も。

もう何度もキスはしたけれど、まだまだぎこちない。それでも続けるうちに唇を合わせるのに慣れてきて、息は熱を帯びてくる。

ふいに太白が、あやねの腰を抱いてソファに押し倒す。

うっとり唇を合わせていたあやねは、思わず目を開いた。

え、え⁉　太白さんが、積極的だ⁉

さっきまでの安心感はどこへやら、あやねの心臓がばくばくと激しく鼓動する。もちろん嫌ではない。嫌ではないが、心の準備がまだちゃんとできていない。

(で、でも、この機会を逃したら)

またなにかトラブルやハプニングで、進展が遅れるに決まってる！　あやねは心臓を痛くしながらも、続きを待つように黙って見上げる。

あやねを見下ろす太白は、いつも以上に真剣なまなざしだった。

整えた髪が乱れているのも、熱いキスで上気した美しい顔も、いつになくセクシーで、初めて見るそんな姿に、あやねの心臓は飛び出しそうに激しく鼓動する。

「……す、すみません」

突如、戸惑い気味な声が降ってきた。

「その、ここから……どうしたら……」

あやねはぽかんと口を開ける。次の瞬間、首まで真っ赤になった。

「え、え、えーっと？　た、太白さんの……好きにしていただいて……さ、触りたい？　ところが、あれば……その、ど、どうぞ」

十代か！　いや十代だってもっとさらりといえるのでは！　と自分で自分にツッコミたくなるが、あやねだってどうしたらいいかわからずパニックだった。

「触れても、いいのですか」

ためらいがちな声に、あやねはこくんとうなずくと、

「……以前、あの、先月ですけど、病院で帰り際にキスしてくれたとき」

恥ずかしさをこらえて、告げる。

「このままキスしてたら、歯止めが効かなくなる、って太白さんはいいましたよね。だから歯止めが効かなくなったら……どうなるのか、それを……」

教えて、ください。

そういって、あやねはあごを上げて太白の唇にキスをした。驚きに見開く太白の目が、つと細められる。彼はあやねを抱きしめて口付けを返すと、

「今夜は、最後までは……しません」

真剣な、けれど優しいまなざしと声でいった。

「ちゃんと準備をして、そうしてから……させてもらえますか」

真面目だな、とあやねはほほ笑んでしまう。でもそんな真面目さは、あやねを本当に大事に、大切に想っている証拠。

このひとを好きになってよかった。このひとと出会えてよかった。自分の欲よりもあやねの体と意志を大切にして愛してくれるひとで、よかった。

自分も太白を大事にしたい。もう二度と、傷つけたくない。

はい、とあやねがうなずくと、太白は眼鏡を外し、ネクタイをゆるめる。うわ、とあやねは小さく声を上げた。

イケメンの、そんなセクシーな仕草を間近に見て耐えられる？　ましてや太白は眼鏡を外すとイケメンビームを照射、もとい、美形度がさらにアップするのだ。ネクタイをゆるめて開いた襟元も、いっそう艶《つや》めいてこちらを魅了する。

あやねはもう、頬が熱くて熱くて顔も上げられない。

「どうしましたか、あやねさん。なぜ目を背けているんです」

「た、太白……さんが、かっこよすぎて……恥ずかしくて……助けて」

あやねのしどろもどろな返事に、太白は耐えきれないように破顔した。

「僕から見れば、あやねさんは可愛すぎます」

うーわー、とあやねは爆発しそうになってしまう。太白はほほ笑んで、優しくあやねの熱くなった頬に唇を触れると、深い声でささやいた。

「観念してください。好きにしていいといってくれたのは、あやねさんです」

「う、うう、はい……そうです」

あやねは、観念した。

◆

目を開けると、リビングのカーテンの向こうは白んでいた。壁の時計は朝の五時。横たわっているのはソファだけれど、久しぶりによく寝た気分だ。

体には毛布がかかっている。太白がかけてくれたのだろうか、その彼はいまどこに。ぼんやりとあやねは毛布をめくって起き上がろうとした。

「え……わっ！」

毛布の下は、ボタンが開いて胸元がのぞくシャツに裾の乱れたスカート、床を見れば脱ぎ捨てられたスーツのジャケット。あやねは真っ赤になって毛布を体に巻き付ける。そうだ、えっと昨夜は、たしかに最後まではしなかったけれど、わりとその……色々とイカガワシイことをして、しまった、ような⁉

思い出して顔が燃え上がる。太白にとって、付き合った相手はあやねが初めてのはずなのに、いざとなるとかなり積極的だった。こちらの反応に応え、丁寧に触れてく

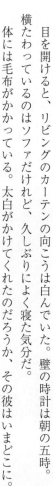

れて、すっかりあやねは我を忘れてしまったくらいだった。

うわー、うわー、うわー、とあやねは熱い頬を両手で押さえる。思い出せば思い出すほど恥ずかしさが極まって、顔も上げられない。

「おはようございます、あやねさん。早いですね」

「ひゃっ、は、はいっ⁉」

突然開いた居間の扉と太白の声に、あやねはソファで飛び上がる。

振り向けば、ゆるやかなコットンシャツとパンツという部屋着の太白が歩んできて、毛布を巻き付けたあやねの額にキスをした。

彼がいつ起きたかはわからない。眼鏡はかけていても、髪はまだ整えていない。なのに、朝日をまとっているかのようなまばゆいイケメンぶり。

ふと、あやねは自分の格好を意識する。ハッ、わたし、すっぴん⁉　いや、昨夜は化粧を落とす前に拉致されたので、もっとひどい顔になっているのでは？

「目覚めのコーヒーでも飲みませんか。甘柿の部屋に行ったら朝食とコーヒーの入ったポットをくれたので……あやねさん？　どうしたのです」

毛布を頭からかぶるあやねに、太白はけげんそうに尋ねる。

「なっ、なんでも、ない、です。ただ、すっぴんが恥ずかしい……だけでっ」

「もう寝顔も見ましたから、いまさらですよ」

「ええ!? ね、寝顔!?」

嬉しそうにいう太白に、思わずあやねは毛布から顔を出しそうになる。

「お風呂も入らず寝落ちしたうえに寝顔まで見られたなんて……しにそう」

「死なないでください。とても可愛かったです」

ぐわあ、とあやねは羞恥でさらに毛布をかぶってダンゴ虫のように丸まった。太白は幸せそうな笑顔でダンゴ虫なあやねの隣に腰かける。

「ですが、ふつうの恋人や夫婦なら寝顔を見るくらい当たり前なのでは」

「……です、けど、恥ずかしいのは、恥ずかしいです」

「僕の恥ずかしいところは散々見せてきましたよ。車酔いや船酔いや、引きこもりで映画オタクで、と。あやねさんの色んな顔も、もっと見せてください」

「だ、だって、みっともないとこ見せて……嫌われたりしたら」

「あやねさん」

毛布をずらされた。はっと目を上げると、太白があやねを見つめている。

「僕があなたを嫌うと、本当に思っているのですか」

真摯な、しかしどこか少し傷ついたような声に、あやねはしおしおと答える。

「お、思いません……はい」

「それならよかった」

太白は嬉しそうに顔を輝かせる。敵わない、と吐息してはたとあやねは気づく。

「そうだ、一晩一緒に過ごしましたけど、体はなんともないです！」

「前回のひどい体調不良は、僕の〝鬼気〟以外にも、〝山童〟の言霊の呪いがあったからだと思います。むろん、僕の影響がないとはいわない」

「そうですね……今回は藤田さんの薬もありますし」

太白の答えに心が沈むのを感じつつ、それでもどこか落ち着いて原因を考えようとできるのは、再び彼と心が通じ合ったからだろう。

「まず、いつからあやねさんの体調不良が始まったかを考えませんか」

「いつから……そうですね、わかりました」

太白が向き合ってくれる。そのたしかな事実に、あやねは支えられる。

「シャワー浴びて着替えてきます。朝ご飯食べながら、話し合いましょう」

シャワーも浴びて服も着替えてすっきりしたあやねは元気いっぱい、満面の笑みで太白が運んできてくれたバスケットの中身を片っ端から食べ尽くした。

熱くて濃いめのコーヒー、みずみずしいサラダとふっくらオムレツ、ベーコンにぱりっとソーセージ。最近甘柿はパン作りにもハマっているらしく、太白がオーブンでリベイクしたさくさくのクロワッサンは絶品で、あと百個は食べられそう。

久々に味わう甘柿のパンケーキを、太白も美味しそうに味わっていた。フルーツソースのかかったそれを一口シェアさせてもらって、美味しさにあやねは目を剝く。

「わたしの、体調不良の話ですけど」

お皿とバスケットを空にし、食後の紅茶を飲みながら、あやねは切り出した。

「やっぱり、先月の……職場で〝声〟を聞いて以降だと思いますが」

「そうでしょうか。二《ふた》つ口《くち》家の婚姻の立ち会いに行ったあとの入院は？」

「あれは、怪我を負ったショックと過労で……」

あやねは口を閉ざす。本当にそれはショックと過労だったのだろうか。

「それ以前はどうですか。体に違和感を覚えたことは」

問われてあやねは考え込み、首を振る。

「いえ、忙しかったですけど、意識を失うほどの具合の悪さはありませんでした」

「僕の目から見ても、二つ口家に行った十一月半ば前までは、おかしな様子は見受けられませんでしたね。だから倒れて入院したときは心臓が止まるかと」

「太白さん、あの時期すごい過保護でしたよ」

「当然です。大切なあなたなのですから」

からかいに真剣な答えが返ってきて、あやねは真っ赤になる。そんな頰の熱をなんとか振り払い、あやねは記憶をたどった。

「でも……思い返すと新年の塩釜《しおがま》旅行から帰った日から、やけに体がだるかった記憶があります。旅行で歩き疲れたんだって思ってましたけど」

「そういえばあのとき、あやねさんの顔色はよくありませんでしたね……。では、〝声〟の件が解決したあとに気を失ったときを、思い出してみてください」

あやねは想いを馳《は》せる。無意識に、ぎゅ、と紅茶のカップを握り締める。

あれはルーフバルコニーでお茶をしていたときだった。せっかく太白さんといい雰囲気だったのに、歳星さんから電話がかかってきて、太白さんのお父さまの長庚さんに大変なことが起こったらしくて、それを聞いた太白さんの姿が――。

ふいに、ぞく、と体が震えてすっと血の気が引いた。

「大丈夫ですか、あやねさん！」

はっと目を上げると、太白が身を乗り出していた。あやねの持っていたカップがテーブルに転がっている。中身はほぼ空で、少し皿が濡れたくらいだった。

「……鬼と化した僕を見て、倒れたのですね」

重い口調でいう太白に、あやねは必死の想いで振り仰ぐ。

「す、すみません。太白さんを怖がってるわけじゃないんです、ほんとです」

「いいえ。当然の反応です」

太白は冷静に答える。それでもあやねは息が詰まるような心地がする。

「あれ、でも、思い出すと変……だなって思うことが……。あの、みれいさんと烏雛《うすい》さんの結婚式のときの話ですけど」

みれいと烏雛。人間と妖かしの恋人同士。みれいは父親に手ひどい扱いを受け、烏雛は親に捨てられ一族からも忌避されて、ふたりとも不遇の身の上だった。

「ホテルのレストルームで妖かしの術にかけられたみれいさんのお父さまに襲われたとき、太白さんが助けてくれて……でもそのとき、鬼の姿を見せましたよね」

「そうです、あのときあやねさんは気を失ってはいなかった」

「なにが違うんでしょう、バルコニーでのときと」

「僕の姿はおなじでしたか。イタチの襲撃の際も含めて」

問われてあやねは思い返す。額に開いた金色の目、唇の端からのぞく恐ろしい牙と鋭い爪を持つ鬼の腕。背筋をぞっと震わせるような気迫……。

とっさにあやねは手を伸ばし、テーブルに置かれた太白の手を握り締める。思い出すだけで衝撃が襲ってくるようで、平静でいられない。

「た、たぶん、近いか遠いか……？　ホテルではいくぶん距離がありましたけど、バルコニーのときも蔵王山中でも、すぐ間近でしたから」

「距離、ですか」

は、とあやねは身を固くする。それはとりもなおさず、太白とは一緒にいられないという証拠だ。

「落ち着いてください、あやねさん」

凍り付くあやねの手に、太白が手を重ねる。温かく、しっかりと。

「僕はあきらめません。まずは一晩、あなたに何事もなく過ごせたのです。そのポジティブな面からは目をそらさないでください」

たしかな声に、詰まっていたあやねの息がほっとゆるむ。自分の手に重なる太白の手に、もう片方の手を重ね、しがみつくように握り締める。

「あやねさんには、恐怖の記憶が植え付けられてしまっているのではないですか。〝鬼気〟のせいだけではないかもしれない」

あやねはこくりとうなずく。太白と話すうち、また倒れたら、という怖さのせいで上手く考えがまとまらないのだと気づく。そんな自分の代わりに彼は考え、手を尽くそうとしてくれているのだ。

「ひとりで無理はしないでくださいね、太白さん」

声に力をこめて、あやねは告げる。

「何度もいいますけれど、わたしたちはパートナーです。話し合って助け合って、困っているときはできるほうが手を貸す。そうやって、進んでいきたいです」

「いまはあやねさんが弱っているほうですよ。ご心配なく、僕も……」

太白はあやねの手を持ち上げ、その甲に熱を込めて口付ける。

「あなたと、またこうして一緒にいられる時間を手放すつもりはありません」

はわ、とあやねは耳まで赤くなった。ようやく一夜を共にしたと思ったら、太白はすっかり積極的かつスマートに触れてくるようになって、戸惑うばかりだ。

けれど、また甘い雰囲気が戻って嬉しい。触れ合うのに慣れて、安心感と幸せな記憶を積み重ね、恐ろしい想いを消していけたなら、と希望が湧いてくる。

「そうだ。ひびきさん、でしたか。コダマネズミのあの方に持たされました」

つと太白は席を立ち、ダイニングへ歩いていったかと思うと、小さなお盆に載った急須と湯呑を持ってくる。うえ、とあやねはのけぞりそうになった。

「せっかく甘柿さんのすっごく美味しい朝食をいただいたあとなのに！」

「自分で飲むか、それとも僕の口移しがいいですか」

え？　とあやねはびっくりした目で見返すと、太白は悪戯っぽい笑みで見つめている。あやねは慌てて両手と首を振った。

「だ、駄目ですよ、太白さんまで不味《まず》い想いします！」

「あやねさんが大人しく飲んでくれるなら、それくらい大したことはありません」

「うう……わかりました、わかりましたってば」

渋い顔で、あやねは太白が薬茶を注いでくれた湯呑を取り上げ、目をつぶって飲んでいく。不味さは極まっているが、後味はすっきりしていた。

太白は嬉しそうにほほ笑んで告げる。

「よし、見届けました。がんばりましたね」

「むう……じゃ、ご褒美にキスしてください？」

あやねは拗ねて唇を尖らせる。

「太白さんにも、この不味さ、少しだけでも味わってほしいな」

最後の「な」をいい切る前に、キスが降ってきた。驚いて目を見開くあやねから唇を離し、太白は朝陽《あさひ》のようにきらきらした美しい笑顔を向ける。

「特に不味くはないですね。むしろ、美味しいくらいです」

「も、もう、いいです……っ」

血が昇った顔をあやねは両手で覆った。初々しさが消えて調子に乗ったイケメンの破壊力は凄まじい。

っていうかちょっと調子に乗り過ぎですよ、太白さん！

「要観察、ということになりますが」

太白は優しい声とともに、あやねを真っ直ぐに見つめる。

「この薬を使いながら、僕があやねさんの前では鬼への変化を抑えるように努めて、同居を再開……しましょうか」

「そうですね、はい。……また、太白さんと過ごせるなら嬉しいです」

「では、その……再開を決めてすぐにこんなことをいうのも、なんですが」

それまでの調子に乗った態度がふと崩れ、太白は少し頬を赤くする。あれ？　と見上げるあやねの耳元に太白は顔を寄せてささやいた。

「寝室を……一緒にしても、かまいませんか」

4　一言既に出れば鬼も追い難し

「たっだいまですにゃ！」「みなさん、ただいま帰りました！」

小泉さんを抱いて、あやねはマンションのドアを開ける。早速奥から、肩に白ネズミを乗せたひびきがぱたぱたと歩んできた。

「お帰りなさいなのじゃ。甘柿の食事の用意はできておるぞ」

「お帰りなさいですぅ。高階部長、今日からこちらに戻られるんですよね」

「ええ、あと少しで仕事が終わるそうですよ」

「いい匂いするですにゃあ。小泉、お腹ぺこぺこですにゃ！」

ぴょん、と小泉さんがあやねの腕から飛び降りて、ひびきのあとについてリビングへ走っていく。あやねはほほ笑んで、廊下を歩んだ。

一夜をともにしてから翌日の今日。あやねの体調に異変はないか様子見をしつつ、ふたりは同居を再開することになった。

太白が感情を乱されて鬼へ変化するのを避けるため、自宅では極力静かに過ごすつもりでいる。だが、ふいの連絡で心を乱される危険は否定できない。だから自宅に入ったら、スマホはそれぞれの部屋に置いて手元から離すことを決めた。

……そして、主寝室をともに使うことも。


「おう、帰ったか」「お帰り、あやねさん」

手を洗って着替えを済ませてリビングに入ると、ソファでくつろいでいた三峰と晴永が振り返る。あやねはぺこ、と頭を下げた。

「すみません、連日ご足労いただいてしまって」

「連日って、昨日と今日の二日だけだよ。マンション内の点検は済んだ……っていっても他人の家は入れないから、敷地《しきち》内とここと、甘柿さんの部屋だけね」

晴永は太白の頼みで、こうしてマンションを点検して清めのわざを施してくれた。むろん報酬を支払ってのことだが、晴永いわく、

「前に市立博物館で助けてもらった借りを返してるだけだよ」

と、報酬を超えて念入りにチェックしてくれている。以前の傍若無人な態度もなりをひそめ、あやねはすっかり晴永に心を許していた。

「私は警戒と警護だけで暇だったぞ」

三峰が不満そうにいうので、あやねと晴永は同時に声を上げて笑った。

「お帰りなさいませ、あやねさま」

「桃生さん！　怪我の具合は大丈夫なんですか」

キッチンから料理を載せたトレイを手に桃生が現れ、あやねは駆け寄る。

「はい。まだ服の下は包帯を巻いてますけれど、明日から警護に復帰します」

「無理はしないでくださいね。それ、わたしが運びます」

トレイを受け取り、あやねはテーブルに戻る。

「太白とはいい方向に行ってるようだな」

長い足を雑に組み、偉そうに背もたれに腕を預けた三峰がいった。

「ええ。顔を合わせるだけなら、なんともないみたいです」

〝鬼〟の姿を目の当たりにしなければ倒れることはないようだとわかり、慎重を期しながら同居を再開すると、みなには話してある。太白と向き合って話ができたのは、小泉さんと三峰たちのおかげなのだ。少々、強引なやり方ではあったけれど。

薬茶の処方も、太白は晴永から教えてもらっていた。それと晴永に対価を払い、定期的な体調チェックも頼んである。当面はこのやり方で乗り切っていくつもりだ。

死への恐れ、太白との別れへの不安と哀しみで問題に向き合うのを拒んできたが、あやねはやっと気持ちが前を向くようになった。

「……だけど〝鬼気〟が原因なら」

　重い声で晴永がいった。

「生活をともにして蓄積される可能性が大だ。油断はしないようにね」

　あやねは神妙にうなずく。不安は消えたわけではない。新年の塩釜旅行のあとに疲れやすくなっていたのは、鬼気のせいとも考えられるのだから。

「はい。藤田さんにいつまでもお世話になるわけにもいかないですから」

「あやねさんに頼られるなら嬉しいんだけどな。遠慮しないでもっと頼って？」

「なんと、図々しい陰陽師じゃな」

　ひびきがお皿を載せたトレイを運んでくる。

「みなの前で既婚者に臆面もなくいい寄るとは、なかなかの厚顔無恥じゃ」

「うん、そういうところ、よく褒められる」

「いやはや、めげぬところは褒めてやろうぞ。まったく、あやねが世話になっている客人でなければ料理を運ばせるところじゃぞ。男手が足りぬからな」

　ひびきはすっかりこの場に馴染んでいる。人間と結婚していただけあるというか、年の功とでもいうべきか。

「っていうか、甘柿さんどれだけ作ってるんです？　まだあるんですか？」

「料理が生きがいのようじゃからな。好きに作らせるといい」

あやねは目を丸くする。あの引っ込み思案な甘柿の懐にまで入り込んでいるとは、年経た妖かしの社交性の高さに驚くばかりだ。

ふと、いまだ音沙汰のないお大師さまの消息が気にかかる。

ほんの一時暮らしただけだが、お大師さまも遠慮がなくて、たちまちこちらに馴染んでしまった。もっとも彼の場合、幼い少年ともふもふ狸《たぬき》の姿という愛くるしさと愛《あい》嬌《きょう》に、抵抗感を抱こうにも抱けなかったのだけれど。

「ただいま、帰りました」

玄関から声がして、あやねはぱっと顔を輝かせて振り返る。

「太白さんだ。お出迎えに行ってきますね」

はずむような足取りで、あやねは廊下に出る。玄関では太白が靴をシューズクローゼットにしまって振り返るところだった。

「お帰りなさい、太白さん！」

「あやねさんこそ、お帰りなさい」

ふたりは身を寄せ合い、笑みを浮かべた顔で見合わせる。と、素早く太白がキスをしてきたので、あやねはぱっと真っ赤になった。

「だ、駄目ですよ、みんなに見られますってば」

「見られても僕は一向にかまいませんよ」

「なっ⁉　……た、太白さん、ちょっと性格、変わりません？」

「あやねさんと一緒にいられる嬉しさを隠すつもりはありませんから」

臆面もなくいい切られて、あやねは顔が熱くて熱くてどうしようもない。

今日から同居再開、しかも寝室も一緒……だなんて。そっと見上げれば、これ以上ないほど整った美しい顔が幸せそうにほほ笑んでいる。

タスケテ！　とあやねはその場にしゃがみ込みたくなった。

「あやね、太白、いつまで玄関でいちゃいちゃしてるですにゃ」

「そうじゃ、お腹空いたのじゃ。客人を帰してから存分にいちゃつくがよい」

小泉さんとひびきが廊下の角から顔を出し、足元で小玉があわてて止める。

「お、お祖母ちゃぁん、露骨ですよぉ、もおっ」

「わかった、わかった。ほれ、早くふたりともくるのじゃ」

小玉に着物の裾を引っ張られ、ひびきは小泉さんとともに顔を引っ込める。あやねと太白は顔を見合わせ、同時にくすりと笑ったあと、こっそりキスをした。

ダイニングのテーブルに並べられた料理の数は、とんでもなかった。

いつも引っ込み思案な甘柿が珍しく大張り切りで、キッチンでひとり奮闘しながら次から次へと作って出してきたからだ。そんな料理の数々を、みんなでわいわいとにぎやかに会話をかわしながら、次々と空にしていった。

楽しそうなみなの顔を見て、あやねはほっと安堵《あんど》と喜びの息をつく。信頼できるひとたちに囲まれ、大切なひとがすぐかたわらにいる。ずっと胸がふさがる心地で過ごしてきたから、この温かさの得難さが沁みるようだ。

屋敷を出たときは心細さがあった。けれど太白と一緒なら、それがどこでも家になり、家族になる。そんな実感を、あやねはしみじみと抱きしめた。


「それじゃ、おやすみなさいですにゃ！」

玄関ポーチで小泉さんが元気にくるりと回ってあいさつする。

片付けを終えたみなを、あやねと太白は玄関まで見送りに出ていた。

食べ切れなかったご飯は明日の朝ご飯にと分け合った。今回の食器はすべて甘柿の私物で、彼の家に泊まるひびきや、その手伝いで晴永が運ぶことになっている。

三峰は、集まってべたべた慣れ合うのは苦手だといい残して一足先に出ていた。そういいつつ、最後まで席にいた彼女を、あやねはおかしく思ってしまう。

「楽しかったです。また、夕食会しましょうね」

あやねは手を振り、太白は会釈して、みながエレベーターに消えるのを見届けてからドアを閉める。しんと静かになる玄関で、ふたりきりになった。

「え……っと、あの」「どうしましたか、あやねさん」

ふたりきりになったとたん、急にあやねは太白を意識してしまう。

「あ、あの、一応……ひびきさんに手伝ってもらって、主寝室にわたしたちのお布団、とか、ベッドメイキングとか、その、やっておきました、けど」

「お任せしてしまって申し訳ない。明日からは僕も行いますので」

明日から。つまり、もう今晩からふたりで同じ寝室なのだ。と思った瞬間、ぼわっとあやねの顔が燃え上がる。それを見た太白も気づいたか、はっと頬を染めた。

「あ……と、あやねさんがいやなら、まだ寝室はべつでもかまいませんが」

「い、いやじゃないです。いやじゃなくて、その、照れくさいだけで」

真っ赤っ赤の顔でふたりはうつむく。いつまで玄関先で立ち尽くしてるですにゃ！

と小泉さんがツッコミを入れてきそうな状況だ。

「では、その、あやねさんが先にお風呂をどうぞ」

「え、あ、はは、はいっ」

「大丈夫ですよ、そんな緊張しなくても。まだ準備はしていませんので」

というか、と太白はためらいがちにいった。

「一緒の寝室に、とはお願いしましたが、あやねさんの気持ちが整うまで無理強いはしません。あやねさんがいやがることは、決してしたくありませんから」

「あ、あの、えと、じゃあ、疲れていないときに、その」

あやねは太白の手に触れて、そっと握る。

「先日の夜みたいな……触れ合いで、慣れていくのはどうですか。っていうかですね、ちゃんといっておきたいんですけど、わ、わ、わたしだって」

恥ずかしさを必死にこらえ、あやねは告げた。

「太白さんに、触れてもらいたいん……です」

告げたとたん、かああっ、と顔が燃え上がった。うわー、うわー、とパニック気味になって頰を両手で押さえた。太白も顔を赤くし、口元を手で押さえて見下ろす。

が、すっと身をかがめると、あやねの耳元に顔を寄せる。

「……それでは、お風呂に入る前に」

吐息と、深い声が、あやねの熱い耳たぶに触れた。

「寝室で、あなたに触れても……いいですか」

「じゃ、僕はここで。ごちそうさまでした」

甘柿の部屋まで荷物を運ぶと、玄関先で晴永は頭を下げる。

「ご苦労ですにゃ！」「また、お越しください」「お気をつけて帰ってくださぁい」

小泉さんと熊の甘柿はぺこりと頭を下げ、小玉はひびきの肩で小さな手を振る。しかしひびきは、少し難しい顔をして晴永を見つめた。

「熊よ、ちょっと孫を頼むのじゃ。そこまで陰陽師を送ってくるからの」

ひびきは白ネズミを甘柿の大きな手に押し付けると、晴永の背をぐいぐいと押して玄関を出る。ふたりはだれもいない廊下に出て、エレベーターまで歩んだ。太白ほどではないが高身長の晴永と並ぶと、ひびきの背の低さは際立っている。

「なにか話があるの、ネズミのお嬢さん」

しんと静まる夜の廊下に、晴永の面白そうな声が響く。

「箱に入ってからがよかろ。おぬしも聞かれたくないじゃろうからな」

「ふうん、聞かれたくない話なんて心当たりはないけれど」

リン、と音がしてエレベーターのかごが到着した。

どうぞ、と晴永がボタンを押して扉のなかを指し示すと、ひびきは小さな体でふんぞり返ってなかに進む。扉が閉まり、ふたりを乗せてかごは降下し始めた。

「わしらの隠れ家をイタチが襲ったときの話じゃよ」

じろり、と可愛い顔でひびきは下から晴永を見上げる。

「あやねも聞いていたはずじゃが、太白とよりを戻して有頂天になって、すっかり忘れておるようじゃからな」

「んー？　何の話だっけ」

「隠れ家から出るなというたじゃろ。市内にも近寄るな、今月中は、と」

とぼける晴永を、ひびきは鋭く追及する。

「もしや、イタチが襲来するのを、知っておったのか」

さあ、と晴永は小首をかしげるだけで答えない。ひびきは視線を外さない。

「それに、〝今月〟とはなんじゃ。今月のいつ、なにがある」

「……あまり、高階に近づきすぎないほうがいいよ」

エレベーターが地上に着いた。ふたりは相前後して降り立つ。晴永は振り返り、背の低いひびきを優しい目で見下ろす。

「僕からはそれだけ。じゃ、もうここで」

ひびきは測るような目でじろりと見上げるが、ふいといま出てきたエレベーターのかごにもどった。閉まるドアを見つめ、晴永は唇を引き結ぶと背を向ける。

フロントに出て、コンシェルジュがお辞儀して見送るのに軽く手を上げ、真っ暗な外へと出る。その足が、つと止まった。

「やっと出てきたな、晴永」

いかつい革のジャケットを着た三峰が、前庭の花壇の縁石に腰かけていた。ライトの下でその顔はいかにも険しい。

「あれ、帰ったんじゃなかったの」

「念のため、周囲に不審なやつらがいないか見て回ってやった」

「それはどうも。やけに親切だね。なにか気づいたことでも？」

「妖かしはいない。だが……おい、貴様」

三峰は立ち上がり、ぎろり、と恐ろしい山犬の目で晴永を睨《ね》めつける。

「なぜ、陰陽師をうろつかせている？」

はっと晴永は目を開いた。三峰は容赦なく言葉を続ける。

「人間がふたり、敷地の周りにいた。何気ない風だったが、明らかに監視だな。おまえの父親、藤田晴季《はるすえ》とともに参加した陰陽師の集まりで見かけた顔だ」

晴永は小さく吐息する。三峰は以前、晴永の父の使い魔だった。使い魔といっても、あくまで契約関係だったらしいが、父の晴季は先代の陰陽寮の頭。その晴季と対等に渡り合っていた三峰は、やはり侮れない。

「どうして、僕の周りには手厳しい女性ばかりいるんだろうな」

「〝女〟でくくるな、不愉快だ。答えろ」

「向こうが勝手にやってるだけさ。僕はたしかに陰陽寮のＮｏ．２だけど、責任はあっても実権があるわけじゃないからね。彼らを止められる権限はないよ」

「馬鹿めが、そんなことを訊いているわけじゃない」

三峰は強く踏み込む。

「なぜ、いまだ。太白を監視するならもっと早くやってもおかしくない。東京で二つ口が、あやねを拉致した騒ぎを起こした辺りでな」

「あのときはまだ、そこまで危険視するほどじゃなかった、ってことじゃない？　いまは御曹司に対抗して、啓明も動いてるからね」

「ならば元凶の啓明の行方を探ればいいだろうが。貴様、なにを隠している」

はあ、と晴永はこれ見よがしの吐息をついた。

「君も僕を危険視するの？　いいよ、契約を破棄しても」

「話にならん。契約関係は信頼関係だぞ」

ぎ、と鋭く獰猛な牙を剥いて三峰は吐き捨てる。

「勝手にひとりで動くとは、自滅したいか」

「……じゃあ、仕方ないね」

晴永はくるりと背を向け、マンションの敷地の出口のゲートへ歩んでいく。

「助けて、といってみろ。晴永」

三峰の声が背にぶつけられた。晴永は歩みを止める。

「御曹司にはいったと聞いたぞ。必要ならいえ。気が向けば聞いてやる」

その声を残し、背後の気配が消えた。晴永は深々と息を吐いて、ひとり、暗闇へ向かって歩いていった。

◆

ふにゃは〜、と浮かれて腑抜けた顔で、あやねはブライダル&パーティ課のフロアへ向かう廊下を歩く。

昨夜だけでなく、今朝も太白と片時も離れずに一緒にいられたのだ。

ことあるごとに太白は、甘い声で甘い言葉を熱くささやき、手を握ったり、抱きしめてきたり、キスしてきたりと、濃厚なスキンシップをしてきた。まあ、もちろん、キスや抱擁以上のスキンシップもしたわけですけど？

思い出すだけで顔が赤くなりつつ、やっぱり嬉しい。ふたりの想いが通じ合い、やっとだれにはばかることなく、公然と〝恋人〟同士として触れ合えるのだから。

「おはようございます、チーフ……チーフ？」

上の空でフロアの扉を開けて入ると、部下があいさつをしてきた。が、ぽやんとした表情のあやねに眉をひそめる。

「どうしたんですか、やけに顔が、あの、ゆるみきってる気がしますけど」

「え!?　あ、いえ、な、なんでもないです。いやあ、お仕事順調嬉しいなって」

「順調……。たしかにいまのところトラブルらしいトラブルはありませんけど」

「そうです、トラブルがないのがいちばん、順調です！」

けげんそうな顔の部下へにっこり笑いかけ、あやねは自分のデスクへ向かう。

（浮かれてる場合じゃない、気合入れなきゃ。仕事、しごと！）

椅子に腰かけ、軽く自分の頬を両手で叩く。

そう、浮かれてなんかいられない。バレンタインフェアまであと一週間。数日後はリハーサル。一般審査員はいないものの、本番とおなじ流れだ。

以前、モデルを務めたときのように太白のサポートはない。ぎこちなくても、自分で綺麗に衣装を見せられるよう、ウォーキングしなくてはならない。

しかし気になるのは、ゆり子の言葉だ。

〝めいさんに、投票していただけますかしら〟

気負いもなにもない、淡々とした口調を思い出す。

〝長く働いた場を去るとき、つまらない禍根を残したくないのです……〟

真実の言葉には思える。実際、そこにはいくばくかの真実が入っているはず。見栄《みえ》でも虚勢でも、丸っきりの嘘を、人間はそうそうつけるものではない。

とはいえ、えり子がいさぎよく退けば、それはそれで新オーナーのめいが苦労するだろうことは目に見えている。

今後もSHUJIとはビジネスでの付き合いが続く。SHUJIのオーダーメイドドレスは青葉の顧客にも好評だから、円滑な経営をしてくれるのが望ましい。

(って、他社の内情をそこまで考える必要はないかもだけど)

第一、それどころではない。あやねの仕事はフェア関連だけではない。バンケットチーフとして日々開かれる披露宴やパーティの采配、計画立案もある。

小玉が仕事から外れて、あやねの負担はいっそう増していた。急遽《きゅうきょ》、外部のスタッフを増やしてはいるが、どうしたってそれは末端、中心の手が足りない。

現金なもので、太白との関係が改善してからは、バレンタインフェアが終わったら辞めようという気持ちは消《き》え失《う》せていた。

むしろ、啓明の挑発によって浮足立つ妖かしたちを抑えるために太白が奔走せねばならないいま、彼の分までホテルの仕事に尽力しようと気負っている。妖かし関連のことは、どうしたってあやねには手が届かないのだから。

とはいえ、小玉のことは早く解決してやりたい。太白や晴永たちに任せるだけでは落ち着かない。ずっと孫のそばにいるひびきも安心させてあげたかった。

「失礼します、チーフ。今度の多文化共生協会のパーティの資料です」

部下の呼びかけにあやねは礼をいって資料を受け取り、目を通す。

「なかなか大変になりそうなパーティですよね。半立食で大人数のうえ、国籍も多岐にわたってます。サーブの動線計画をきちんと詰めないと混乱しかねないです」

「チーフがそこまで心配するほどですか。前日にはリハーサルも行いますよ」

「前日だけで足りるか不安ですよ。資料を見直しますので、午後にも打ち合わせを。SHUJIの新作発表のリハーサルもパーティの日にありますし」

「でもそれは昼の二時からで、パーティは夕方からですが」

「いえ、どちらも規模が大きいので、準備は念入りにしましょう」

わかりました、と部下はうなずいて去っていく。それを見送り、あやねはスケジュールを再確認する。

十二日に多文化共生協会パーティのリハーサル、翌十三日は昼過ぎからバレンタインフェアのリハーサルに、夕方からは多文化共生協会のパーティ。

そして十四日が、いよいよフェア本番。

大掛かりなパーティとフェアが続くので気を引き締めなくては……と思ったところでフロアに電話の音が鳴り響き、「チーフ」と名を呼ばれる。

「ＳＨＵＪＩの新里さまからお電話です」

新里？　現オーナーか、それともめいか。あやねは受話器を取り上げる。

『お忙しいところ、突然のお電話すみません、花籠さん』

ところが聞こえてきたのはえり子の声で、あやねは思わず眉をひそめる。

『古賀チーフが辞められる話は、もう聞いてますか』

一瞬、あやねは混乱した。だが、すぐにその声がめいだったと気づく。

「え、えと、噂《うわさ》レベルですけれど、はい」

さすがにえり子本人からともいえず、あやねはごまかす。

しかし、なぜふたりの声を取り違えたのだろう。よく聞けば声の高さも違うのに。

でも聞き間違うほどに、めいとえり子の声はよく似ていた。

そういえば以前、ＳＨＵＪＩの新年会パーティでも、めいかと思ったらえり子の声だったと勘違いしたな、とあやねは思い出す。

『唐突にこんな内情をお話しして、申し訳ないです』

「いえ、かまいません。優秀な方とうかがっているので、残念です」

慌ててあやねは我に返ってめいに答えた。

しかし電話口の向こうで、めいはためらうように沈黙する。耳を澄ませるとひとのざわめきが聞こえた。どうやら外から電話しているようだ。

『先日、花籠さんが古賀チーフと会われたと、聞いてます。なにを話されたのか……いえ、そんなこと、聞いたらいけませんよね。すみません』

あやねは困惑する。めいはもっとはきはきしたタイプのはずだ。なのにこんな、歯切れの悪い話し方はどうも彼女らしくない。

『今日、突然お電話したのはあるお願いがあるからなんです』

「お願い……と、おっしゃいますと」

『今度の新作発表会の件です。その場で花籠チーフには……』

あやねは首をかしげる。なにかデジャビュのような流れだな、と思った次に聞こえてきた言葉に、あやねは大きく目を開いた。

『古賀チーフの新作を、選んでいただきたいんです』

◆

「おまえの頼みどおり、一族の天狗たちを被害にあった妖かしたちへの援助に回した。怪我人や住処を失ったものどもは、ほぼ青葉関連の施設に収容できたぞ」

執務室で偉そうにふんぞり返る歳星に、太白は律儀に頭を下げる。

「ありがとうございます。あとは僕の私財で援助は続けます」

「とはいえ、俺を見ればわかるとおり、天狗どもはプライドが高い。今回は俺が取り持ってやったからいいものの、いつまでもおまえのいいなりにはならんぞ」

「わかっています。住処がなければ身の振り方も決められません。困窮するものらが落ち着ける一時だけ、力を貸してもらえれば」

「まったく。援助も、おまえひとりの資産で続けられると思うなよ」

礼儀正しい太白に、歳星は面白くなさそうな顔をする。

「しかし、啓明を探さなくていいのか。天狗どもは空からも探せるが」

「ええ、かまいません」

ちら、と太白は長庚の腕を収めた部屋の扉に目をやる。どうしてもこの場を訪れるたび、気になって仕方がなかった。ある、というだけで胸の奥がざわつき、啓明への憤りがこみ上げてくる。それを懸命に抑え込む。

（これもある意味〝呪詛《じゅそ》〟のようなものだろうか）

「啓明は終始、姿を見せずに配下を使ってこちらの動揺を誘っています。行方を探そうと躍起になればなるほど、冷静さは失われる」

「ふん、向こうの手には乗らないというわけか」

コツコツ、と歳星は苛立つようにデスクを指で叩く。

「しかし、おまえは無視できても周りはどうだ？　俺の情報網では、すでに多くの妖かしたちが啓明派に傾きつつあるらしい。青葉の社員の妖かしとて、こちらで雇われていなければ即座に離反しているかもしれんぞ」

「だからこそ、安い挑発に乗るべきではありません」

太白は辛抱強く言葉を重ねる。

「向こうが不安を煽り、災厄をまき散らすなら、僕らが示すのは安寧です」

「安寧？　くだらんことを」

「安寧をくだらないというなら、歳星、一族を守るために啓明に協力していたあなたも、その安寧を必要としていたのですよ」

「……なんだその落ち着きは。苛立つな」

「守るべきものが明確ならば、落ち着くのも当然です」

いっそう面白くないという顔で歳星は腕組みをする。

「その様子だと、あの女とよりを戻したか」

「べつに不仲だったわけではありませんので」

「あからさま過ぎるというだけだ。まったく……ん？」

ピコン、とタブレットの着信音が響いた。歳星は顔をしかめて操作する。

「……ッ!?」

その顔が一気に険しくなった。それを見て、太白は眉をひそめる。

「どうしました、歳星。なにか異変でも」

「おい、あの女はどうしてる」

「あやねさんですか。部署で仕事中のはずですが。なにがあったのです」

「外出や出勤、帰宅時に警護はついているか」

「昨夜から桃生が復帰しましたので、行き帰りは彼女が。その前は山犬の三峰が代わりに警護をしてくれたはずです。まさか……あやねさんに、なにか」

「行き帰りだけか。だったら業務中は野放しなわけだな」

歳星はくるりとタブレットを返し、画面を太白に見せる。それを見た瞬間、太白の顔がざっと音を立てるように血の気が引いて青ざめた。

画面には、何枚ものあやねを撮影した画像。

青葉グランドホテルの社用出入り口を出入りする姿、ホテルのエントランスを歩く姿、小玉の変化の手掛かりを求めて訪れただろう、船岡駅に降り立つ姿……。

さらにマンションの門をくぐる姿と、打ち合わせに向かうのか街角でタクシーに乗る姿も。まるで、いつでもあやねを害するのが可能だと示しているように。

どうやら社内メッセージを使って送られたらしい。だが差出人の名はない。

「ブライダル＆パーティ課の花籠あやねは、いるか」

凍り付く太白の耳に、歳星が内線で通話する重い声が聞こえる。

「打ち合わせに出た？　行先はどこだ。わからん？　なら携帯にかける。おい、太白。携帯で桃生に連絡を……太白？」

だが呼びかけに応える声はない。太白は蒼白《そうはく》のまま、床を見つめている――。

いきなり太白が激しくデスクの端をつかんだ。びき、と音を立ててデスクの分厚い天板にひびが入る。鋭い爪が生え、固いデスクに食い込んだ。

「太白⁉」

歳星が腰を上げる前で、太白の額に金の瞳がカッと開いた。


めいとの待ち合わせの店は、仙台駅のファッションビル五階にあるカフェダイナー。ハワイ料理と開放的でリゾート感あふれるテラス席が人気の店だ。

時刻は十一時。ランチには早く、客も少ない。

テラス席に案内されると、めいが腰を上げる。あやねは会釈して対面に座った。

「すみません、わざわざ出てきていただいて」

「いえいえ、直にお会いしてご様子をうかがいたかったので」

短いあいだだったが、めいとは先月にあった結婚式で一緒に仕事をした。不遇な身の上の新婦に合う衣装を、彼女は熱意をもって選んでくれた。

やや情熱に先走る傾向を差し引いても、誠実なのは間違いない。信頼して長く仕事をともにできそうだと、あやねは考えていた。

「それで、先ほどお電話で話されていた件……ですが」

電話口で、めいは外での話し合いを頼んできた。あやねも、こうなればえり子とおなじく正面から話し合ったほうがいいと考えたのだ。

「古賀チーフが辞められるのは、とても痛手です」

頼んだレモネードが届くやいなや、めいは口を開いた。

「実績と経験豊富な彼女がいるのといないのとでは、経営の困難さが違います。年若いわたしが、果たしてスタッフをまとめてやっていけるかどうか」

「体制刷新の前にご心配事が重なる心労、お察しします」

沈む顔のめいを、あやねは気遣う。

「でも、味方してくださるスタッフもいらっしゃいますよね」

「お祖父さまの威光になびいているだけですよ」

自嘲気味にめいはいった。

「思い返せば、今回の新作発表での競い合いもスタッフたちに上手く乗せられてしまったなって。いえ、古賀チーフ相手に対抗心を燃やしていたのはわたしですが」

うなだれて、めいは唇を噛む。

「オーナーの孫でも実績はないに等しくて焦るばかりで、古賀チーフのいさめる言葉も耳に入れられなかった。チーフが辞めるのは、もう止められないでしょう。いさぎよい方ですから。なので、せめて……」

言葉を呑み、うつむくめいに、あやねはそっと言葉を引き取る。

「だから、花を持たせてあげようと？」

「持たせてあげる、なんて不遜です。もちろん手を抜くつもりはありません。ただ、もしもわたしが勝っても、お祖父さまの七光りと思われるだけです。そう思われるくらいなら、実績も経験も勝る古賀チーフが勝つのが順当です」

「わたし以外の審査員は抽選で選ばれたお客さまですよ」

「審査員長である花籠さんの加点は、特別に加味されるはずです。……たとえお祖父さまが不満に思っても、大切な取引先の顔をつぶすまではしないかと」

悔しげに目をそらすめいに、あやねは言葉を呑む。そう、まだ現オーナーはめいの祖父の新里修司だ。フェアの新作発表にも出席する。表向きは公平を期すために本人は投票しなくとも、集計結果に口を出してくる可能性は当然、考えられる。

もしや、めいとえり子を競わせるのは、修司の画策ではないだろうか。

引退を決めたとはいえ、オーナーである修司の権力はまだまだ強い。スタッフに裏から指図して対決を煽ったのでは。……新オーナーのめいを引き立てるために。

「現オーナーは春に引退されるそうですが、もう経営には関わらないのですか」

「まさか。口を出す気満々ですよ」

それとなく尋ねるあやねに、めいは苦い声で答える。

「少子化で結婚式が減って、海外ブランドとの競争も厳しい。だから若い女性をトップに据えて名目だけでも体制を刷新してみせる。でも影響力は残したい。ワンマン経営者が、そう大人しく後進に譲るわけがないです」

そんなとこですかね、とめいは首を振る。ふむ、とあやねは考える。話に聞く限り、啓明も似たようなタイプに思えた。物腰やわらかだが、狡猾《こうかつ》で権力欲が強い。

（たしか……引退を決めたのは力の衰えが見えたからだって聞いたような）

太白は若く、経験も足りない。しかし思慮深く冷静で優秀かつ有能、そして心優しい。このままいけば、遅かれ早かれ、大きな影響力を持つはずだ。

啓明はそれを見逃すだろうか。衰えが見え始めた自分の目の前には、若く前途有望な後継者。愛情深い性なら喜びとなっても、そうでないならば……。

啓明に対して腹立たしさがつのる。引退を決めたなら大人しく引っ込めばいいのに、なぜ存在を見え隠れさせてくるのか。

「もう広まっているかもしれませんけれど……あんな、スキャンダラスな噂も聞かされたので、もう、お祖父さまには不信の想いしかありません」

めいの言葉に、はっとあやねは顔を上げる。

「噂？　それは、いったい」

「いえ、耳に入ってないならいいんです。とても恥ずかしい話なので」

それよりも、とめいは悔やむ顔で頭を下げる。

「いまさらこんなことをいうのもなんですけれど。花籠さんまで巻き込んでしまったのは、どうしてもお詫びしたくて」

「そんな、頭を下げないでください。わたしも仕事として引き受けたんですから。それに太白さんもおなじような事情なので、お気持ちはわかります」

「……高階部長が？」

「引退したはずの先代の影響力が強くて。どうしても比べられますし、若いからと侮られます。実力は申し分ないのに、悔しい話なんです」

細部は語らないが、それは真実だ。あやねの話にめいは身を乗り出す。

「どうやって、部長はそのプレッシャーをはねのけるつもりなんですか」

「当たり前ですが、地道に、ひとつひとつ、実績を重ねていくしかないかなと」

あやねは太白を思いながら言葉を続ける。

「そういう道のりって、すごく、苦しいと思います。幸い太白さんは事業部長という立場ですから、土門さんの下で総支配人の職を学んでいける余裕があります」

でも、とあやねはめいを見つめる。

「めいさんは、新しいことを始めようとなさってます。だからこそ、前オーナーのやり方をそのまま真似するわけにはいかない……ですよね」

めいは小さくうなずいた。以前に彼女は、もっと幅広い客層に届くデザインの衣装を開発したいと語っていた。どんな体型、年齢、性別までも問わないようなドレスを……と。新規開拓を選ぶなら、これまでの顧客が離れてしまいかねない。

それでも、旧来のやり方を思い切って手放さなければ、得られない進歩がある。

「わたしは、太白さんのことを思うからこそ、めいさんの情熱を応援したいと思います。弊社も宿泊部門だけでなくパーティ部門での採算が大事なので、披露宴でSHUJIの衣装を選ぶために青葉を選ぶ……って方が増えたらいいなって」

へへ、とあやねは頭をかく。

「なんだか、すごく利己的な理由で申し訳ないんですけど」

「いいえ、信頼できる理由です。花籠さんの誠実さと、先を見る目がわかります。花籠さんのような方がパートナーな高階部長が、うらやましいですよ」

「わたしは……ただ、自分の仕事をしたいだけです。それがいい仕事になった結果、太白さんを助けることになったらいいな、と」

そういったとき、カタン、と小さな音がした。

目を落とせば、あやねの足元につややかに黒く光る木製の杖《つえ》が倒れている。杖というよりステッキか。銀製のグリップでいかにも高級そう。

めいが腰を上げて杖を拾い、あやねの背後に座るだれかに差し出す。

「杖が倒れましたよ、どうぞ」

「——ご親切に、お嬢さん」

その声を聞いた瞬間だった。

ぞわ、とうなじが逆立った。ばくん、と心臓が大きな音で鳴った。

なぜかあやねは体が凍り付き、振り返れない。心臓がばくばくと激しく鼓動し、けれど血の気は下がって指先まで冷たくなる。

聞き覚えがある、この、やわらかいのにぞわりとする声の主は……だれ。

「たしかに、後進に譲る気のない老人は困ったものだ」

「え……やだな、聞こえてたんですか」

「失礼、すぐ後ろにおりましたので」

戸惑う声のめいとだれかがかわす会話が、凍り付く耳に届く。とっさにあやねは、震える手でかたわらに置いたバッグを探り、スマホを取り出そうとした。

「護衛のお嬢さんを、お探しかな」

は、とあやねは息を吸う。肩口に、杖のグリップがそっと置かれていた。振り払おうとすればできるはずなのに、じわりとした不気味な重みに動きを止められる。

「そのお嬢さんは先ほど、店の外に出ていきましたよ」

「……どう……して」

「さて。思いがけないひとを見つけた様子で、慌てておられました」

す……っとグリップが引かれた。しかし、かたわらから感じる得体の知れない圧はそのままで、あやねの背筋にぞわぞわと怖気《おじけ》が這《は》い上《あ》がる。

それでは、とそのだれかがいった。やっと目を動かせて、あやねは視線で追いかける。オフホワイトのスタイリッシュなスーツに同色の中折れハット、杖をつきながらもスマートな足取りで、その人物はテラスから店内へ姿を消した。

「恥ずかしいな、あんな会話を聞かれてたなんて」

めいが頬を赤らめて腰を下ろすのをよそに、あやねは必死に粟立《あわだ》つ二の腕をこする。

テラス席といっても温室のような場所で、まったく寒くはないのに。

周囲を見回すが、テラスにはあやねとめいだけで、ほかの客は店内席だ。

「いまの……ひと、いつから、後ろにいたんでしょうか」

「え？　ああ、そういえば変ですね。わたしたち以外いなかったはずですけど」

めいのくったくのない答えに、あやねはまた寒気がする。

自分のすぐ真後ろに座っていたのに、まったく気づかなかった。店への出入り口はめいの後方で、通り過ぎるくらいはわかりそうなものなのに。

「すみません、ちょっと電話してきてもいいですか」

どうぞ、とうなずくめいに会釈してあやねはスマホを手に席を立つ。

テラスから店内に入り周囲を見回すが、もうあのオフホワイトのスーツと中折れハットで、杖をついた男性の姿は見えない。店外に出ると、ファッションビルの内部は昼間近に迫り、行きかうひとが多くなっていた。当然、男性はどこにもいない。

「も……桃生さん！」

廊下の陰から息せき切って走り出た桃生を見つけ、あやねは駆け寄る。

「あやねさま！　ご無事でしたか！」

桃生も青ざめた顔で走ってくる。通行人がけげんな顔で通り過ぎるのを無視して、あやねと桃生はお互いを抱きしめるようにその腕をつかんだ。

「さ、さっき、テラス席で……見かけて」

名前を出すのも恐ろしくてためらわれ、あやねは口ごもる。

「わたしも店内であやねさまを見ていたところ、〝啓明〟が店外へ出ていくのを目にしたのです。なので急いで追いかけたのですが。おい、こっちだ」

桃生が呼ぶと男が駆け寄ってくる。目立たない服装で、桃生の仲間のようだ。

「店内を見てみたが不審な様子のものはなかった。本当に見たのか、桃生」

「見た。あの姿、わたしが見間違うはずがない」

やはり啓明なのか。あやねの二の腕にさらに鳥肌が立つ。また気を失うのではという恐怖を、懸命に足を踏みしめてこらえる。

「おれは見ていないぞ。本当に見たんだろうな」

「疑うのか。そちらこそ見落としたんじゃないのか」

「ま、待ってください。明らかにおかしいですよね。確認させてください。そのひとは、オフホワイトのスーツと帽子、杖っていうスタイルでしたか」

いい合いに割って入って尋ねると、桃生は強い口調で「はい」と答える。

「でも、あのひとがわたしに話しかけてきたとき、もう桃生さんは〝啓明〟を追って店を出てました。ほぼ同時刻に店外とテラスにいたってことになってしまいます」

「……じゃあ、どちらかが偽物？」「配下の妖かしの変化か」

「それは、狐……でしょうか」

あやねの言葉に桃生と仲間の男は顔を見合わせる。

「狐の一族は数多くおります。わたしたちは白木路さまの一族ですが」

「啓明に心服する一族もする。当然、考えられる話だな」

「ですが、狐らしい臭いはしませんでした。同族なら臭いでわかる」

「じゃあ、狐でなくても妖かしはいませんでしたか」

あやねの問いに桃生もその仲間も同時にうなずく。

「ひとり、ふたりほどですが、それらしい臭いはしました」

「しかし、敵対するようなそぶりは……感じられなかったが」

そのとき、手に持ったスマホから呼び出し音が鳴る。見ると歳星からだ。

「はい、花籠ですが」

廊下の端により、あやねは呼び出しに出る。

『出たか。……どうやら、無事のようだな』

歳星の声が聞こえた。しかし通話口の向こうの息は荒い。いつも傲岸不遜で偉そうで、取り乱す姿を見せない彼が、おかしい。あやねは不安にかられる。

「土門さん、どうしたんですか。なにか……」

『……なんでも、ありません』

ふいに太白の声が割り込む。かすれたような遠い声だ。

『本当に、何事もありませんよ。仕事を邪魔して、すみません』

「太白さん……」

どくん、どくん、とあやねの心臓が不安で痛いほど脈打つ。

「正直に、いってください」

『なにを、ですか』

「歳星さんは、用もないのに電話をかけるようなひとじゃないです。しかも、第一声が〝無事か〟なんて安否を確認するなんて」

電話の向こうで太白は沈黙する。

『太白、あきらめろ。隠せる相手じゃないと、おまえが一番知っているはずだ』

歳星の声がした。深々とした太白の吐息がかぶさる。

『わかりました。あやねさん、いま桃生と一緒ですか』

「はい。ＳＨＵＪＩの新里めいさまと打ち合わせに出ているところです」

『でしたら、社に戻り次第お話があります』

深刻な声音に、あやねは息が詰まりそうになりつつ答える。

「わたしも……太白さんと歳星さんに、報告しないといけないことがあります」


通話を切って、歳星は息をつく。

執務室はまるで嵐が吹き荒れたような有様《ありさま》だった。壁や扉には見るからに恐ろしい鋭い爪痕が刻まれ、デスクには大きくひびが入っている。窓ガラスも一部割れてカーテンはずたずただった。

太白は、ずたぼろにレザーが切り裂かれたソファに座り込み、額に手を当ててうなだれていた。スーツの襟元は乱れ、シャツのボタンも取れている。

「ああ、大丈夫。落ち着いた。清掃と内装の業者をすぐに手配して寄越せ」

歳星は内線で秘書に告げると、受話器を置く。彼の姿はもっとひどく、スーツの袖はちぎれ、シャツはボタンどころか大きく裂けていた。

「馬鹿力めが。久しぶりに本気を出したぞ。……いや」

ふん、と歳星はいささか悔しげに吐き捨てる。

「おまえが正気に戻らなかったら、殺されていたかな」

「……申し訳ない、歳星」

　太白はうつむいて、絞り出すようにいった。歳星は苛立ち気味に答える。

「いついかなるときも冷静であれと教育してやったのを忘れたか。だいたい、なんだ。挑発に乗るなといった口で真っ先に我を忘れるとは、情けない」

「面目ありません。あやねさんに危害を加えられるかもと……思っただけで」

　は、と太白は息を吐いてボロボロのソファに背を預けて仰向く。自分の失態を悔やむように、きつく目を閉じて。

「とにかく場を移す。あの女に心配をかけたくないならすぐに着替えろ」

「僕の……この所業については、黙っていてもらえませんか」

「当たり前だ。話してどうする。さっさと行け」

　憤然と告げる歳星に会釈し、太白は力なく立ち上がった。


　あやねと桃生が歳星の秘書に案内されたのは、上階の小会議室だった。小会議室といっても上層部が来賓との打ち合わせに使う部屋で、ソファ席に明るい窓にシャンデリア、そしてミニバーと、どこかの邸宅のリビングといわれてもおかしくない。だが、なぜ歳星の執務室ではないのだろう。

　あやねと桃生にお茶を出し、秘書がテレビモニタをつける。すると歳星と太白の顔が映った。どうやらリモートで話をするらしい。ふたりの背景は執務室ではなく、あやねたちが通されたのと似たような小会議室だ。

これもおかしい。どうして直接顔を合わせて話をしないのか。ともに社内にいるのに、とあやねが眉をひそめると、テーブルに座る太白が口を開く。

『桃生からメッセージで報告を聞きました』

あやねの顔を見つめ、太白は心から安堵したようにいった。

『あなたにも、桃生たちにも何事もなくてよかった』

優しい言葉にあやねもほっと息をつく。自分だけでなく、あやねを守る桃生たちも気遣う彼の心が嬉しい。だが、太白の次の言葉に安堵は消え去った。

『実は、啓明らしき相手から、あやねさんを撮影した画像が送られてきました』

びくり、とあやねは身が固くなる。

『ホテルの近辺、街中、そしてマンションの敷地内……と場所は多岐にわたっています。幸い、マンション内や社内で撮られたものはありませんでしたが』

『外部のものによる撮影か、それともそう見せかけているのか』

難しい顔で歳星がいった。太白は声を厳しくして返す。

『送信には社内メッセージを使用しています。撮影は外部でも協力者が内部にいる可能性は大だ。改めて、あくまで秘密裏ですが社員を調査してほしい』

わかった、と歳星はうなずくが、不機嫌は隠せない。

『身内まで疑わねばならんのは業腹だがな』

『先月あやねさんに〝言霊の呪い〟をかけたのは彼女とおなじ課のものでした』

『わかった、わかった。気を抜かんようにする』

しかし、と歳星はひじ掛けにひじを置き、頰杖《ほおづえ》をつく。

『いっそ、その女をホテル内に閉じ込めて、ふらふら出歩けんようにできればいいがな。警護や監視の範囲が大幅に絞れる』

「わたしを、ですか？　さすがにそれは……」

いやだ、と正直にいうのはためらわれた。現に、あやねのために人員を割かれている。行動範囲を狭めれば、守るのも楽なはずだ。

「……いえ、いやとはいいません。でもさすがに期限もなく籠るというのは」

『僕としても蟄居《ちっきょ》していただくほうが安心ですが』

太白がいかにも正直に気持ちを打ち明ける。

『あやねさんに不自由な想いはさせたくない。ならば、せめて期限さえ設ければまだ我慢していただけますか』

「その期限内に解決するものではないですよね」

『尽力はしますが、保証はできません。……が』

太白は誠実にいった。

『あやねさんがメインで采配をとるバレンタインフェアは四日後です。その前後含めて約一週間程度では、いかがでしょう』

一週間。たしかにその程度なら我慢できそうだ。

『そのあいだ、社員の身辺調査とホテル内のチェックを済ませます』

『かんたんにいうな。つまり俺にも尽力させるということか』

『お願いします、歳星』

嫌味にも太白は礼儀正しく頭を下げる。ち、と舌打ちまがいの音を歳星は発した。

『上に立つものがみだりに頭を下げるな。腰が低いだけで舐められるぞ』

『早速、手配いたします。幸い、初めてあやねさんが泊ったペントハウス形式のスイートルームは現在予約が入っていませんので、そちらを使用しましょう』

「あのお部屋を？　いいんでしょうか、私用で使って」

『かまいません。僕の名で予約いたしますので』

『社用にしておけ。それくらいをいちいち遠慮するな』

　太白と出会ったときのことを、あやねは思い返す。いまではすっかり贅沢《ぜいたく》に慣らされてしまったけれど、いままで目にしたことのない内装の豪華さに、これはどんなファンタジーか、もしくは夢の続きではないかと思ってしまったものだ。

『それでは、今日からこちらへ泊まるようお願いします。必要な私物があれば、桃生に取りに行かせるか、買いにいくよう頼みますので』

「そんな、桃生さんにそこまでお願いできません」

「お任せください。それがわたしの仕事です」

　桃生は律儀に答えると、強いまなざしになる。

「啓明に惑わされるなど、ふがいないところをお見せしてしまいました。挽回《ばんかい》するために、どうかなんでも命じてくださいませ」

　きっぱりとした彼女が心強い。はい、と答えてあやねは頭を下げる。

「じゃあ必要な着替えなど、メモして送りますね。ホテル内には売店もありますから、厳密に一週間分はなくても大丈夫かと思いますけど。それから……太白さん、啓明の目から逃れるために、わたしがここに一週間泊まると広めてください」

　驚きが、太白だけでなく、歳星と桃生の顔にも浮かんだ。

『いや、駄目です。動向は秘密にしておいたほうがいい』

『そうだ。警護を万全にするためだぞ』

「いいえ、むしろ広めたほうがいいかと思うんです」

あやねは胸に決意を秘めて説明する。

「いま問題なのは啓明の動向と居場所です。正確には突き止められなくても、手がかりくらいつかめたらと思うんです。太白さんを脅すためにわたしを狙っているなら、きっと近づくために動くんじゃないでしょうか。ホテル内なら、不審な動きをするひとにはより気づきやすいですよね。そこから手がかりが得られるかも、と」

おびえて逃げ隠れして、だれかに守ってもらうばかりなんて、もうごめんだ。紆余《うよ》曲折《きょくせつ》を重ね何度もすれ違って、やっと太白と心がひとつになったのだから。

もし啓明の問題がどうにかなっても、また体に不調が出るかもしれない。だけど、希望が絶えたわけではない。

彼とふたりでこの先に進むために、あやねは心を決める。

「もちろん、大々的に公表する必要はありません。噂レベルでかまいません。わたしの居場所と滞在期間だけ、わかるようにしてもらえれば」

『正直、不安です。しかし……あやねさんのいうとおりだ』

太白は信頼に満ちたまなざしで、あやねにうなずいた。

◆

「ほんと、エグゼクティブ向けの部屋だなあ……」

ペントハウス形式のスイートルームで、あやねは感嘆の息をもらす。

ここに泊まるのは二回目だが、いつ見ても富豪の邸宅だ。仕事柄、色んなホテルの部屋は見てきたけれど、心が庶民のあやねには贅沢過ぎる。

「あ、桃生さん！　いいです、いいです。自分でやります」

階下では桃生がスーツケースを開いて荷物をクローゼットにしまおうとするので、あやねは慌てて吹き抜けの二階から、らせん階段を駆け下りる。

滞在のための準備は、桃生の手伝いで呆気《あっけ》なく整った。本当に、桃生は気配りも気遣いも行き届いている。彼女の得難さを、あやねは日を追うごとに実感する。

「ご希望のものはそろっておりますか。もし足りなければご用意します」

「大丈夫、たった一週間ですし。……そうだ」

ふと思いついて、あやねは桃生に尋ねる。ふたりきりなのはいい機会だ。

「桃生さんは白木路さんの一族なんですよね。あの方がいなくなっても、変わらずわたしたちを守ってくださるのは嬉しいです。でも、いいんでしょうか」

「白木路さまには、高階に仕えてかまわないとのお言葉をいただいています」

桃生は整った顔に優しい笑みを浮かべる。

「人間と長く共存し、安寧を求める妖かしも多くおります。その安寧を約束してくださる太白さまの志に賛同しているのです。もちろん、あやねさまのもとが居心地いいのもありますけれど」

桃生の優しい声は、あやねの胸をきしませる。

白木路は啓明にはばかって高階の元を去った。ということは、いま桃生が太白とあやねに味方するのは、危うい立場に自分を置いているのかもしれない。

「白木路さんは、お元気でしょうか」

「わかりません。白木路さまからのご連絡はないので」

桃生は哀しげに首を振る。

「わずかに伝え聞く話によりますと、結界で守られた狐の領域を閉ざし、そこへ蟄居されたのに、おそばに付き従うのはごくわずかなものだけとか」

「狐の一族で、その領域から外に出た方はいないのですか」

「閉ざされる前に出たものもそれなりにおりますが、あまりに閉ざすのが急でしたので、領域内に残らざるを得なかったものも多かったようです」

高階の屋敷で世話になった狐の使用人たちに、あやねは想いを馳せる。短いあいだだったが、快適に暮らせたのは彼女たちのおかげだ。

また会えるだろうか、元気でいてほしい。そう考えていると、

「あやね、やってきたのじゃぞ」「チーフぅ、お邪魔しますぅ」

ひびきの元気な声と小玉の遠慮がちな声が響いた。

「甘柿は小泉とともに、泊まる部屋へ荷物を置きにいったのじゃ。しかし、ここも広いな。運動会どころか世界ネズミ選手権が開けそうじゃ」

「お祖母ちゃん、甘柿さんにぜんぶ荷物運ばせるんだからぁ」

念のため、甘柿やひびき、小玉も宿泊することになっている。一週間だけだが離れているのはやはり心配で、太白と歳星に手配を頼んでおいたのだ。

「甘柿は早速、ホテルの調理部に呼ばれておったようじゃぞ」

「大丈夫なんですか、あんな引っ込み思案な方なのに」

「気にするでない。板前は板前にふさわしい場があるのじゃ」

板前。まあ、間違ってはいないけれど、あんなにいい合っていた三峰とおなじ表現を使うひびきに、あやねは笑いがこみ上げる。

（藤田さんと三峰さんにも会いたいな）

この部屋に入ると決まってすぐ、一週間ほど青葉グランドホテルに泊まると晴永に連絡をした。まだ返事はないが、三峰にも伝わるだろう。

「可愛い小泉のお出ましですにゃ！」

ドアが開き、スイートルーム専属の執事とともに小泉さんが飛び込んでくる。執事はスイーツと紅茶のセットを載せたワゴンを押して入ってきた。

「あやねさま、みなさま。ひと息つかれてはいかがでしょう。こちら、次のフェアでの特別メニューのスイーツでございます」

わっとその場が喜びの声で沸いた。

輝く銀のスタンドに載せた可愛いマカロンやチョコレートは、いかにも美味しそう。あやねは松島の別荘で夏井が出してくれたアフタヌーンティーを思い出す。

テーブルにつき、執事が紅茶を淹れてくれるのを見守りながら、あやねは夏井さんにも会いたいな、と思う。

ひとをもてなすのが大好きで喜びで、それでもひとりで太白の両親の想い出の場所を守ってきた彼女に。

高台の別荘に、強い海風が吹き付ける。その風のなかに呼び鈴の音が響く。

「はい、はい。お待ちくださいませ」

別荘番の夏井は玄関ホールへと足早に出る。昼間は温かな陽射しに包まれる別荘だが、二月の夜は足元から冷え込んでくる。

「ご連絡もなしにここを訪うなんて、高階のご関係者かしら。それにこんな風、いつもは結界でさえぎられるのに珍しい……はい、お待たせいたしました」

分厚い玄関ドアの前で夏井は声をかける。

「……夏井。僕です」

「まあ、太白さま？　いったい、どんなご用件でございますか」

急いで夏井は扉を開ける。しかし目の前の暗闇にはだれの姿も気配もない。吹き荒れる風の音が聞こえるだけだ。夏井は玄関先に踏み出して不安げに見回す。

この場を守る結界は白木路に頼み、一緒に力を合わせて張ったもの。それを知る者以外は、別荘を見つけられることも入ることも容易には敵わないのに。

ふと夏井はなにかを思い出すように目を上げた。

そう、以前にもこんなことがあった。だれかがこの別荘を訪れて、夏井は扉を開いた。でも、相手の姿も声もおぼろげで覚えがない。

けれど侵入者の痕跡はなかっ――いや、本当にそうだったのだろうか？

自分の記憶には空白がある。それに夏井は気が付く。その空白は翌日の朝、玄関先で我に返っていろはを二階の寝室まで訪ねるまでのあいだの時間だ。

つまり、丸々一晩。その時間になにかがあったのだ。では、なにが？

はたと夏井の眉が大きく上がる。いま、屋敷のなかにだれかがいる。夏井以外だれもいないはずのこの別荘に。

なぜ、と彼女は大きく目をみはり、振り返った。

「……やっと、思い出したようですね。それでは」

くぐもった声が廊下の暗がりから聞こえた。

かと思った瞬間、夏井の首を鋭い爪が生えた太い手がつかむ。

大きく目を剝く夏井に、優しくやわらかく、しかしぞっと背筋を凍らせる恐ろしさを秘めた声で、人影はいった。

「あなたも、わたくしの目論見のための〝贄〟にさせていただきましょう」

5　鬼が唱える空念仏

「はー……なんだか、バタバタした一日だったな」

ふかふかのベッドに倒れ込み、あやねはつぶやく。

宿泊準備を終えて仕事をしたあと、調理部に引っ張っていかれた甘柿が作った美味しい夕食をみなでいただき、清掃の行き届いたバスルームで香り高いバスオイルを入れたお湯を堪能《たんのう》して、いまは夜の十時。

いまのマンションも綺麗だし豪華だし広いし、がんばって掃除をしているつもりだけれど、どうしたって〝生活〟の場だ。

その点ホテルは、特に青葉グランドホテルは、非日常空間の場であり、安心と安全、極上の快適さを提供してくれる。

サービスって、ホスピタリティって素晴らしい、とあやねはベッドでごろごろしながら快適さを噛みしめつつ、一日を思い返す。

結局、めいとの話は途中で切り上げなくてはならなくなった。彼女自身は、あやねの励ましにとても感謝していたけれど。

めいに何事もなくてよかった、とあやねはほっと息をつく。

あの啓明が本物か、もしくは狐かそれ以外の妖かしの変化だとしても、危険な存在には違いない。複数いたなら、なおさら警告と挑発だけで済んでよかった。

しかし、めいとの待ち合わせ場所にまでやってくるなんて、どうやって後をつけてきたのだろう。桃生とその仲間の二人体制なのによく見つからずに……。

ふと、嫌な考えがよぎる。

もしや、めいが教えた……？　いや、なぜめいが教える必要が？　だが相手は複数だった。狐である桃生たちは嗅覚が鋭い。違和感があればすぐにわかる。数が多ければそれだけ隠すのは困難になるのに。

うむむ、とあやねは考え込む。めいではなく、ＳＨＵＪＩのスタッフだとか。めい自身は、自分のスタッフを完全には信じ切っていない様子だったから。

ベッドサイドのスマホが震えて着信音が鳴った。画面を見ると太白の名前。

「はい、はいっ！　わたしですっ！」

『あやねさんにかけたのに、あやねさん以外が出たら驚きます』

喜びいさんで出たら、通話口の向こうで太白が笑う。

「だって太白さんからの電話なら嬉しいですもん。待ってたんですよ、連絡」

ちょっと拗ね気味にいえば、太白は笑って『すみません』と答えると、

『……あなたに、何事もなくて本当によかった』

太白は笑いを治めて真剣な声でいった。

『写真が送られてきたとき、僕は……心臓が凍るような心地になった。啓明が接触したと聞いたときも、です。可能ならばあなたを閉じ込めて、だれも接触できないようにしたい、と思ってしまった……』

「さすがにそれは過保護ですってば」

あやねはわざとおどけて返すが、思いつめたような声に胸が苦しくなる。

『まったくです。永遠に閉じ込めておくわけにはいかない』

太白はしごく真面目な声音で返した。やれるなら、やりたそうだな……とあやねは苦笑いする。本当に心配性なんだから、太白さん。

『なにより元凶は啓明だ。あなたに不自由を強いるのは間違いです。仮にも僕の祖父のせいであなたに無理をさせる……。いえ、無意味な謝罪はやめましょう』

太白は口調を改め、決然といった。

『あなたがここにいる期間内に、必要な調査は迅速に終わらせます』

（わたしが、ここにいる期間……）

「そのことなんですけれど、太白さんと話し合いたいことがあって」

考えながら、あやねはスマホに話しかける。

「できれば、直接お顔を見ながら話ができたら嬉しいんです」

『大事な話のようですね。わかりました。ではいまからうかがいます』

通話を切って、はたとあやねは自分がバスローブなのに気づいた。

こんな格好で会うわけにはいかない。ひえ、と慌てて部屋着に着替えていると、リビングの内線電話が鳴った。あやねはばたばたと駆け寄り、受話器を取る。

『失礼いたします。太白さまがご到着になられました』

執事の声があやねの耳に流れ込む。

『お通ししても、よろしゅうございますか。お飲み物などはいかがでしょう』

「はい、お待ちしてました。ええと、じゃあ、紅茶をお願いします」

急いで鏡の前に立ち、見苦しくないかなとチェックしていると、間もなく入口のドアがノックされた。どきどきしてあやねは「どうぞ」と答える。

スーツ姿の太白が入ってきた。執務が終わったばかりだろうか、きりっとした姿だが、どこか疲労の影が見える。

「ああ、あやねさん。直接顔が見られてほっとしました」

本当に安心したような顔でいうので、あやねは胸が詰まる心地になる。

「何事もないですよ。お疲れじゃないですか、ちょっと座りませんか」

あやねは太白の手を取り、リビングのソファへと導く。すぐあとにワゴンを押して執事が現れ、給仕をして速やかに消えた。

「それで話とは、なんです」

並んで腰かけ、手を握り合いながらふたりは話し始める。

「先月、藤田さんとカフェで会ったときの話なんですけれど……」

熱い紅茶に一口だけ口をつけてから、あやねは話し始める。

「藤田さんはわたしを保護してくださると申し出てくださったんです。ただ、二月に入る前に進退を決めてくれと。そして先日、小玉さんのお祖母さんを訪ねたとき……似たような話を、わたしは聞いたんです」

神妙な面持ちで聞き入る太白に、あやねはいった。

「今月中、つまり二月中は隠れ家から出るな、仙台市内にも近寄るなってひびきさんに告げていて。だから二月中に市内でなにかあるのではないか……って」

あやねは自分の見落としを悔やむ。

体調不良が続いたり、みれいと烏雛の結婚のごたごたがあったり、今月に入っても回復からの太白との仲違《なかたが》い、変化を解かれた小玉、再びの意識喪失……と、色々あったせいとはいえ、そんな気になることを失念していたなんて。

すでに二月も半ば近くだ。本当になにがあるのだろう。そういえば、晴永からの返信は一向にない。

「了解です。藤田さんも調査の対象に含めましょう」

太白の素早い決断に、あやねは不安そうに振り仰ぐ。

「あの、藤田さんを疑っているわけでは……ないんです」

「わかっています。僕に対しては距離がありますが、彼はあやねさんには誠実だ。正直……大変に、面白くはありませんが」

正直だ！　と真剣な話の最中なのにあやねは笑い出したくなる。

「彼があやねさんのために尽力してくれているのは間違いありません。考えられるなら、陰陽寮のほうでしょうか。悪意から、というのはいい過ぎとしても、啓明と僕の対立に対して警戒し、なんらかの対処をしようとしているとも考えられます」

「藤田さんて、あまり陰陽寮と折り合いがよくないのでしたっけ。もしかしたら……陰陽寮とわたしたちのあいだで板挟みになっているかもしれない……？」

「その可能性は考えられます。ただ、あくまで現時点では憶測なのをお忘れなく」

「三峰さんがなにかご存じでは。お話ししてくださるかはわかりませんけど」

「見るかぎり、彼らは対等でドライな間柄だ。三峰さんの理に適う理由があれば、藤田さんの意志と反しても情報はくれるはずです」

「三峰さんに話を聞ける方法があれば……いいんですけど。直接の連絡先がわからないのが困ったところなんですよね。なので」

カップを手に考えつつ、あやねは言葉を続ける。

「三峰さんの養い子だった奥寺《おくでら》ゆうかさん……いまは黒田《くろだ》ゆうかさんに、三峰さんと会えないかどうか、ご連絡をしてみようかと思ってます」

過去に、あやねはゆうかの結婚式を担当したことがある。三峰に式に出席してほしいとの頼みで、蔵王山頂まで太白と訪ねていったのだ。

「あやねさんにお任せします。啓明への対応を迫られるいま、陰陽寮の横やりは避けたい。藤田さんがなにを考えているにせよ、できれば協力し合いたいものです」

「啓明氏の居場所は……まったくつかめないんですか」

「氏、は不要ですよ。僕の祖父だから気遣ってくれるのでしょうが」

太白は真っ直ぐに壁を見つめ、険しいまなざしになる。

「いまのところ、手がかりは皆無です。しかしどこに隠れているにせよ、啓明には情報を得るための手足は豊富にありそうだ」

「今日のＳＨＵＪＩのめいさんとの打ち合わせも、どこで漏れたのかなって。それに、複数の変化する妖かしの気配はあった、でも狐ではない……って」

「ご存じではないかもしれませんが、イタチも変化のわざを持ちます」

え、とあやねは太白を見る。晴永の姉で、啓明に味方していた晴和はイタチを使い魔にしていた。火を使う能力ばかり気にしていたけれど、それなら納得だ。

「変化っていえば、太白さんのお祖母さまは狐で、お父さまは変化のわざが使えたはずですけれど、太白さんご自身はされないんですよね」

「残念ながら、僕にはそのわざは伝わらなかったようです。あの白木路の一族の血を引きながら……いや、いまはそんな話はいい」

太白は首を振り、話を元に戻す。

「イタチの一族を追ってはいますが、彼らの住処に啓明はいなかった。そんなわかりやすい場にはいない、ということでしょうね」

「結界……みたいな、それとはわからない場に隠れている……とか」

「まさにそのとおりです。しかし、そうであれば居場所を突き止めるのはいっそう困難だ。隠されているからこその結界ですから。結界を張れるほどの妖かしは稀《まれ》ですが、その分妖力も影響力も強い。うかつに内部に踏み込めません」

「じゃあやっぱり、誘い出すほうがまだまし、ってことですよね」

あやねは冷めつつある紅茶を無意識で口にして、考え込む。

「以前、啓明……が引退パーティのあとに行方をくらませましたよね。そのとき、小泉さんに狐の領域を案内していただいたことがあるんです」

「ええ、聞いています。それで？」

「白木路さんは、啓明が消えたことで不安定になった結界の修復に追われていました。つまり、彼がいることで結界の安定は保たれていたんです。だから逆に、結界が強化された場所があればそこに啓明が……なんて思ったんですけど……。でも、場を閉ざす結界が強化されてるかどうかなんて、傍からはわかりっこないですよね」

「いや、興味深い仮説です。明日、歳星と話し合ってみましょう。あとは、啓明の目的がわかればいいのですが」

「そうですよね。なぜ、太白さんと敵対しようとするのかなって」

「啓明が僕の力量に不満を持っているのはたしかですが」

「もしかして、そう思っているからこそ、太白さんを鍛えたい、とか？」

思いがけないあやねの言葉に、太白は大きく目を開く。

「鍛える……。獅子《しし》の子落とし、というものですか？　妖かしたちを混乱させてまで僕を鍛えようとしているとは思えませんが……それは面白い指摘だ」

太白はそういって、やわらかなまなざしを向けた。

「あやねさんと話すと、視界がクリアになるようです。僕だけでは見えない視点や、べつの方向性を示唆してくれる」

「それは、わたしもおなじですよ」

気付いたこと、思いついたことを話すと、太白が整理してくれる。自分に足りない視点や知識を補ってくれる。

あやねはしみじみと、胸の底から息をつくようにいまの想いを告げる。

「太白さんと、また話せるようになって……心からよかった」

「僕もです。あなたとこうしてふたりでいられる日が戻ってどれだけ嬉しいか」

ふたりは身を寄せ合う。太白がそっとあやねの肩を抱いた。

「外部のことは僕が対処します。太白さんは一番にご自分の身の安全を。警護も、桃生たちだけでなく、歳星の一族のものが当たってくれますので」

「無理はしないでくださいね」

太白を見上げ、不安をにじませてあやねがいうと、彼は力強くうなずく。

「僕自身の意志で、あなたを哀しませるようなことはしません」

じゃあ、その意志を奪われたなら？

などと思ってしまってあやねは思わず唇を噛む。つい、言葉の逆を考えてしまうのは、それだけ不安が大きい証拠なのだけれど。

「向こうの挑発に乗らず対応が考えられるのは、安心です。対処法が定まってくれば焦りも落ち着く。むろん、一朝一夕に片付くものではないでしょう。しかし」

太白はあやねの手を取り、真っ直ぐに見つめる。

「あなたとずっと、ともに生きていくために、僕はどんな長い道のりもためらわずにたどるつもりです」

大仰な言葉だったが、真剣なまなざしと声音に、あやねは感じ入る。

そこには、あやねをなにより大切に想う心があった。たしかな誠実さがあった。

この世に血縁以外に——血縁からでも得られないことだって多いのに——自分を大事にしてくれて、愛してくれるひとがいる。一方的に〝守る〟だけでなく、対等に話し合い、あやねの意志を尊重してくれるひとが、ここにいる。

幸福以上の感動に、あやねはじんと胸が震えた。

「わたしも、太白さんと一緒に生きていきたい、です。ずっと……ずっと」

あやねと太白は、ふたりきりの一時を嚙みしめるように、しばし手を握り合って静かな時間を過ごす。

太白の体温が心地いい。彼のたしかな存在が嬉しい。彼とともにいられるのが、こんなに幸せだとは思わなかった。馬鹿な意地を張って、離れ離れで終わらなくてよかった。あやねは、心の奥底まで染みるようにそう実感する。

そうして、太白とともに出会ってきた人々を思い返す。

妖かし同士、人間同士、妖かしと人間同士……。彼らはみな、互いに手を取り合い、困難を乗り越えていこうとしていた。そのなかでも、あやねは立沢《たつざわ》夫妻を想う。老いて病に侵された人間の妻に、最期まで寄り添おうとする妖かしの夫のことを。

寿命と特性の違いはあれど、自分たちには共通することがひとつある。

どんなに未来を誓い合い、深い愛を育んでも、行く先には死という別れが待っている――という事実。

だから、愛とは哀しいものだ。でも、だからこそどんな結びつきでも祝福されるべきであり、ともに日々を過ごしていく意味があるのだ。

やがて訪れる別離を迎え、振り返ったときに、そこにはたしかにふたりで培った幸福の日々があったのだと……思えるように。

◆

「それじゃ、今日も一日、お疲れさまでした！」

　はち切れそうな笑みとともに、あやねはデスクを立ち上がる。

　今日は朝からあやねは絶好調。先月の、歩くだけでも疲れ果てていた日々が嘘のような一日だった。なにせ昨夜は太白と一晩一緒に過ごし、朝食もふたりきりで取った。大好きなひとと幸せな時間を過ごして元気にならないわけがない。

　ホテル住まいもこのうえなく快適。クリーニングもお願いできるし、部屋の清掃は行き届いているし、甘柿さんのご飯も変わらず食べられる。

　ずっと太白さんとホテルに住みたいな……いやいや、そんな贅沢な……。

　というあやねの不埒《ふらち》な考えを打ち消すように、電話の音が鳴り響いた。

「チーフ、退勤間際ですがお電話です。SHUJIの古賀さまです」

　応答したスタッフが呼ぶ。あやねが腕時計に目を落とすと時刻は二十時過ぎ。遅い時間なのになんの用だろう、と思いつつ受話器を取る。

「はい、古賀さん、花籠です」

『……花籠さん』

くぐもった声が耳に触れる。ん？　とあやねは眉をひそめた。

『警告しておいたほうがいいかと思って、お電話したんです』

警告。なにか不穏な言葉にあやねは顔をしかめる。

『明後日《あさって》のリハーサル、新里さん側のスタッフに気を付けてください。どうも、なにかよくないことを計画しているみたいなんです』

「よくないことを……計画？　それっていったい、なんでしょう」

『こちらのスタッフをなるべくそばに置きます。どうかお気をつけて』

「待ってください、古賀さん、もっとくわしくお話を」

引き留めたが唐突に電話は切れた。あやねは眉を寄せて受話器を見つめる。

不可解な通話だった。しかし無意味にこんな電話はしてこないはず。真偽はともかく警戒は必要だろう。桃生に頼み、スタッフとして紛れ込んでもらおうとあやねは決める。太白も、身の安全を第一に考えろといってくれたのだから。

失礼します、とスタッフたちにあいさつして、あやねはフロアの戸口へ向かう。太白は今夜、また訪れてくれるだろうか。もし会えるなら、早めに支度をしておいたほうがいいな、と気が急《せ》く。

夕飯は一緒にできたらいいな、何時くらいにきてくれるかな。エレベーターに乗り込むのも待ちきれず、あやねはメッセージを送ろうとスマホを取り出す。

画面を見るとゆうかからメッセージが入っていた。昼間に三峰の件でメールしておいたのだ。だがもう一通、太白からも届いている。時刻はつい先ほど。今夜の予定だろうか、とロックを解除してまず太白の分を開く。

文面に目を通した瞬間、あやねは一気に血の気が引いた。それは松島で、瀕死《ひんし》の大怪我をした夏井が発見された――という一報だった。

「……まさか、隔離された場にいたはずの彼女がこんなことに」

かたわらに立つ歳星が厳しい顔でいった。太白は唇を閉ざして無言だ。目の前のベッドに置かれた虫かごのなかには、小さく縮こまるヤモリ。

夏井は手当てを受け、青葉グランドホテル系列のホテルに収容されていた。

「別荘は、どんな様子です」

「天狗どもに調査させたが、玄関ホールが破壊されて酷い有様だった。夏井が維持していた結界も破れている。写真は撮ったが、おまえは見ないほうがいい」

「せめてあの別荘だけは……安全な場だと思っていたのですが」

「啓明が動いているなら、そんな場などないと思え」

　厳しい声で歳星はいった。

「青葉内では、今日までさらに七名、変化を解かれたものが出た。これで十名を超える。数はさほどでなくとも、それぞれべつの一族だ」

「つまり……啓明への脅威が多岐にわたって伝播《でんぱ》していると、いいたいのですね」

「そのとおり。妖かしどもは様子見から警戒へ、もしくは高階と距離を置こうとしている。休職願いや退職届を出す従業員も増えた。宿泊予約を減らして対応しているが、限度がある。それとホテル周辺に、妖かしどもだけでなく陰陽師もうろつき始めた。三日後に迫るバレンタインフェアに合わせて、なにか仕掛けてきそうだな」

　太白のまなざしが暗くなる。

「妖かしが集まるせいで、陰陽師が動いているのか。あるいは両方ともなにか思惑があるのか……どちらにせよ、ひとが多く集まる日を狙うとは狡猾です」

　昨夜のあやねとの会話を思い返す。味方の少ない状況、あやねを助けてくれる晴永すら信用できない現状を、いやでも思い知る。

　息が詰まるような八方塞がりだ。手足をゆっくりもがれていくような心地。いや、手足など最初からなかったのではないか？　啓明のもとに生まれたときから。

あやねの笑顔を思い返す。彼女の優しい声や、くったくのない笑いや、勇ましい言葉や、自分を抱きしめてくれる温かい腕を脳裏に描く。

父の長庚が、母のいろはにすがりつくように生きていた心地が、やっと理解できる。啓明に見捨てられて生きてきた彼にとって、自分が愛するもの、自分を愛してくれるもの、その存在がどれだけ大事だったのか、痛いほどわかった。

「しかし、わざと生かして逃がしたとしか思えんな」

うつむく太白の耳に歳星の声が届く。

「年経た守宮《やもり》の妖かしだが、〝鬼〟に襲われて対抗できる力があるわけではない」

「僕に見せつけるため、ですね」

太白の言葉は答えを求めてのものではない。それをわかっているのか、歳星はなにもいわなかった。そのとき、弱々しい声が虫かごから聞こえた。

「……太白、さま。お話ししたい……こと、が」

「夏井、大丈夫ですか。話はあとで。いまは無理をしないでください」

太白は身をかがめていうが、ヤモリは震えながら小さな口を開く。

「お詫びしないと、ならないのです。いろはさまに……長庚さまに、そして……太白さまに……どうか、わたしの、罪を……お許し、くださ……」

「おい、なんだ。どういうことだ」

　ベッドの端をつかんで身を乗り出す太白に、歳星が尋ねる。しかし太白は答えず、夏井の言葉の先を待っている。

「思い出したのです。あの夜の……ことを。強い風が吹いていたあの日……」

「夏井。思い出したとは、なにをです。訪ねてきた相手ですか」

「昨夜、わたくしを襲ったのは……あの方、でした。なぜか、太白さまと……おなじ、お声をしたあの方に、わたくしは……」

　名前を出すのも恐ろしいように、夏井は消え入りそうな声で語る。

「その前に、わたくしは思い出していたのです。痕跡がなかったのは、わたくしが……化かされて、それを自分で消したのを、忘れていたから、だと」

　太白は青ざめ、無言になる。夏井はうわごとのように語り続けた。

「いろはさまを害したあの方に、知らずに力を貸していたなんて……。お許しください、いろはさま、長庚さま……あの方の狙いは、いろはさまだった……。なぜなら、その夜から数えてほぼ、一月後に、いろはさまは……」

　夏井の次の言葉は、そのときの太白には意味がわからなかった。いや、無意識に理解を拒んでいたのかもしれない。なぜなら、彼女はこういったのだ。

「太白さまを、身ごもられたのですから――」

『……青葉グランドホテル系列のホテルの前に、夏井は倒れていたそうです』

ベッドのなかで、あやねは何度もスマホの文面を読み返す。太白の苦悩が行間からにじみ出るようだった。

『僕とよく似た声に惑わされたらしい。あやねさんを害した、声真似と言霊の呪いが得手の山童のしわざかもしれません。幸い命はとりとめましたが怪我は重い』

太白の吐息が聞こえる気がして、あやねは胸が痛む。

『ホテルの周辺に陰陽師や妖かしの姿が多くなっているようです。バレンタインフェアにまた、なんらかの事件が起こるかもしれない。ホテル内の警備も、二つ口や天狗の応援を借り、強固にするようにします』

またなにか起こる……？　あやねは息苦しくなる。

そういえば、晴永から一向に連絡がない。薬の処方は太白が教わっていても、それだけで体に溜まるだろう鬼気の影響を抑えられるのかと、不安が募る。

忘れていた暗い考えに襲われてしまう。そのたび、以前の具合の悪さも思い出してしまう。必死に押し込めようとしていた恐怖が、胸の内を侵食していく。

いやだな、いやだ。太白さんに会いたい。彼の手を握りたい。抱きしめてほしい。こんな怖さなんか、ただの杞憂《きゆう》だと忘れてしまいたい……。駄目、弱気になったら。太白さんのためにも自分のためにも、できることをしなければ。

必死に自分を抑え、あやねはゆうかから届いたメッセージを開く。

『お久しぶりです。その節は大変お世話になりました』

打って変わって明るい文面にあやねはほっとする。彼女は幸せに暮らしているらしく、旅行ライターとしての仕事も順調で、この返信も旅先から送っているという。

『お姉ちゃんの連絡先はいまもはっきりはわかりませんが、子どものときにもらった犬笛は手元に大事に持ってます』

その犬笛で、ゆうかは三峰と連絡を取ることができるのだ。

『さっき、それを吹いてみました。もしわたしのところに連絡があれば、花籠さんにすぐお知らせしますね。それと、北海道《ほっかいどう》のお土産を送りたいです。よければご住所を教えていただけませんか』

優しくほがらかな文面に、あやねは心が和む。

『お姉ちゃんが元気そうだとうかがって、嬉しいです。でも、たまにはわたしにも会いにきてくれないと拗ねるぞ、っていいたいですね』

あやねは笑いがこみ上げる。三峰は養い子であるゆうかをとても大事に想っているから、新婚を邪魔してはいけないとでも考えているのかもしれない。

『ありがとうございます、ゆうかさん。助かります。三峰さんからお返事があれば、いつでもご連絡してください。北海道、いいですね……』

現マンションの住所と、ただしいまはホテルに仮住まい中とも書いた返信を送り、消灯する。暗くなる視界に、あやねは目を閉じる。

しかし、色々な考えが浮かんではよぎって眠れそうにない。時刻はもう真夜中を回ったし、早く寝なければ明日の仕事に差し支える。

明日はなにがあったっけ。バレンタインフェアのリハーサルは明後日だから、明日は多文化共生協会のパーティのリハーサルだ。

人数も多いし、出席者の国籍が多岐にわたっているから、メニューも多国籍向け。宗教による分類、ヴィーガン向け、アレルギーの有無……そのせいで、サーブが大変面倒だ。しかも、直前にならないと人数も確定しないと聞いてめまいがする。

明後日の十三日に、バレンタインフェアのリハーサルと多文化共生協会のパーティが重なってるのは厳しいな……などと考えて、眠気はなかなかやってこない。

そのとき、ぶるっとスマホが震えた。見ると太白からのメッセージ。

『まだ、起きてますか』

電話ではなくメッセージなのが太白らしい。もしあやねが寝ていたら、起こさないように気遣ったのだろう。あやねは飛び起きて返信する。

「はいっ。あやね、起きてますっ！」

『今日は夏井のそばについています。あやねさんの顔が見られないのは残念ですが、警護は強めておきます。どうか無事で過ごしてほしい』

短い文面だが、あやねは彼が深く傷つき、哀しんでいるのを知る。

夏井は太白が幼いころ、父の長庚やまだ健在だった母のいろはと過ごす日々を見守ってくれた存在だ。彼が心を許す数少ないもののひとりのはず。そんな相手が傷つけられて、冷静さを装うのは困難に決まっている。

きっと懸命に自制しているのだろう。あやねはいますぐ彼のもとへ駆けつけ、抱きしめたかった。傷を癒《いや》すことは無理でも、傷つく彼に寄り添いたかった。

『わたしは大丈夫。桃生さんや警備の方たちがいます。執事さんもいますし、不審な訪問者はシャットアウトしてもらえます』

『ええ。それが救いです。あなたが無事なら僕はなにより安心する』

優しい気遣いの言葉が、あやねの胸を詰まらせる。

『わたしも、太白さんがご無事ならもうそれだけで嬉しいです』

素早く文字を打ち込んでいた指が、つと止まる。じっと文面を見つめると、あやねは想いを込めて、一文字一文字を丁寧に打った。

『大好きです、太白さん。あなたがどこにいても、わたしはちゃんとそばにいるって、思っててくださいね』

返信に間があった。ややあって、太白からメッセージが返ってきた。

『ありがとう。いま、あなたと直に会っていなくてよかった』

『どうしてです？』

『きっと、情けない姿を見せていたはずなので。……それでは』

という文面のあとに、『おやすみなさい』と一言、返ってきた。


「……本当に、彼女を囮《おとり》にするつもりなのかな」

深夜のホテルの会議室に陰陽師たちが集まっていた。青葉グランドホテルとはべつだが、おなじクラスの一流ホテルだ。

その場にいるのは中年から壮年の男たちばかり。老人はみな就寝している。夜が弱くて朝に強いとはいえ呑気なものだだと、晴永は皮肉な想いが抑えられない。

「花籠あやねはいま、青葉グランドホテルに蟄居中なのだろう。好都合だ」

「気が進まないな。彼女は一般の人間だよ」

「妖かしと婚姻した時点で一般人扱いができると思うか」

決めつけに晴永はいっそう、不愉快そうな表情になる。

「なぜそうかばう。あの人妻に横恋慕でもしているのか」

「下衆《げす》な決めつけだね。ぼくの善なる心に従っているだけだよ」

「口ばかり達者だな。しかし今回の計画のリーダーは陰陽頭だ。陰陽助のおまえといえど、命令には必ず従ってもらうぞ」

角刈りで険しい顔の壮年の男が重々しく告げる。この男は陰陽権助。陰陽寮のトップの頭を補佐する立場で、Ｎｏ．２である陰陽助の晴永とほぼ同格の地位だ。

「十三日は多文化共生協会のパーティだ。翌日の四角四境祭の決行のために、関係者を装って下見をする。みな、準備は入念にしておけ」

「大丈夫なの。怪しまれないかな」

「おまえと違って顔が割れていない」

「それはどうかな。三峰はあなたたちの顔を覚えていたよ」

冷ややかに晴永は指摘する。

「以前、父と一緒に出た会合で見たって。三峰は御曹司に恩がある。彼女から、陰陽師が入り込んでると情報が流れるかもね」

「おまえの使い魔だろう。なぜ抑えておかん」

「使い魔じゃない、対等な契約相手だ。きちんと対価も支払ってたしね」

「妖かし相手に対等だと？　馬鹿なことを」

「すぐ喧嘩腰になる。面倒だなあ。……っていうか」

口々に咎《とが》める仲間たちに晴永はこれ見よがしに息をつく。

「三峰との契約は、もう破棄したんだ。さすがに年経た山犬を制御する力は、いまのぼくにはなかった。だから今後、彼女がどう動くかわからない」

「なんだと」「無責任な！」

いきり立つ仲間を、角刈り男が手を伸ばして抑える。

「身の程をわきまえてきたようだな。自分の力足らずを知るのはいいことだ」

それはどうも、といいたげに晴永は会釈する。

「だが、高階に近づきすぎではないか。我らを裏切るつもりではないだろうな」

「いっただろ、御曹司を油断させるのと情報収集のためだって」

「まあいい。どうせ頭が監視をつけている。李下《りか》に冠を正さずを忘れるな」

了解、と晴永がつぶやくと、男はすかさず命じる。

「十四日の当日は、おまえが花籠を誘い出して捕らえろ」

「……なんだって」

「顔が割れていて、なおかつ向こうには親しく馴染んでいる。自宅で食事も取る間柄なら警戒はされまい。やれるな」

晴永は眉をひそめたが、はあ、とこれ見よがしに深々と息をついて答えた。

「やるしかないんでしょ。了解、了解、やらせていただきます」

「花籠を囮に鬼の注意を引き付けておけ。おまえの役目はそれだけだ」

「あれ、ぼくが四角四境祭の一角を担うって話じゃなかったの」

「おまえは力量不足だと頭に進言した結果、外すとの運びになった」

へえ……と片眉を上げて晴永は薄く笑う。そんな彼を男はにらみつける。

「自分でも力が足らんと認めているのだ。計画から外されないだけでもよしと思え」

「女性を拉致する卑怯な役目で充分ってわけか。ああ、そう殺気立たないで」

軽口にざわつく仲間に晴永は笑いで返す。

「これでも陰陽寮の一員だからね、危険な存在を排除するための仕事はちゃんと果たすよ？　……そういえば、ひとつ訊きたかったんだけど」

晴永は笑みを絶やさず、しかし鋭い光をたたえた瞳で男を見据える。

「あなたは、晴和と通じていたよね」

ざわ、と先ほどとは異なる驚きのざわめきが上がる。

「ずいぶんと目をかけて、可愛がってたじゃないか。それなのになぜ、晴和を啓明のもとに行かせたの？　いや、行かせたんじゃなくて晴和に捨てられた？」

「くだらない。裏切り者の女がどうなろうと知ったことではない」

動じた様子もなく、男は答える。晴永はますます冷たい笑みを深くする。

「晴和も可哀想だな。師匠であり、恋人だったやつに、死んだあとも見捨てられるなんて。あなたがもっと……いや、それくらいにしておくよ」

「いい加減にしろ」「下衆な揶揄はどちらだ」

苛立って腰を浮かせて叫ぶ仲間たちを、陰陽権助の男はじろりとねめつける。

「放っておけ。それより十四日の手はずを再確認する」

不承不承座り直す仲間たちを、晴永は冷淡に見回す。途中でやめて告げなかった言葉を、胸の内で反芻《はんすう》する。

（あなたがもっと……啓明ほどに魅力があったら、晴和も離反しなかったかな）

翌十二日、あやねは落ち着かない心地で一日を過ごした。

バレンタインフェア当日に、また啓明がなにか仕掛けてくるかもしれない。

青葉に残る狐たちや協力してくれる二つ口のものたちの力を借り、クリスマスフェアのときのように、不審なものは荒事専用のフロアへ飛ばす運びになっている。

とはいえ、おなじ手が通用するだろうか。

太白も歳星もそれはわかっていて、警備のほうを重点的に行っている。いざとなればフェアを中止し、客を入れない方針だ。

「チーフ、明日の多文化共生協会のパーティ、なんとか上手くいきますかね」

多文化共生協会のパーティのリハが終わり、スタッフが後片付けをするなか、パーティ部門の部下が話しかけてきた。

「やっと今日、出席者が確定したくらいですから不安はありますけど」

あやねは、書き込みでいっぱいのスケジュール用紙を眺める。

「動線の修正とスタッフの追加が見込めたので、まあ、なんとかなるかと。やっぱり規模が大きいパーティは入念なリハが必須ですね……ふう」

「明日って、チーフ大忙しじゃないですか。昼はバレンタインフェアのリハに夕方からパーティ本番。ディレクション、大変そうですけど大丈夫です？」

「ええ、大丈夫。みなさんがいますし、わたしもがんばります」

あやねは意気込みを見せて答えた。様々な心配事はあるが、自分の仕事においては、やり遂げるための意志は固い。しかし、部下はなにかいいたげに目を伏せる。

「あの……こんなこといま、申し上げていいのかわからないんですけど。SHUJIって、大丈夫なんですか。その、事業の運営状況っていうか」

「？　いったい、どういうことです」

「次期オーナーの新里めいさまと、古参の古賀チーフ、あのおふたりって」

耳打ちするように、スタッフはいった。

「現オーナーのお子さんで、母親違いの姉妹だって噂が」

は!?　とあやねは目を剝き、思いがけない話にうろたえた。

「え、で、でも新里さまは古賀さまよりだいぶ年下ですけど？」

「年が離れた姉妹なんて珍しくもないですよ」

「でも、新里さまは現オーナーのお孫さんで……す、から……」

いやな憶測が脳裏によぎる。婚外子を、自分の息子か娘夫婦の養子にする話は聞かなくもない。現オーナーの新里修司は交友関係が広いという話。一代でブランドを興したやり手のワンマンオーナーなら、そんなスキャンダラスな話もあり得る。

〝……えり子、そう拗ねずとも。わたしはおまえを評価しているよ〟

先月のＳＨＵＪＩの新年会での会話を思い出す。やけに修司の態度は馴《な》れ馴れしかったが親子だと考えれば、そしてえり子も知っていたのだとすれば……。

「古賀さまと次期オーナーのどちらの新作がいいか、投票があるんですよね。その結果次第でＳＨＵＪＩの内部が分裂するんじゃないかって」

「待ってください。噂レベルでそこまで考えるのは早合点《はやがてん》ですから」

えり子とめい、両者から「相手に投票してくれ」といわれている。もしもそれが、どちらも分裂を望んでの発言だったら……とあやねは背筋がひやりとする。

〝新里さん側のスタッフに気を付けてください……〟

えり子の警告を思い出し、不穏な想いが重い雲のように広がる。

「と、とにかく、他社の噂を不用意に広めないように。お互いの信頼関係にも響きます。ＳＨＵＪＩは特に大切なお取引先ですから」

理性と上司としての威厳をかき集め、あやねはスタッフに伝えた。

「まずは明日のパーティです。リハの結果を元にフローを作成し直し、厨房《ちゆうぼう》、ホール、受付のスタッフに配布しますので、明日までに目を通すようお願いしますね」

「おい、あやね。ここにいたな」

　ふいに背後から乱暴に声をかけられ、あやねは驚いて振り返る。そこにはウルフカットで革ジャケットの強面美女が立っていた。

「三峰さん！　いつここにいらしたんですか」

「すみません、お客さま！」「ここはいま、関係者以外立ち入り禁止です！」

　息せき切って走ってくる青葉のスタッフを、三峰は振り返る。

「問題ない。わたしも関係者だ」

「あ、はい、そうです。わたしのお客さまなので」

　あやねはスタッフに会釈し、三峰の背を押して急ぎ会場前のロビーに出た。

「いらしてくださってありがとうございます。ゆうかさんからご連絡が？」

「ああ。まったく、文句をいわれたぞ。あやねたちとはご飯を食べるのに、わたしのところにはきてくれないの？　ってな」

　ふん、と三峰は肩をそびやかす。

「新婚家庭に、わたしのような粗暴な山犬がいけるか。……って、なぜ笑う」

「いえ、思ったとおりだったなって。あ、ええと、ええと」

　三峰が顔をしかめるので、慌ててあやねは、晴永が「二月中に仙台市内でなにかが起こりそうだ」と、あやねとひびきに警告している話を切り出した。

「そういうことか。やっと納得がいったぞ」

腹立たしげに三峰がつぶやくので、あやねは恐る恐る尋ねる。

「三峰さん、なにかご存じなんですか」

「くわしくは知らん。だが何事か隠しているのは感づいていた。陰陽師どもが、あやねのマンションの周辺を深夜にうろついてもいたからな」

陰陽師に監視されていたと聞いて、あやねは重い気持ちになる。

「藤田さんは陰陽寮とわたしたちのあいだで板挟みになっているのではないかって、太白さんと話をしたんです。その憶測は当たってそうな気がして」

「あの馬鹿が。だからわたしとの契約を破棄するだのなんだのといったわけか」

「契約破棄って……どうして、そんな」

あやねが目を上げると、三峰は中空をにらんで口を開く。

「向こうが一方的に破棄を通告してきたんだ。まったく身勝手なものだな。とはいえ、わたしは常にゆうかの側だ。人間を害そうとする勢力には与しない」

「それをうかがって、正直、ほっとしました」

あやねは心底胸をなでおろす。

「しかし、晴永のやつの動向は気になる。ふん、二月中か」

「太白さんと歳星さんは、明後日のバレンタインフェアに合わせて、なにか啓明が仕掛けてくるんじゃないか、と懸念されていました」

「二月には、ほかに大きな催しはないのか」

「宴会や会議は色々とありますけど。二月は観光もブライダルも閑散期で、盛り上げるために開くバレンタインフェアが、出席者も多くて一番目玉かなって」

「いまさっきやっていたのは、なにかのリハーサルか」

「ええ。明日開かれる多文化共生協会のパーティです」

書き込みいっぱいのスケジュールを見つめ、あやねはふうと吐息した。

「明日はフェアのリハーサルが昼から、夕方からはそのパーティなんです。どちらもわたしが担当するので、大忙しです」

「つまり、明後日のフェアと合わせて連日でひとの出入りが多いわけか」

三峰は腕を組み、周囲を見回す。

「ならば晴永の動きを牽制するのと、妖かしや陰陽師の動向を監視するために、わたしもここに滞在したほうがよさそうだ」

「本当ですか!?　それは頼もしいです」

思いがけない申し出に、あやねは喜色満面になる。

「じゃあ、早速太白さんにお願いしてお部屋を取ります」

「金なら払うぞ。晴永から使い魔の契約代金としてふんだくってある」

「三峰さんからお金なんて取れません。せっかくですからスイートルームは？」

「やめろ。くだらん部屋にしたら山犬の姿で使ってやる」

「はいはい。それじゃ手続きのためにフロントへ……って、どうしましたか」

見上げれば、三峰が向かいの会場のロビーのディスプレイをにらんでいる。美しいドレスを着せたマネキンが並ぶ背後の壁には、こんな看板。

『ドレスブランドＳＨＵＪＩ新作発表ファッションショー』

「おまえがさっき話していたスタッフが、ほかのスタッフと話していたな。シュージのだれかとだれかが母親違いの姉妹で仲違いしている、とかなんとか」

三峰は淡々といったが、あやねは思わずぎくりとする。

「どうも人目をはばかるような話だったから気になった。シュージとはなにかと思えば、明後日のフェアに関係があるということか」

「……そうです。青葉グランドホテルと深いお付き合いのある取引先です」

「なにか心当たりがありそうな顔だな」

三峰が鋭く指摘する。

「気をつけろ。意味もなくそういう話は出てこない。明後日のフェアで大事な役割を果たす相手なら、当日はなにか揉《も》め事《ごと》があるかもしれんぞ」


時刻は夕方の五時。執務室で歳星は腕時計に目を落とす。

そろそろ太白とともに、ムジナ一族を訪ねに出る時刻。天狗の力ならひと飛びだが、よその妖かしの縄張りに強引に降りるのは、いくら歳星でもさすがに不遜だ。

ふと、長庚の腕を収めた資料室の扉に目をやった。

なにかの罠ではないかと思いつつ、友人の腕を無下にもできなくて、そのままにしてある。強力な呪物となり得る〝鬼〟の腕を下手に打ち捨てるわけにもいかない。目くらましのわざはかけてあるから、妖かしに狙われるとは思えないが……。

「失礼いたします。事業部長がお待ちでございます」

ノックの音とともに、秘書の声がした。

「早いな。いま行く」

傲岸不遜な性には似合わない懸念を山ほど抱え、歳星は部屋を出た。

資料部屋の扉の奥で、小さく、ごとん、と物音がした。しかしそれを聞くものはなく、すぐに部屋は何事もなかったように静まり返った。

◆

額から脂汗が流れ、閉じたまぶたの隙間から染み込む。

その痛さに長庚はうめいた。もっと耐え難い痛みに苛《さいな》まれているはずなのに、たかが汗が目に染みたくらいでと、己を蔑む想いにかられる。

「……腕を取られてなお息があるとは、曲がりなりにも鬼ということですか」

ひとつの声が長庚の意識を急激に引き戻した。はっと顔を上げれば、薄暗い部屋に自分以外のだれかがいて見下ろしている。

「貴様……、啓明か！」

憎々しげに叫び、長庚は跳ね起きようとした。だが体は動かない。どうやら縛られているようだ。もがく長庚をよそに人影の背後で、す、と襖《ふすま》が開き、かすかな光の帯が横たわる長庚を照らす。その光のなかには小さな姿が佇《たたず》んでいた。

「白木路、よく、生かさず殺さずのまま、囚えておいてくれました」

優しく労わる声で、人影は小さな姿に語り掛ける。

「腕を切り落として送り付けよとの頼みも遂行してくれ、感謝しています」

「ご命令どおりにしたまでですわ……。啓明さま」

かすかに震える可憐な響きの声に、長庚は目を剝いた。そこへ、人影が穏やかな口調で言葉をかける。どこか、ほくそ笑むような響きがにじむ声で。

「己が一族をわたくしから守るためとはいえ、健気《けなげ》なことだ。千年狐ひとりならどうとでもなるでしょうに。情の深さとは、仇《あだ》になるものですね」

「戯言《たわごと》はどうぞそこまで。準備は整っております。……おいで」

少女の声がだれかを呼んだ。すると彼女の後ろから、顔を隠すように長い髪を垂らした女が進み出る。髪の隙間からは、不気味に光る一つ目が見えた。

「紹介しましょう、長庚。これは山童、声真似と言霊の呪いを使うものです」

頭上の人影からやわらかな声が降ってくる。長庚は見上げるが、相手の顔は背後の光で影になり、まるで真っ黒な仮面をかぶっているように見えた。

「敵わぬとわかっていてなお、私に歯向かう気概はあるのです。ならば……」

人影の合図に、女が長い髪のあいだの、乾いてひびわれた唇を開く。そして聞き覚えのある啓明の声で、長庚にこう告げた。

「〝──茨木童子の故事にならい、己が腕を、取り返しに行くがよい〟」

6　狐七化け、狸は……八化け？

「小物がそろってないって、なぜです」「ウィッグ、それじゃありません！」

ドレッサーに座るあやねの背後で、スタッフたちがばたばたと騒がしい。

十三日の今日はバレンタインフェアのリハーサル。入念に準備をしたはずなのに、やっぱりスムーズにはいかない。

リハーサルでよかった、と白いメイクケープを肩にかけたあやねは吐息する。

「すみません、花籠チーフ」

青葉の美容スタッフがあやねの髪をセットしつつ、謝ってくる。

「SHUJIのスタッフさまが一部、遅れてるみたいで」

「そういえば、古賀さんの姿が見えないですね」

めいは真っ先に新作衣装を持って現れた。現在、会場でモデルたちのウォークを確認している。もうめいのドレスの試着は済ませ、次はえり子の番なのだが……。

「新里さまが古賀さまの衣装もお持ちくださったんですけれど、一部足りないものがあるそうで、スタッフの方が取りに戻られてるとか」

（夕方のパーティがなければ、遅れも気にならないのだけど）

あやねは壁の時計を見上げる。えり子の姿が見えないのがひたすら気にかかった。

周囲には、衣装合わせのときに顔を見かけたえり子のスタッフがいるが、ほかは、ほぼめいのスタッフばかりのようだ。えり子の警告を思い出し、あやねは緊張する。

「どうしました、花籠チーフ。落ち着かないご様子ですけれど」

スタッフの女性に化けた桃生がひそひそと話しかける。護衛に徹している桃生を知るものは少ないはずだが、念のため見かけを変えていた。

「古賀さんもそのスタッフの方もお見えじゃないのが気にかかって」

「ＳＨＵＪＩのオフィスにお電話してみましょうか」

「お願いします。仕事を忘れるような方ではないと思いますから」

桃生は一礼してその場を去る。あやねは、のどの奥に引っかかりを覚えるようにえり子の動向が気にかかった。彼女からあんな警告の電話があったからなおさらに。

「花籠チーフ。面会の方がお見えですけど、いかがいたしますか」

美容部のスタッフから声がかかる。やっと衣装の着付けとメイクが終わり、あやねは豪奢《ごうしゃ》で艶《あで》やかな色打掛に着替えたところだった。メイクもヘアスタイルも完璧なのは、カメラも入るので、本番映りを試したいとのことらしい。

「どなたでしょう。これから舞台で新里さまのチェックを受けるのですけど」

「藤田晴永さま、とおっしゃる方です」

晴永。ずっと連絡のなかった彼がいま、なんの用なのか。あやねは裾をからげて外のロビーへと出る。メイク中のケープ姿でなくてよかったかもしれない。

「わあ、あやねさん！　素晴らしく美しいよ！」

出てきたあやねを一目見て、晴永は綺麗な顔を輝かせた。そういう彼は珍しくチャコールグレーのスーツ。スマートな仕立てでよく似合っている。

「藤田さんこそ、スーツでどうされたんですか」

「夕方の多文化共生協会のパーティに出るんだ。付き合いで急に決まってさ」

「今日のパーティに？　わたしもディレクションで担当するんです」

「昼にリハで、パーティにも出るの？　相変わらず忙しいんだね」

というと、晴永はあやねの姿にまた見惚《みほ》れる。

「それ、明日のフェアの衣装なんだね。素敵だ、ぼくも参加できるかな」

「ご結婚のご予定がおありなら、ぜひパートナーの方とご参加ください」

にっこりと笑ってあやねが答えれば、まいった、と晴永は苦笑する。こうしていればいつもの話しやすくて気安い彼で、疑念なんて忘れてしまいそうになる。

「御曹司はフェアに参加しないの？」

「もちろん、太白さんは明日見にきてくださいます。そうだ、あの……」

あやねはぺこりと頭を下げる。その拍子に髪飾りが揺れる。

「改めて、色々とありがとうございます。こんな慌ただしい場ですけれど、お礼をお伝えしたくて。お薬を処方してくださったり、体の不調を見てくださったり、マンションの点検までしていただいたおかげで、太白さんと一緒にいられますから」

晴永はこれまで心を尽くして親切にしてくれた。疑う点はあっても、あやねが受けた優しさや恩義は決してなくなるものではない。

「そんなに何度もいいってば。律儀だなあ」

「わたし、藤田さんとはいい友人になりたいんです。もちろん、藤田さんがいやでなければの話ですけれど」

「友人……ねえ。ぼくがことあるごとに口説いても友人？」

「もちろん、それはその都度、きっぱりお断りしますよ」

あはは、とふたりで笑い合ったあと、あやねは温かな笑みで晴永を見上げる。

「藤田さんの誠実さと優しさは真実で……とても得難いものだと思います。ひととひととの付き合いに、誠実さに裏打ちされた信頼以上に大事なものはないですから」

「ずいぶん断言するんだね。利害とかは考えないの？」

「得難い信頼関係を築けるのが、わたしにとってのメリットです。サービス業ですからね、信用と信頼の大切さは身に染みて知っています」

だから、とあやねは続ける。

「男女の仲だけでくるなんて、もったいないです。せっかくこうして向き合って、笑い合えるんですから。この信頼関係を、わたしは大切にしたいんです」

晴永はしばしあやねを見つめる。その瞳にふと、寂しげな色がよぎった。

「……ちょっと、不埒なことを考えて呼び出した自分がいやになるな。最後にあやねさんを抱きしめて、キスでもさせてもらえないかなって、さ」

「は!?　そ、そんなことお断りです！　っていうか最後って……」

「わかってる、わかってる。ぼくもあやねさんの信頼を損ないたくない」

両手を軽く上げて晴永はおどけて笑う。

「無事に終わったあとに、友人関係を続行させてもらえたら嬉しいな」

「終わったあととか、最後とか……いったいなにがあるんですか。以前、今月中、っておっしゃってましたよね」

あやねが重ねて問うと、晴永はそっと顔を寄せる。

「御曹司に警告して。明日、十四日は絶対にホテルには近づくなって」

「……え⁉」

「あやねさんの身はぼくが必ず守るから。なにがあっても決して、ってね」

そういうと、驚いて固まるあやねから晴永は身を引いた。

「ま、待ってください、藤田さん！」

背を向けて歩き出す彼にあやねは追いすがろうとする。しかし重くかさばる色打掛に足を取られて、上手く動けない。

「あやねさま、古賀さまにお電話してまいりましたが……どうしました？」

桃生の声がして振り返った隙に、晴永の姿は廊下の向こうに消えていた。

「桃生さん！　急いで太白さんに連絡したいんです、いますぐ」

「なにかお急ぎなのですね。それではあやねさまの携帯を持ってまいります。それと古賀さまですが、いくらかけてもお電話に出られませんでした。古賀さまだけでなく、オフィスのだれも出られないのです」

あやねは眉をひそめる。今日はたしかに大勢のＳＨＵＪＩのスタッフが青葉グランドホテルにきているが、まだリハーサル。人員総出のはずがない。

「すみません、時間が押してますので、そろそろ舞台のほうにと新里が」

めいのスタッフが慌ただしくやってきて、声をかける。

「ちょっと待ってください……あの、桃生さん」

あやねは桃生に晴永から伝えられたことを話す。内容は不明でも、意味ありげで緊迫感のある晴永の伝言に、桃生も顔が強張る。

「桃生さんから太白さんに連絡しておいてください。リハが終わってからわたしが直に連絡してもいいんですけれど、どうも一刻を争う気がするので」

「わかりました。古賀さまとご連絡がつかない件は、いかがいたします」

「太白さんへの連絡のあと、引き続きお電話を。それじゃ行ってまいります」

あやねがそういうと、すかさずめいのスタッフが手を取る。ひやりとしたその手のひらに、覚えずあやねは身を固くした。

「待ってください。ここにはおられませんけど次は古賀チーフの衣装です」

えり子のスタッフがやってきて、めいのスタッフから守るようにあやねの手を取った。めいのスタッフは不満そうに見返すが、あやねが会釈したので仕方なしに身を引く。いくぶんほっとして、あやねは歩き出した。

スタッフに案内され、会場の裏口からなかへ入る。事前の打ち合わせでは控室でデザイナーにチェックを受けて舞台袖に上がるという流れだった。

手を引かれて薄暗い通路を進む。やけに長い気がして目を上げると、行く手でめいが待っていた。我知らず身をすくめるあやねに、めいは手を差し出す。

「わたしが古賀の代わりに一緒にランウェイに出ます。こちらへ」

新作衣装発表では、デザイナーがモデルとともに出て紹介をする流れになっている。えり子がこられないなら、めいが代打を務めるのも自然な話だ。しかし、どうも素直に手を預ける心地にならず、あやねは時間稼ぎのように尋ねる。

「あの……古賀さんはどうされたんでしょうか。ＳＨＵＪＩの事務所にお電話したのですがだれも出ないんです。心配でならなくて」

「古賀のことは承知しています。先ほど、遅れると連絡がありました」

めいは冷静なまなざしで、淡々と答えた。連絡があったならそれでいい。いいけれど……あやねはどうにも不安と違和感がぬぐえない。

そっとめいを盗み見ると、いつもの彼女らしくなくぼんやりとした横顔だった。いまの声もひどく抑揚がなかった。胸の内の不安がさらにかき立てられる。

スタッフが話していた噂、昨夜のえり子の電話、そして新年会での修司とえり子、めいの会話を思い返すうち、昨日かわした三峰との会話が脳裏によぎる。

〝……二月には、ほかに大きな催しはないのか〟

三峰の問いを昨日は流してしまった。フェアばかりに目を向けていたけれど、今日も大勢のひとが集まるパーティがある。それを思い、いやな予感はいっそう募る。

戸惑うあやねの手をめいが取って導く。あやねは打掛の裾を持って薄暗い通路を進みながら、どうしてもぬぐえない違和感を見据えた。

「どうしたんですか、花籠さん」

めいが足を止めて振り返る。その声を聞いたとたん、やっとあやねは違和感の正体に気付いた。よく聞けば違うけれど、何気なく耳にしただけでは間違えるほどに似ているめいとえり子の声。彼女たちが姉妹というなら、それも納得だ。

だが、言葉遣いは違う。ざっくばらんなめいとエレガントなえり子。そうだ、なぜ気づかなかったんだろう。夕べの電話は、どう考えても、違う。

「めいさん。もしや昨日お電話してきたのは、えり子さんではなくて……」

そのとき、突如、視界が真っ暗になった。

「え、な、なに⁉」

あやねはぼう然となる。いつしかめいの手が離れていて、暗闇にひとり取り残されていた。そんな、と恐怖と焦りであやねが手を伸ばしたときだった。

ぞわり、

と首筋を撫《な》で上《あ》げるような不吉な気配がした。

あやねは声を呑む。だれかが背後にいる。すぐそこにおぞましい存在がいる。いままで感じたことのない――いや、この恐ろしさは、以前にも感じたことがある。

金の瞳を開いた太白の顔。間近で見る〝鬼〟の姿。

その姿から発せられる、身をすくませるような気配……。

「……やっと」

太白とよく似た声が聞こえた。よく似ていても確実に違うだれかの声が。

「お会いできましたね、花籠あやねさん」

その声を耳にしたとたん、ふ、と意識が遠のく。

だめ、いや、助けて太白さん……！　そう思ったのもつかの間、闇のなかであやねは色打掛の裾を広げて倒れ、気を失った。


桃生からのメッセージを受信したとき、太白は執務室にいた。

『……という警告を、藤田氏から預かったそうです』

文面に目を通し、太白の背筋にひやりと氷が伝う。とりもなおさずこれは、明日あやねの身になにか起こるという意味だ。

　ホテルには近寄るな。晴永はそう警告するが、あやねに危険が迫るなら、太白がそばを離れるわけがないとよくわかっているだろうに。

「いや、待て」

　これは逃げるなという示唆か？　太白があやねを見捨てて逃げるはずがないと見越して、逆に引き留めている？　なぜ晴永は、太白に逃げろと警告するのか。あやねが危険ならむしろ、ストレートにそう告げるべきなのに。

　デスクに肘を置き、組み合わせた両手にあごを載せて太白は考え込む。

　もっとシンプルに考えよう。この警告のなかで間違いがないのは、あやねに危険が迫っているということ。そしてもうひとつは――。

　電話の音が鳴り響いた。はっと太白は顔を起こし、受話器を取る。

『……た、太白、さま。たす、けて……侵入者が』

　弱々しい声が聞こえた。かすれているが、歳星の秘書だとわかった。ただごとではないと、即座に太白は察して立ち上がる。

「侵入者？　わかりました、すぐにそちらへ……」

　だが、秘書の次の言葉に太白の声が止まった。

『長庚、さま、です。長庚さまが、腕を、取り返しに……！』

太白も歳星も充分な警戒をしていた。警護の人員を増やし、ホテルの内にも外にも配置して、歳星の配下の天狗たちもホテルで待機させていた。

出席者の多い今日のパーティの件も承知していた。太白も参加し、なにか起こっても彼自身が現場で対処できるようにする予定だった。

そう、警戒はしていたのだ。だが盲点はあった。

啓明が狙っていたのは、多くの人々や、人々が集まる場所ではなく――たったひとりの存在であることを。

その、少し前のこと。

リハーサル会場前の通路の陰で、小泉さんとネズミの姿のひびきと小玉がこっそり忍んで辺りをうかがっていた。愛くるしい三毛猫と小さなハツカネズミ二匹のトリオは、違和感はありつつもとても可愛らしい。

「……まったく、我が孫は心配性でちゅな。フェア本番は明日でちゅよ」

ひびきが呆れ声でいうと、小玉は小さな足をたんたん、と踏み鳴らす。

「だってだって、本当はわたしがフェアでの新作発表会をリハーサル含めて担当するはずだったんですよ。チーフがモデルに専念できるようにぃ」

「ネズミの姿でなにができるでちゅ。とはいえ様子は気になるでちゅけれど」

「ちょっと静かにするですにゃ。あやねと晴永ですにゃよ」

小泉さんの指摘に、ひびきと小玉は柱の陰からこっそり、顔をのぞかせる。あやねは華やかな色打掛に美しく化粧をして、遠目でも艶やかだ。

「あやね、綺麗ですにゃあ。うっとりするですにゃよ」

「むむ、あの軽薄陰陽師、また人妻にいい寄ってるでちゅね」

「待ってください、なにか話してるみたいですけどぉ」

三人は壁に貼りつき耳を澄ませる。猫もネズミも耳がいい。離れた場所からあやねと晴永の会話を聞き取ると、三人は顔を見合わせる。

「どういうことですにゃ……?」「あ、明日なにか起きるってことですかぁ?」

小泉さんと小玉がけげんそうにつぶやくが、ひびきは鋭く晴永をにらむ。

「晴永がこっちくるですにゃ。隠れるですにゃっ」

小泉さんが警告する。慌てて三人はその場を離れようとした。だがその行く手をさえぎるように、白い鳥がついとよぎって、びく、と三人は足を止めた。

「ああ、君たちだったんだ。式神が警告してるからなにかと思ったら」

背後から声がして、振り返ると晴永が壁に手をついて見下ろしている。

飛び上がって後ずさりする三人を、晴永は手を伸ばして引き留めた。

「逃げないで。君たちに会えたのは好都合だ、頼みがある」

「頼み？　なんでちゅか、陰陽師」

ひびきが不審そうに尋ねると、晴永は小さく笑んで口を開いた。

「イレギュラーな存在の君たちにしか頼めない、大事なことだよ」

◆

「あやねさま、あやねさま!?」

固く閉ざされた会場の大扉に飛びつき、桃生は叫ぶ。

だが扉はびくともせず、どれだけ叩いてもいっそ蹴りつけても開かない。

いったい何事が起こったのか。あやねがスタッフとともに去るのを見送ったあと、桃生は太白にメッセージで連絡した。

連絡を送ってすぐ控室へ向かったが、リハ中だと入口でスタッフに止められて入れなかった。しかし、あまりに会場内が静かで不安にかられ、ドアを開けようとしたがどうしても開かない。急いで表の大扉に向かったがそこもおなじ。

耳を当てても、内部からはどんな物音も聞こえなかった。ざわめきも音楽も、まったく聞こえなかった。……まるで、結界で閉ざされたかのように。

桃生は冷水を浴びせられた気になった。あやねと離れていたのはわずかな時間だったのに、この短時間でまさか、あやねに危害が加えられようとは。

「すみません、失礼します！」

はっと振り返ると、ＳＨＵＪＩの古賀えり子が息せき切って駆けてくる。あやねの警護で見かけたことがあるが、エレガントで落ち着いた女性という印象だった。しかしいまは、焦りに汗をにじませ、髪も乱れている。

「めいさんはどちらに？　オフィスで彼女と彼女のスタッフに閉じ込められて」

どうりで電話が通じなかったわけだ。桃生はえり子を押しとどめる。

「会場が閉ざされて、開かないのです。異変が起きているのはたしかですが、なかでなにが起こっているかはわかりません。危険ですので、ここから退避を」

「で、ですが……彼女は無事なんですか」

えり子は唇を嚙みしめる。

「あの子、わたしに勝ちを譲るといったんです。正当なＳＨＵＪＩの後継者はあなただからと。まさか、わたしとおなじことを考えていたなんて……。それなのにわたしをリハに出られないようにして、どうするつもりだったのかしら」

「わかりません。とにかくいまここは危険です」

桃生はえり子に告げて、太白に連絡しようとスマホを取り出す。そのとき会場の大扉が勢いよく開いた。照明が消えた会場から、スタッフやモデルが走り出る。

「で、出られた！」「まさか停電なんて……あれ、外の灯りはついてる？」

ざわめく人々のあいだをかき分け、桃生とえり子はなかに飛び込む。

「あやねさま、どこです。ご無事ですか！」「めいさん、どこにいるの⁉」

はっと見れば、舞台の中央でめいがしゃがみ込んでいる。

「めいさん、どうしたの。なにが起こったんです」

「あやねさまはどちらに。なにかご存じではありませんか」

えり子と桃生が駆け寄って声をかけるが、めいはぼう然と床を見つめている。

「あ、あやね……さ……？　わたし、いったい、なにを……」

めいは震える声を絞り出すが、混乱しているようで要領を得ない。

「失礼、ちょっとどいて」

突然、晴永が現れて割り込むと、ススッと九字を切って、めいの目の前でパン！と両手を叩いた。とたん、めいの瞳に意志の光が戻る。

「え⁉　……ここ、なに、なぜわたし、こんなところに……？」

「やっぱり幻惑の術だ。だれにかけられたのか、わかるかな」

「だれに……って、そうだ、花籠さん！　わ、わたし、わたし」

めいは真っ青になって周囲を見回す。

「古賀チーフのふりをして花籠さんに電話しろ、リハで彼女を舞台の裏の通路へ導け……って。でも、それをだれにいわれたのか、わからなくて」

「わからない？　どんな状況かも覚えてないの？」

「た、たしか……昨夜、今日の準備でひとりで事務所にいたとき」

晴永の問いにめいは苦しげに頭を抱え込む。

「だれかが、訪ねてきて……そのとき、そんなこと、いわれた気が……でも、そのひとの姿も声も、思い出そうとするとぼうっとして」

晴永と桃生が強く眉をひそめる。

「彼女を惑わしてあやねさまを通路に誘導させて、そこでさらったのか？　ならば、スタッフのなかにも最初から敵が紛れ込んでいたのか？」

桃生が歯噛《はが》みして憤って吐き捨てる。晴永はそっと彼女の肩を押さえた。

「いまはとにかく、御曹司に事態を連絡して場を収拾したほうがいい」

「わかっている。だが早くあやねさまの行方を探さねば！」

「落ち着いて。とりあえずの手は打ってあるから。急ぐ必要はあるけどね」

「ねえ、幻惑の術だとかなんのことなの。いえ、それよりめいさん」

えり子がめいのかたわらに膝をつき、力ないその手を取る。

「あなたに色々いいたいことはあるけれど、いまは混乱してるし、具合も悪そうだわ。とりあえずここを出ましょう。話もまたあとにして」

「こ、古賀チーフ……。あなたもお祖父……いえ、父の話を知っていたんですか」

「知ってたわ。進学資金だって出してもらったし。でも」

皮肉げに、えり子は鼻で笑う。

「愛人の子のわたしを切り捨てて、名義だけでも自分の娘夫婦の子であるあなたに跡を継がせるっていわれて、なにか色々馬鹿々々しくなったの」

「だからSHUJIを辞めるって、決めたんですか……？」

悔しげにめいはうなだれる。

「わたしだけなにも知らずに周りに乗せられて、勝手に張り切って馬鹿だった」

「いいえ、張り切ってほしいわ。SHUJIを変えるためにも」

手を取り合うふたりの会話に桃生は目をやる。なにかの行き違いが解消されたようでほほ笑ましいが、それを喜ぶ余裕がいまはない。

「駄目だ、太白さまが出ない……。おい、陰陽師」

スマホを耳に当てつつ、桃生は晴永を呼び止める。

「さっき、あやねさまの行方に心当たりでもあるような口振りだったな」

「心当たりはないよ。だけど、さらったのが陰陽寮側でなく妖かしなら、けっこう大変な事態かもしれない。容易に見つかるかどうかわからないよ」

なんだと、と桃生が眉をひそめたときだった。けたたましい火災警報と、アナウンスが鳴り響いた。同時に会場の外も騒がしくなる。

『火災発生、十七階より、火災発生。お客さまはスタッフの誘導に従い、落ち着いて速やかに避難を。繰り返します、火災発生、十七階より火災発生……』

「火災⁉　しかも十七階なら、臨時の総支配人室がある階だ」

桃生は天井を見上げて顔を険しくすると、晴永の襟をつかむ。

「おい、陰陽師。おまえも同行してもらう。おそらくこの火災も、あやねさまを狙った勢力がやったに決まっている」

「いいよ。たぶん、これなら陰陽寮の計画も見直しされるはずだ」

「陰陽寮もなにか企《たくら》んでいたんだな。その話も聞かせてもらうぞ」

晴永は仕方ない、と吐息して桃生と一緒に走り出す。

めいとえり子は外へ走り出ていく桃生と晴永をぼう然と見送る。しかしけたたましい警報に我に返り、ふたりは助け合って立ち上がった。


太白が手勢とともに駆け込むと、執務室前の控室は凄まじい有様だった。

ドアは壊され、壁には深い爪痕に大きな穴が空き、秘書のデスクは傾いている。三日前、太白が我を忘れて総支配人室を破壊したときと似たような有様だ。

ここは本来、エグゼクティブ向け会議室。ラグジュアリーな内装で、現在修繕工事中の総支配人室の代わりに、歳星が臨時に執務室に設定した。

むろん長庚の腕も、併設の小部屋にともに移している。

控室が荒らされているということは、長庚は正面から入ったということ。だが、どうやって見とがめられずにたどりついたのか。

「た、たいはく、さま……歳星、さまを、助け……」

ひっくり返されたデスクの下、床に落ちた内線電話の近くで秘書が倒れている。太白は彼女に駆け寄って助け起こすと、連れてきた手勢たちに命じる。

「彼女とともにここから退避し、客の避難誘導を。ホテル内に逃げ遅れたものがないか点検後、みなも一刻も早くホテルから遠ざかってください」

奥からは凄まじく激しい物音が響いてくる。歳星が長庚を抑えているのか。

「さあ、急げ！」

鋭く命じると、手勢は秘書を抱えて立ち上がる。それを見送らず、太白は奥の執務室へ半壊のドアを蹴り開けて飛び込んだ。

とたん、太白は一瞬、息を呑んで立ち尽くす。

目の前に立つのは、巌《いわお》のごとく筋肉が盛り上がる半裸の背中。

振り乱した髪のあいだから見える凶悪な角、禍々《まがまが》しく立ち上る鬼気。両腕はないがしかし、足先からは鋼鉄のごとき太い爪が生えている——まさに、鬼の姿。

壁際に追いつめられ、怪我をしたのか脇腹を押さえた歳星が顔を上げる。

「太白!? 気をつけろ、そいつの力は尋常ではないぞ！」

「……父さん、そんな」

ぼう然とつぶやく太白の声に、鬼は振り返る。

「父……？　いいや」

瞳を不気味に金の色に光らせ、その鬼は告げた。

「おれは……おまえの父では、ない」

◆

闇の縁にあったあやねの意識が、ゆっくりと戻ってくる。

最初に感じたのはざらつく畳の手触り。だが目を開いても視界は暗く、どこにいるかもわからない。くん、と嗅いでみるとかすかなお香の香りがした。

いったいなにが起こったのだろう。体はだるく、起き上がれないほどにつらい。まるで全身の〝生気〟を吸われてしまったような心地だ。

横たわったまま、あやねは意識を失う直前の記憶を必死にたどる。

たしか、めいに手を引かれて暗い通路を歩いて立ち止まったとき、視界が真っ暗になって、そこでだれかの声を聞いたとたん、意識が途絶えて……。

そう、太白によく似た、声。

思い出したとたん、ぞっ、とあやねの背筋が震える。大好きな太白によく似た、けれど太白ではない別人の声。思い出すと吐き気がするほど、厭《いと》わしい。

苦しみと同時に、大切なひとの声を騙《かた》る相手に無性に腹も立った。なんて姑息《こそく》。そんなやつにいいようにされるばかりの無力さに、あやねは絶望しそうになる。

「……こちらに、監禁しております」

少女の声が聞こえ、襖を開けるような音がした。闇が縦に割れ、光が射《さ》す。まさか、白木路さん⁉　とあやねが身を固くした次にその声は聞こえた。

「ああ、もう、目覚めているようですね」

ぞっ、とあやねは身を震わせる。はっきりと聞こえる声は、やはり太白によく似ていた。恐怖をこらえ、あやねは薄目を開く。

襖のあいだの光のなかに立つ人影が見えた。逆光でよく見えないが、必死に目を凝らせばやっと顔が判別できた。

一度、姿を見たことがある。あれは引退パーティのときだ。穏やかで優しげな老人で、声も老いてしわがれていた。しかし、いまの姿はせいぜい四十代。目元にかすかなしわやたるみはあっても、とうてい老人とは呼べない。

いったい、なぜ。人外だから？　それともなにかべつの理由？

「初めまして、ではありませんね。わたくしが啓明です」

穏やかな、しかしどこか不気味な響きの声が、あやねの耳にぞわりと触れる。

「高階の祖であり、かつ、この地で最初の――〝鬼〟です」

けたたましい火災報知器の警告音に追われて客が逃げ惑うなか、壮年の陰陽師はスマホを耳に当て、ロビーの片隅で佇んでいた。

服装はチェスターコートにスーツ、いかにもビジネス出張という格好。おかしくはないが、非常事態に慌てるそぶりもないのはいかにも怪しい匂いがした。しかし混乱のホテル内ではだれも注意を払わない。

『こちら、ホテルで陰陽頭と老人どもは抑えました』

男が耳に当てるスマホから、仲間の声が聞こえる。

「よくやった。こちらも計画通り動く」

『上首尾を祈ります、陰陽権助さま』

通話を切って、壮年の男――陰陽権助は、周りにいる数名の仲間たちを見回す。命令を待つように見つめる彼らに、男は口を開く。

「老人どもから陰陽寮の実権を奪う第一歩だ」

強い意志を込めた声が、警告音のさなかにもたしかに響く。

「高階太白と、啓明を滅するために、我らは、四角四境祭を決行する」

長庚のすさまじい回し蹴りを太白は両腕を掲げて受け止め、跳ね返す。

両腕がないのに長庚の攻撃は恐ろしい威力だ。蹴りのひとつで太白のスーツのジャケットが切り裂かれた。風圧か、それとも鋭い爪か。

太白は紙一重で避け、壁際で腹を押さえる歳星の前に立つ。

「やめろ、かばうつもりか」

苦しげな声がするが、太白は聞かずに歳星の襟首をつかむ。

長庚の蹴りが放たれる。風圧をかわし、歳星の襟をつかんだまま、太白は窓際に跳んだ。そしてこぶしで窓ガラスを叩き割る。その下は、中庭。

「歳星、飛べますか」「なんだと？」「邪魔なので」「なに、おまえ、まさか」

いきなり太白は歳星を抱え、ガラスが割れた窓からぽいと放り投げる。

太白うぅう、と叫びの尾を引いて声が落下していった。

「これで一対一ですね」

鬼となった長庚と太白は向き合う。百鬼夜行祭以来の、二度目の対峙《たいじ》。

こうして真正面から見れば、父――長庚はすっかり面変わりしていた。

厳《いか》つく盛り上がる赤黒い筋肉、ざんばらの長髪のあいだで炯々《けいけい》と金に光る眼、身長は見上げるほどで、天井も高く面積も広いこの会議室でも圧迫感がある。不気味で、恐ろしい姿。太白でなければ恐怖でとても正面には立てないだろう。

以前の、学者然とした繊細な美形の面影はどこにもない。

それでも声だけは間違いなく長庚で、太白の胸を締め付ける。

ふいに長庚が飛び掛かる。太白は身をかがめて、スライディングするように避けると、すかさず長庚の軸足に足払いをかける。

どう、とうつ伏せに倒れる長庚に太白は襲いかかり、首筋に腕を回して体をひねって仰向けにさせると、そのまきつく、背後から全力で首を締める。プロレスのスリーパーホールドだ。

殺そうと思えば殺せるかもしれない。太白ならできるはずだ、本気で〝鬼〟としての力を出せば。だが父相手にそうはしたくない。ならば絞め落とすまで。

「なに⁉」

しかし固く締めていた腕がほどかれたかと思うと投げ飛ばされた。激しく壁に叩きつけられ、床に落下して強く胸を打って息が詰まる。

襲いくる長庚をからくも避けて、太白は距離を取って身構える。

なにかがおかしい。いま、どうやって拘束を外した？

違和感が募る。そういえば先ほど見た控室の惨状。鋭い爪痕の残る壁やドアを思い返す。あれは足の爪ならおかしい話ではない。ないのだが……。

「ッ！」

　横合いから速度の乗った蹴りを喰らった。からくも避けたが衝撃は強く、スーツの腹の辺りが切り裂かれる。

　突如、大きな影が会議室に躍り込んで背後から長庚に飛びかかった。

　それは巨大な山犬。山犬は鋭い牙で長庚の首筋に噛みつく。たまらず長庚はよろめき、必死になって山犬を振り落とそうとするが、深く食い込んだ牙は抜けない。

「殺すな、そのまま抑えろ！」

　とっさに太白は叫び、隣室の小部屋のドアにタックルする。資料などを収納した小部屋の机の上には、天狗のわざによる札で厳重に封印した木箱がある。

　それを抱え、太白は引き返す。まさにいま長庚が背中に食いついた山犬を引き剝がし、飛び退《しさ》ったところだった。

「ここにあなたの腕がある。返してもかまいませんが、しかし」

　太白が木箱を掲げると、長庚は凄まじい咆哮《ほうこう》を上げる。それに向かって太白は、鋭く、射抜くようなまなざしを向ける。

「なぜ、あるはずの腕を返さなくてはならないのです」

　意外な言葉に長庚の動きが止まった。山犬の三峰も驚きの目で振り返る。

そこに太白は、声に力をこめていった。

「そのまやかしを疫鬼と認定する。高階の名において追い立てよう――！」

告げたと同時、太白は長庚に走る。その右手が鋭い爪の生えた鬼の手に変容する。

虚をつかれた長庚は逃れる間もなく顔面を鬼の腕につかまれた。

「――〝鬼やらう〟」

一言、太白がつぶやくと長庚はどうと膝をつく。

「……なんだ、どういうことだ。腕が⁉」

山犬の姿の三峰が驚きの声を上げる。瞬きのあいだに、長庚は鬼の姿から変容していた。乱れた髪はそのままだが角も牙も、足の鋭い爪も消え、体もふつうの成人男性まで縮んでいる。着ているものも血に汚れた着流しだ。

なにより、着流しの袖からはたしかに片腕が出ている。

以前、晴和との戦いで負った怪我のせいで奪われたもう一方の腕は失われたままだが、いままで太白と三峰が目にしていた両腕のない姿ではない。

「まやかしだったのか。まさか、わたしと太白を同時に騙せる幻惑とはな」

「あなただけではない、歳星も惑わされていた。よほどのわざです」

「じゃあ、その腕はだれのものだ」

三峰の問いに太白は首を振る。長庚の失われた片腕は晴和の術を受け、原形をとどめないほどに焼けただれていた。しかし、送られてきたのは傷ひとつなく、鋭い爪と厳つい形を持った一目で〝鬼〟とわかる代物だった。

それにしても、と太白は不思議な想いにかられる。

以前、百鬼夜行祭で対峙したときはもっと長庚は強かった。いや、たしかに歳星に怪我を負わせるほど強く、実際に手強《てごわ》いが、それでも思ったより呆気ない。

太白は自分の鬼の腕を見下ろす。あやねの声が、つと脳裏によぎる。

〝……太白さんを鍛えるため、だったりして〟

太白は目を開く。もしや、真実だったのか。太白の前に困難を送り込んだのは、太白の鬼――つまり、方相氏としての力を強めさせるためだったのか？

だがその理由がわからない。太白を想ってのことではない。それは確実だ。

「く……」

と長庚が身を起こす。太白は駆け寄って助け起こそうとした。しかし、「父さん」と呼ぼうとした声が喉の奥で止まる。

〝……おまえの父では、ない〟

あの言葉はどういう意味か。鬼と化したから父子の縁を断った、ということではない気がした。まるで正気を失いかけてこぼれ落ちた、本音、のような。

とたん、太白の脳裏にあらゆる断片が目まぐるしくひらめく。

松島で聞いた昔話から、つい一昨日に聞いた瀕死の夏井の告白……。

〝狙いは、いろはさまだった……〟

〝その夜から数えてほぼ、一月後に、いろはさまは……〟

ピースがつながっていく過程でおぞましい事実が浮かぶ。

〝……太白さまを、身ごもられたのですから〟

まさか、と即座に太白は否定した。まさか、そんなことはあり得ない。しかし否定する言葉を重ねれば重ねるほどに、信ぴょう性は増していく。血の気が下がり、視界が揺らぐ。いままで信じていた大地が、偽物だったような心地になる。

「父さん、と、呼んでいいのかわかりませんが……」

太白の震える声が、青ざめた顔の長庚に向けられる。

「あなたはなにを知っているのですか。父ではないとは、どういう意味です」

「……もう、勘付いているのではないか」

長庚は脂汗のにじむ額に険しく眉を寄せて答える。

「我を忘れたゆえの妄言といいたいが……それが、おれの後悔だ」

太白は長庚の瞳をのぞきこむ。そこに真実の色しかない、とわかった瞬間、ぐらり、と足元が崩れそうになった。

「太白!」「太白さま!」

半壊の入口から桃生に支えられた歳星が現れる。怪我のせいか、天狗の黒い翼が折り畳めていない。背後から晴永も現れ、山犬に気付いて驚きの顔になる。

「大変です、太白さま。ホテルに妖かしのみ閉じ込める結界が張られています」

「それだけじゃない、太白」

桃生が息せき切って報告する次に、歳星の口から最悪の言葉が聞こえた。

「あの女がさらわれた。おそらく啓明の手のもののしわざだ」


そのあやねは、いずことも知れぬ場で啓明と相対していた。

恐怖に震えながら、あやねは目の前の相手から身を引いて遠ざかろうとする。

よく見れば啓明は、疫鬼と認定した存在を追い立てるときに着る方相氏の衣装を身に着けていた。いったい、どうして……と不審な想いが募る。

「太白が人間を選んだのは驚きましたが、母親を考えればそれも納得です。そう、わたくしも、もとは人間だった。それはご存じですね」

いたぶるような声と穏やかな笑みで、啓明は語り出す。

「目に見えぬ疫鬼を祓う役を担う、方相氏という人間でした。しかし、その鬼追うものがいつしか鬼とみなされて逆に人間たちに追われることとなった……。とはいえ、それも当然。目に見えぬ災厄より、目に見える形を排除するほうがたやすい。ひとは〝かたち〟を求める生き物ですから」

啓明の声はひどく魅惑的だった。太白と似ているがさらに深みのある声音で、恐怖を抱くあやねでさえ、くらくらしてしまう。

だが、だからこそおぞましい。

「あなたと太白が結婚して以来、ずっと、太白には揺さぶりをかけてきました」

やわらかな声音が、あやねのうなじをぞわぞわとさせる。

「わたくしに与する妖かしを使って困難を送り込むだけでなく、晴和や、その声を真似する山童を使い、呪詛や言霊のわざで、少しずつあなたの生気を奪って弱らせました。無意識にも次第に、〝鬼〟の姿を恐れるようにも仕向けていきました」

「な……なにを、いって……」

「すべては彼を成長させ、あなたへの愛情を募らせるために」

あやねの目が、大きく、大きく見開かれる。

「それでは、老い衰えた鬼が再び力を得るにはどうしたらいいでしょう。そう、原初に立ち返ればいいのです。方相氏がなぜ鬼となったか。それは疫鬼を祓い、追うものであったからです。ということは……もう、おわかりですね」

自分を失うあやねに、啓明はゆっくりと、いい聞かせるようにいった。

「わたくしは、太白を〝鬼〟にふさわしく育てた歳星以上に、あなたに感謝しているのですよ。なぜなら、あなたは……」

啓明がほほ笑む。やわらかなのに、不気味なその笑み。

「見事に、糧となってくれたのですから。冷徹で、強大で、一見心優しく思いやりがあるように見えながら、その身のうちに──凶気を孕《はら》む災厄へ成長するように」

ぞ、とあやねは凍り付いた。

うそ。うそだ、そんな、わたしはそんなつもりで彼のそばにいたんじゃない。あまりの言葉にあやねは必死に否定しつつ、信じられなさにぼう然自失になる。

「仕上げとして……あなたの骸《むくろ》を彼の前に投げ落としてみましょうか」

ひ、とあやねは身を引く。しかし背中に壁が当たった。逃げ場などどこにもないのに、あやねは壁にすがりつくようにして貼り付く。

「おやめになったほうがよろしいですわ、啓明さま」

それまで黙っていた白木路が口を挟んだ。

「太白さまを知るなら、おわかりでしょう。このうえよけいに怒りをかき立てれば、目論見が叶うより先にご自分の身が危ういかと」

「珍しい。白木路がわたくしを諭すとは」

やわらかいのに冷ややかな声で啓明はいった。白木路は唇を嚙む。

「諭すなどと、とんでもございません。ただ、確実を期するなら慎重さも必要ではないかという、愚見でございます」

「千年狐の愚見は凡人には深慮ですよ。とはいえ」

啓明は壁に貼り付くあやねをちらりと見やる。

「太白を追いつめるためには彼女の命が鍵となります。どうか、逃さぬよう」

す、と啓明は、方相氏の黒い衣の袖と赤い裳《も》の裾をひるがえして背を向ける。白木路がお辞儀をして、去っていく彼を忠実な臣下のごとく見送った。

あやねは恐怖のままにその光景を見つめるしかできない。

（わたしが、太白さんを鬼にするための餌だったなんて）

突き上げるような哀しみがこみ上げる。だがいま、泣きわめいても仕方ない。どうにかしてここから逃れ、最悪の事態を避けなければ。

「し……白木路さ、ん」

襖のそばに立つ少女に向けて、あやねは必死に声を絞り出す。

「お願いです、ここから出してください。いえ、せめて話を聞いてください」

恐怖で思考が強張り、ありきたりの言葉しか出てこない。情に訴えるようなやり方が通じるとも思えない。けれどこのまま、ただ命を奪われるために待つなんて、あやねにはできなかった。

〝一見心優しく思いやりがあるように見えながら……〟

啓明の残酷な言葉が、あやねを打つように脳裏で響く。

〝その身のうちに――凶気を孕む災厄へ成長するように〟

駄目だ。絶対に駄目。太白さんをそんなものにはさせない。

たとえ、彼のなかに〝鬼〟の本質があっても、自分で選び取るのと無理やり追い込まれて選ばなくてはならないのとでは絶対に違う。

太白の優しさを、太白の誠実さを、あやねは想う。

〝たしかに、あやねさんらしくないですね……〟

九戸《ここのへ》家と南陽《なんよう》家のお見合いで着飾らされたとき、彼はそういった。高階の嫁として美しく装うより、自分らしくいたいあやねを、彼は認めてくれたのだ。

だったら、わたしも自分らしくいなければ。

「わ、わた、わたしは無力な、ただの人間ですけれど」

震える声であやねは、どこか青ざめた白木路の横顔に話しかける。

「太白さんが、本当は選びたくないものを、選んではほしくないです。だ、だから、あのひとを鬼にするためだけに殺されたくなんて、ないです！」

「……あなたのご心情など、わたくしにはどうでもよろしいのですけれど」

冷たい答えにあやねは怯《ひる》む。が、次の言葉にはっと目を開いた。

「ですが……あなたが勝手に逃げ出す分には、あずかり知らぬところですわ。ここは特殊な場。そんな場から逃げ出せるならば、の話ですけれど」

といって、白木路は襖を開けたままその場を離れていく。あやねはぼう然と見つめていたが、すぐに自分を取り戻して這うようにして身を起こす。

少しでも身軽に動くために色打掛を脱ぎ、純白の掛下のみとなる。とはいえ、高級な生地にレースの半襟と紅い伊達《だて》襟で、掛下だけでも華やかだったが。

優美に引きずる掛下の長い裾をからげて無理やりに帯に挟むと、あやねは色打掛を抱えた。荷物にはなるがえり子の新作衣装を置いていくのは気が引ける。

開いた襖の隙間から顔を出し、周囲をうかがう。

どうやら二間続きの座敷牢《ざしきろう》らしく、目の前には頑丈な格子がはめられている。しかし、その一角は這い出ていけそうなくらいに開いていた。

あやねは掛下が汚れるのもかまわず這いつくばって次の座敷に出る。周囲にはだれの気配も物音もないのを確かめ、あやねは目の前の襖を開けて飛び出た。

そこは薄暗い廊下。宙に浮くぼんやりとした火が、長い廊下を照らしている。これは……狐火《きつねび》だろうか。特殊な場と白木路はいっていた。彼女には強固な結界を張るわざがある。だからきっと、啓明のために作り上げた結界内のはず。

しかし、なぜあやねを逃がすのだろう。あるいはこれも罠だろうか。それでも、じっとしていればただ殺されるしかない。

どこまでも無人で無音なのが恐ろしいが、あやねは息をひそめてたどる。視界が悪くて、なにがあるのかもわからない。か細い灯りに目を凝らせば、廊下の両側は錦絵の描かれた襖のようだ。

片っ端から開いてもいいが、昔話の『見るなの座敷』を思い出して躊躇《ちゅうちょ》する。開けてはいけないといわれた座敷を開けて、幸せを失ってしまう物語。

ふと、なにかの既視感を覚える。前にも一度、そんなことを思った記憶がある。あれはいつ、どこでの話だっただろうか。

「あれ、これは……」

　そこだけぽかりと空いた闇のような、真っ黒な襖が見えた。見逃してしまいそうだが、引手は金色でやっと襖だとわかる。

　開けようかどうしようか、あやねは迷う。だがこの既視感の正体を突き止めるには、開けるしかない。行く先も出口もわからないなら、少しでも手がかりが欲しい。

　思い切って、あやねは金の引手に手をかけて小さく開き、隙間からのぞく。

　内部も薄ぼんやりと暗いが、目を凝らせば小さな六畳ほどの座敷の真ん中に、ぽつんと裸の衣桁《いこう》だけが立っている。掛けるはずの着物は見当たらない。

　あやねは首をひねり、そっと襖を閉めた。既視感はさらに募るが、その正体はつかんだように思えてするりと指のあいだから逃げてしまう。

　怯えながらも襖の続く廊下の先に進む。狐火は進むごとにひとつ消え、ひとつ点灯する。まるで、白木路の手のなかにいるようで不安が募る。

「ん？　なに、この戸……じゃない、ドアは」

　いきなり、違和感丸出しの洋風のドアが襖のあいだに現れた。どう見てもこの場にふさわしくない。さすがに怪しすぎて入るのがためらわれる。

　ふいに廊下の向こうから複数の足音が聞こえてきた。

「人間の女が逃げた……」「どこだ、どうやって……」

はっとあやねは身を強張らせる。迷う間も考える間もない、とっさに目の前のドアノブに飛びつき、回してなかに飛び込む。

息をひそめて静かに閉めれば、間一髪、ドアの向こうで足音が通り過ぎる。

「……あやね⁉　まさか、あやねであるか⁉」

聞き覚えのある声にはっとあやねは振り返った。薄暗い部屋のなかには映画を流す大型モニタとゆったりしたリクライニングチェアがあり、そこに座るのは――。

「お……お、お大師さまっ⁉」

大きな声を上げそうになるのを必死にこらえ、あやねは椅子に座るもふもふの狸に駆け寄る。狸はいくぶん痩せたような気がするが、愛くるしさは変わらない。

「どうしたであるか、なぜここにいるのである」

「お、お大師さまこそ、ご無事でしたか。どうして、ここはいったい……」

ようやくそこであやねは気付いた。ここは狐の領域だ。怪我を負ったお大師さまが療養のために預けられた場だ。だから白木路がいたのだし、そして啓明がこもったことでさらに結界は強固になり、容易には見つからなかったわけだ。

「お大師さまが、ご無事で、よかっ……た」

椅子の前に膝をつき、あやねは安堵のあまり声を殺して涙をこぼす。

「よし、よし、泣くでない泣くでない。せっかくの美しい姿が台無しである」

もふもふ狸はぴょこんと椅子から飛び降り、あやねの膝にちょんと前脚を置く。

「す、すみません……でも、いま、大変なことになっているんです」

涙をぬぐいつつ、あやねは事情を説明する。ふむ、と狸は小首をかしげた。

「そうであるか。どうも薄気味の悪い空気が満ちておると思うたら、啓明がひそんでおったであるか……気づかぬ我も、もうろくしたものである。ここ最近、狐どもがあらかたどこかへ移ったらしいのも、啓明の決行間近であったためか」

情けない、と首を振って狸はあやねを見上げた。

「この場は唯一、居心地のいい場でな。古い映画も新しい映画もあって、どれだけいても飽きぬので隠れておったのだ。そうか、太白のこれくしょん部屋であるか」

周囲を見回すお大師さまにならい、あやねも見回す。そこそこ広い部屋の壁一面にしつらえた棚には、ぎっしりと映画のパッケージやパンフレットが収められている。パネルに入れた古今東西のポスターまで壁際に重ねて置かれていた。

ここに太白がいたのか、と思うと恋しさが募る一方、こんな大量ならそれは新居には持っていけないだろうな……オタクすごいな……と呆れもする。

「よし、ならばあやねのために我が一肌脱ぐである！」

お大師さまが大張り切りで声を上げる。あやねは慌てて押しとどめた。

「そんな、お大師さまは療養のためにここにいるのですよね」

「もうだいぶ回復して、暇で暇で仕方ないのである」

おどけたふうにいうが、痩せて毛並みの色艶も褪《あ》せた姿があやねには心配だ。

「なに、無理はせぬから安心するである。そうだ、その着物を貸すがよい」

あやねが抱えた色打掛をお大師さまは可愛い前脚で指し示す。

「さすがに狐ほどではないが、我がわざのお手並みを披露するである」

というとお大師さまは色打掛をかぶり、くるりと一回り。すると真ん丸顔の成人女性に変化していた。あやねには似ても似つかないが、背格好でごまかせそうだ。

「見つかっても、我ならいたずらと見逃してもらえるである。色打掛も落とし物を拾っただけといい張るのである。では、頃合いを見計るがよい」

お大師さまは自信満々でドアを開けて出ていった。大丈夫かなあ……とあやねは心配が増す。しばしして、廊下をばたばたと走る音が聞こえてきた。

「いたぞ！」「あっちだ、走れ！」

足音が通り過ぎたあと、一拍置いてあやねはドアから出た。

とにかく外に出て救援を呼ぶしかないが自分を捜索しているのは狐たちのはず。嗅覚の鋭い彼らなら、匂いで行く先がわかってしまうのではないか。

だが気付けば先ほどから辺り一帯、甘い香りがする。これは白木路が香を焚《た》いてくれているのか。いや、考えるのはあとだ。あやねは記憶をたどって廊下を進む。

「……たしか、ここの一角から……出た！」

行き止まりの暗闇の壁を手探りで押すと、向こう側に開いた。あやねは落ちそうな裾を押さえて外に出る。

辺りは暗いが、馴染みのある空気の匂いがした。たしか狐の領域は、高階の屋敷のリビングのウォークインクローゼットから入れたはず。

ということは、やはりここは高階の屋敷だ。ほんの一ヶ月半前かそこらに離れたばかりなのに、懐かしさに涙がにじみそうになる。

ここに狐火はない。灯りのない闇を、おぼつかない足取りであやねは進む。見えなくても玄関の方角はわかる。そこから直通エレベーターまでたどりつければ……。

「ば、バレたのであるーっ！」

ふいに背後からお大師さまの声が追いかけてきた、かと思うと、バン！　とクローゼットの扉を閉める音が響く。

「すまぬ、すまぬ。ごまかしきれずにバレたである！」

でしょうね！　とあやねはこんなときだが脱力しかけた。

「いえ、時間が稼げましたし、お大師さまもご無事でよかった。逃げましょう」

「んむ、下手な計より逃亡である。夜目の利く我に任せるがよい」

あやねの手を小さな子どもの手が握り、引っ張った。どうやら稚児姿に変化したらしい。お大師さまはあやねの手を引いて走り出す。

動きにくい掛下で、それでも必死にあやねはお大師さまについて逃げる。玄関の鍵を開ける音が響き、その向こうへ走り出る。前庭のはずだが視界は暗い。足袋の底がやわらかな地面を踏んで、やっと外だとわかるレベルだ。

屋敷にいたときは、結界内でも夜や朝があった。なのになぜ、こんなに暗いのか。啓明がこもっているからだろうか。

お大師さまの手の温かさだけを頼りに、あやねは走る。庭の出口まで行けば、エレベーターに通じる場所があるはずだ。

「んん？　んむ？　おかしいである」

しかし、お大師さまの足が止まって、戸惑う声が闇に響く。

「大変である、あやね。エレベーターのボタンがないのである！」

なんですって、とあやねは暗闇で青ざめた。

〝そんな場から逃げ出せるならば、の話ですけれど……〟

白木路の冷ややかな声が脳裏で響く。そうだ、白木路は狐の領域を閉ざしたのだ。

外になんて出られるわけがない。それに気づき、足元まで血の気が引く。

あと少しなのに、あと少しで太白のもとへ行けるのに……！

「こっちか」「外に出た形跡がある」「よし、みなで追え」

背後から追手の声が聞こえた。あやねはお大師さまをかばうように背後に隠し、屋敷に向き直る。――そのとき。

「え……きゃあっ⁉」「なっ、なんであるか⁉」

ふいに背後から帯をつかまれ、引き倒された。あやねとお大師さまは背中から転がるように倒れる。はっと頭を上げると目の前で扉が閉まる。

「はあ、はあ、ま、間に合うたようじゃな？」「ち、チーフぅ！」

腰をついたまま振り返れば、肩にネズミを乗せて息せき切った町娘がいた。

「あやね、古狸！　無事だったですかにゃーっ！」

小泉さんがあやねに飛びつき、ついで稚児姿のお大師さまに飛び掛かる。

「ばか狸！　連絡ひとつも寄越さにゃいで、にゃにしてたですかにゃ！」

「いた、いたた、子猫ちゃんは相変わらずやかましいである。……さて」

稚児は、町娘姿のひびきを見上げる。

「このご婦人はどなたであるか。危ないところをかたじけないである」

「わしはコダマネズミの一族がひとり。まあ、ひびきと呼ぶがよい。とはいえ、自己紹介と親交を深めるのはあとじゃ。一刻も早く、太白らと合流せねばな」

「あ、あの、ひびきさん。なぜ、この場がわかったんです」

「あの陰陽師に頼まれて、ひそかにあやねを物陰から見張っておったのじゃ」

ひびきはなんてことのない様子で答える。

「みすみすさらわれたのは口惜《くや》しいが、我らは非力じゃからな。代わりにネズミの嗅覚は猫より勝るゆえ、匂いを追って、隠されたエレベーターを見つけたのじゃ」

ふふん、と得意げなひびきに小泉さんがむっと横目でにらむ。

あやねはほっと息をつく。しかし、なぜ閉ざされた領域にエレベーターがたどりつけたのか。もしや白木路が、内から結界は開けられなくとも、外からは開けられるようにしておいてくれたのか。その仮説が真実だとしても、彼女はそこまで味方してくれるのに、なぜ啓明に付き従っているのか……。

「太白の居場所がわからぬゆえ、とりあえず一階まで降りるのじゃ。とはいえ」

思案気にひびきはいった。

「先ほど、恐ろしい警報が鳴っておった。十七階で火災とかなんとか」

「十七階？　それ、歳星さんの臨時執務室がある場所です！」

「歳星？　とは、だれじゃ」

「青葉グランドホテルの総支配人で、太白さんの元教育係で、正体は天狗の方です。一昨日総支配人室工事のため、一ヶ月ほど移転するって通達がありました。でも……そんな重要な場所が火災って、もしや火災ではない……のでは」

「敵の襲撃かもしれない、ということですかにゃ」

深刻な声で小泉さんが指摘する。その場のみなの顔が緊張で強張った。

「そうだ、ほかにもおかしいことがあったんです。閉ざされた狐の領域で啓明に会ったんですけれど、あのひとは……若返っていたんです。四十代くらいに」

「若返り？　変ですにゃ。小泉が生まれてこの二百年、啓明はゆっくりとでも、ただ老いていくだけでしたですにゃよ」

「それだけじゃなくて、あのひとの声は太白さんによく似ていて……」

あやねの言葉が止まる。引退パーティのスピーチで聞いた啓明の声は、しわがれていたせいかさほど似てはいなかった。若返りで似るようになったのか。

ふと、めいとえり子のことが思い浮かぶ。顔は似てないのに血縁ゆえに取り違えるくらいよく似た声……そしてやはり、酷似している啓明と太白の声。

いままで見聞きしてきた物事が、あやねの脳裏で結びついていく。

わざわざいろはのいる場所を訪ねた謎の存在。

事前に連絡か、あるいは高階の気配をまとうものでなければ入れない結界内の別荘へ、なぜたどりつけたのか。長庚以外の高階は啓明だけ。さらに夏井を化かせたなら、彼に忠実な白木路を伴っていてもおかしくない。そこまでしてなぜ訪ねたのか、しかも長庚の留守を狙って……。

ぞ、と悪寒があやねの背筋を震わせた。

なぜかとても考えたくない、おぞましい可能性に行き当たったのだ。あやねは必死で否定する。祖父と孫、血縁なら声くらい似ていてもおかしくない。おかしくないはずなのに、どうしてこんな考えに——。

「若返りなんぞ、あり得る話じゃろう」

青ざめるあやねに気付かず、ひびきがこともなげにいった。

「人間や妖かしの妖気、精気を吸うて若さを取り戻す例などいくらでも……」

はっとあやねとひびきは、ネズミの小玉に視線を向ける。

「え、え、えっとぉ、どうしたんですかぁ」

凝視するあやねとひびきにうろたえて、小玉は身をすくめる。

そのとき、がくん、とエレベーターが揺れて一階に到着した。

「とにかく、急いで太白さんのもとへ向かわないと……」

あやねの言葉に重なるように、扉が開く音がした。とたん、ロビーの方角から喧騒《けんそう》の声が響いてくる。耳を澄ませると、こんな叫びが聞こえた。

「ホテルから出られない、なぜ……！」「人間は出られるのに、なぜだ！」

あやねたちは顔を見合わせる。だが次に聞こえた悲鳴にはっと息を呑んだ。

「陰陽師!?」「どうしてだ、我らは人間になにも……うわああっ」

陰陽師？　まさか、陰陽師が妖かしを襲っている？　なぜ、どういうこと。

あやねは混乱のまま、とっさに小泉さんらに手を伸ばしてかばう。その目の前に、エレベーターホール目指してばたばたと人々が逃げ込んできた。

彼らを追って、黒いスーツ姿の男たちが歩んでくる。彼らの視線が、エレベーターのかご内で凍り付くあやねたちに、真っ直ぐ向けられた。

「……わざと逃がしましたね、白木路」

狐の領域で、艶やかな打掛を手に、啓明は背後に立つ白木路に声をかける。あやねを逃した狐の使用人たちが、彼の前で平伏《ひれふ》していた。

「狩るほうが、お楽しみいただけるのではないかと思いましたゆえ」

白木路が平坦《へいたん》な口調で答えれば、ふむ、と啓明は整った顔をかしげる。

「失態を犯した一族をかばいますか。まあいい、むやみな疑いはかけたくはない」

「……ですが先ほどは、わざと場を外されたのでは」

白木路が指摘すると、啓明は肩越しに薄い笑みを向ける。

「さあて。わたくしはただ、外界の様子の報告を受けにいっただけ。……とはいえ、再会した喜びのあとに妻を殺されれば、より深い絶望を味わうでしょう」

息を呑み、白木路が振り仰ぐ。気づけば啓明の肩に、鷺《さぎ》ほどの大きさの真っ黒な鳥が止まっている。真っ赤に光る目がひどく不気味だ。

瞬きの間に鳥は紙の形代へと戻り、啓明の手のひらで平たくなった。

「これは陰摩羅鬼を象《かたど》った式神。人間の屍《しかばね》から立ち上る気から生まれる鳥です……ああ、意外そうな顔ですね。千年狐の虚をつけるのは、愉快だ」

強張る顔の白木路へ、啓明はほくそ笑む。

「わたくしには、あなた以外にいくつも手足があるのですよ」

7　渡る世間に鬼はない

とっさにあやねは十七階のボタンを押すと、かごを飛び出る。

「妖かしの方々をできるだけ乗せて上階へ行ってください。なるべく早く！」

「あやね？　なにするですにゃ！」「あやね、血迷ったであるか！」

小泉さんとお大師さまの声が追いかけるが、あやねは振り向かない。こちらへ逃げてくる、青葉グランドホテルの見知った従業員たちが目を開いた。

「は、花籠チーフ⁉」「いったい、なにをされて……」

「そのエレベーターに乗って上階へ。急いで！」

びしりと命じると、従業員たちは我先にエレベーターへ走る。

「花籠あやね……か。高階太白の妻だな。いったいどういうつもりだ」

スーツの男たちが、たったひとりで立ちはだかるあやねに口を開く。

「おまえは人間だろう。なのになぜ、妖かしどもをかばう」

「妖かしでもなんでも関係ありません。あなたがたこそ、なにもしていない妖かしたちを襲うなんて、あまりに非道です」

あやねの気丈な声に、男たちはせせら笑いで返す。

「高階のもとに嫁に入るような女だ。妖かしにつくのも道理だな」

あまりの言い草に、あやねは体の陰でこぶしを握る。

「とにかく即刻ご退去ください。とうてい、お客さまとは思えませんので」

「ならば力ずくで退去させてみたらどうだ」

かまわず進もうとする男たちの前で、あやねは掛下の袖をひるがえし、両手を広げて立ちはだかる。強い意志を宿すまなざしで、あやねは彼らを見据える。

「あなた方はお客さまではありません。どうぞ、お帰りを」

男たちの視線が険しくなった。ひとりが踏み込み、あやねの肩をつかむ。

「どけ！」「あっ！」

彼らに敵うと思って立ちふさがったわけではない。小泉さんたちや従業員が逃げる時間を少しでも稼げればと思っただけだ。だがあえなく払いのけられ、床にどうと倒される。強く体を打ちつけ、痛みに声もなくあやねはうずくまる。

その横を男たちは無情に通り過ぎて進んでいく。懸命に起き上がろうとしたとき、肩にとん、と軽いなにかが乗ってささやいた。

「……あやね、耳をふさぐでちゅ」

とっさにあやねは両手で耳をふさぐ。肩の小さな重みがふっと消えた。

とたん、壮絶な衝撃が体を貫き、吹き飛ばされる。

あまりの激しさにあやねは気を失いかける。音波だろうか、耳をふさいでいたのにこの威力、まともに食らっていたら鼓膜は破れていたかもしれない。くらりとするのをこらえていると、腕をつかまれた。

「あ……っ！　……は……や……」

目を開けると稚児姿のお大師さまがあやねの手をつかんでいる。口をぱくぱく開けてなにか話しかけているが、しびれた鼓膜によく聞こえない。

ふらつく体をこらえ、起き上がって足を踏み出す。揺れる視界のなか、床に男たちが倒れているのが見えた。とん、と肩に小さな重みが乗る。

それがネズミの姿のひびきだとわかる前に、満員のエレベーターに連れ込まれる。倒れた男たちがうめく前で、ドアはぴしゃりと閉じた。


あやねが狐の領域から逃げ出す、少し前。十七階の臨時執務室では、太白が桃生や歳星の報告を受けて、目まぐるしく思考を回転させていた。

ホテルを閉ざす結界、長庚の話、啓明の動向、そして——さらわれたあやね。

晴永の頼みで、小泉さんたちがあやねを追っているはずだという。陰陽師の勢力が彼女をさらうと考えたからだが、実際にさらったのは妖かしらしい。

「つまり、あなたは陰陽寮があやねさんを拉致すると知っていたのですね」

一刻も早くあやねの行方を追いたい気持ちを必死に押し込め、太白は晴永に問う。

焦りと怒りに我を忘れれば、すべてが台無しだ。

「本当は、実行は明日のはずだったんだ。あやねさんから目を離さないでと猫ちゃんたちに頼んだのは、彼らがイレギュラーな存在だからだよ」

「なぜ、僕やあやねさんに直接警告をしてくれなかったのです」

「僕には監視がついているからね。ふたりに警告してホテルから退避されたら、陰陽寮側に勘付かれて計画が延期されるだけだ。なんの解決にもならない」

「計画？　その計画とは、なんです」

晴永は一瞬口をつぐむが、観念したように吐き出した。

「——四角四境祭。ホテル内限定で、行うはずだ」

太白と歳星が息を呑む。桃生と三峰は初耳なのか眉をひそめるだけだ。

「なんだ、その四角四境祭というのは。危険そうなのはわかるが」

「疫神の災いを祓うための祭祀《さいし》のことです」

三峰の問いに険しい声で太白は返す。

「疫病を退けるために、国の境や家の四隅で供物を捧《ささ》げ、道を守る神をまつって災厄を祓わせる儀式です。しかし、それをここで行うとは……。要するに陰陽寮は、僕を災厄とみなして祓うつもりなのですね」

「御曹司だけじゃない。ホテルの従業員、そこに集う妖かしたちもろともだ」

なんだと、とその場のみなは緊迫した顔になる。

「本来、ぼくは四角四境祭の一角を担う予定だった。もちろん本気で行うつもりはなく、止めるために加わるはずだったけれど、直前で外された」

そのとき、割れた窓からついと数羽の白い鳥が半壊の執務室に飛び込む。それを手に受けた晴永が、はっと息を呑んだ。

「待って。おかしい、戻ってきた偵察用の式神の数があまりに足りない」

「もしや、啓明やその一味の襲撃ですか」

太白の問いに晴永は首を振る。

「そうと考えてもいいけれど、それにしても減った数が多すぎる。ふつうの妖かしに気取られるような潜ませ方はしていないのに。式神に気付くならよほどの妖かしか、おなじく陰陽師が使う式神か……」

晴永の言葉に、みなは同時に顔を見合わせる。太白は苦い声で指摘する。

「啓明とその眷属だけでなく、陰陽師とも対峙しろというわけですか」

「それだけじゃない。やつら、ぼくに偽のスケジュールを伝えていたんだ。いや、急遽予定を変えたのかもしれない。そう、これから起こるんだ」

一同はぞっと身を固くする。これから始まるのだ。災いとして妖かしを祓う祭祀――四角四境祭が。しかも結界を張られ、逃げ出せないこの場所で。

「三峰、頼む。手を貸してくれないか」

「やっと素直になったか。いいだろう」

晴永の頼みに山犬は牙を剝いて笑う。太白は素早くみなに命じた。

「陰陽師を阻止するのは藤田さんにお任せします。歳星、あなたは二つ口や天狗の手下とともに彼に協力するのと、従業員や妖かしを守ってほしい。桃生は僕と一緒に、狐の嗅覚で小泉さんたちのあとを追ってください」

「……おれも手を貸そう。その腕の持ち主に心当たりがある」

壁にもたれていた長庚が身を起こし、床に落ちた木箱を目で指し示す。

「それは……わかりました。では、僕と桃生とともに」

太白は迷ったが、重要な情報を握る彼の加入はありがたいと思い直した。

長庚はうなずいて、立ち上がる。

「連絡用に式神をつけておく。なにかあればそれを返して。それと、ぼくでは獣の脚には追い付けないから、エレベーターで移動するよ」

スーツの胸元から形代を出し、晴永は白い小鳥に変化させて飛ばした。小鳥が太白と歳星のスーツの胸ポケットに潜り込んだのを見届け、晴永はいった。

「手短に四角四境祭のやり方を説明するね。基本は四神に対応した四方で儀式を行う。同時刻でなくてもいい、道の神を饗《きょう》する供物を捧げ祝詞を奏する。青葉グランドホテルの中央はほぼ中庭だから、そこを起点とした敷地内の四方の隅になるはずだ」

「四隅はいいとして、階数はどうなんだ。統一されているのか？」

山犬の三峰が問うと、晴永は難しい顔で答える。

「古代の四角四境祭も都を中心とした四隅の境というだけで、高低差は考慮されていない。邪魔を防ぐために、場所は請け負う四人の裁量に任されてる」

「つまり階はバラバラか。ここは何階まである。全部をいちいち探すのか」

「一般客がスムーズに入れる階は限定されています」

晴永と三峰の会話に太白が口を挟む。

「邪魔を警戒しているなら、ドアを破るためのよけいな時間は惜しむはずです。ただでさえ、四隅に当たる箇所に侵入する手間があるのですから。オフィス階はまず除外。宴会場のある階、客室階をまず探すべきです」

「だったら敷地内の地上がいちばん侵入しやすそうだが」

歳星が思案顔でいうが、太白は鋭く指摘した。

「侵入しやすいのは邪魔もされやすいということです。地上は天狗の翼でサーチしていただくとしても、館内がやはり本命でしょう」

「道の神に捧げる供物を持参するから、身軽じゃない。カートか、少なくともバッグは持っているはず。服装も、いかにも陰陽師って格好はしてないだろうね」

晴永は一同を見回した。

「以上。こっちも式神でくまなくサーチする。なにかわかったら連絡するよ」

「感謝します。僕らもあやねさんの行方を追いつつ探します。それでは」

太白の言葉を機に、一同は散った。


というわけで、あやねたちが十七階へたどりついたときには、破壊された跡だけが残っていて、太白たちの姿はなかった。

「いない……入れ違い？　それに、やっぱり火災じゃなかった」

途方に暮れる心地で、あやねは半壊の臨時執務室を見回す。

「あやね、どうするですにゃ。エレベーターが止まった階は、おそらく下の陰陽師たちにも見られているはずですにゃ」

小泉さんに問われ、あやねは必死に考える。

「従業員のみなさんは非常階段を使って移動し、そこで隠れてください。まとまっていると見つかりやすいかと思うので、三つかふたつに分散を」

責任者のいない場で、あやねは懸命にみなを指揮する。

「わたしはここで注意を引きつけます。さあ……」

「……そうは、いかない」

執務室に集う妖かしの従業員や客たちの後方で、不穏な声が上がった。かと思うと、いきなり火の手が上がる。

「わあああっ」「イタチ！　イタチだ！」

妖かしたちは逃げ惑う。しまった、とあやねは総毛立った。妖かしばかりだから、イタチの変化が混ざっていてもだれもわからなかったのだ。

いくらもとは会議室で広いとはいえ、一室に大勢が集まっている。エレベーターへの出口にはイタチが立ちふさがって逃げられない。このままでは、焼き殺される。

「お大師さま、大きくなれますか！」

とっさに帯揚げをほどいて胸に差した懐剣に巻き付け、あやねは叫ぶ。

「んむ、で、できるであるが？」「古狸、早くするですにゃ！」

賢く察した小泉さんが叫び、あやねの懐剣を奪ってくわえて走ると、火のついたソファに突き出して火をつけ、こちらに駆け戻る。

そのあいだ、お大師さまは巨大な僧侶に変化して、あやねたちを背後に隠して壊れたデスクを懸命に振り回し、イタチを遠ざけようとする。

小泉さんはお大師さまの体を身軽に駆け上り、天井のスプリンクラーへと燃える懐剣を突き出す。たちまちスプリンクラーヘッドが溶けて水が降り注いだ。

イタチはひるんで後退する。それをお大師さまがデスクを盾に吹き飛ばした。たまらずイタチどもは壁に叩きつけられる。

「急いで、非常階段へ逃げてください！」

あやねの大声に、わっ、と妖かしたちが廊下へ走り出る。あやねも小泉さんを抱き、ネズミのひびきと小玉を肩に乗せ、狸に戻ったお大師さまとともに走った。

「あっちち、ヒゲが焦げたですにゃあっ」

「あ、ありがとう、ありがとう、小泉さん、お大師さま！」

濡れてまとわりつく掛下姿であやねは非常階段へ出て、背後の扉を閉めて飛びつくようにがちゃん！　と鍵をかける。

「下の階へ隠れてください。急いで！」

あやねの声に、混乱気味だった妖かしたちはそれでも非常階段を駆け下りていく。

逆にあやねは、髪飾りや焦げた懐剣を床に落としながら、階段を上り始める。イタチを誘導するためだ。肩越しに振り返ると、非常扉は真っ赤になっている。イタチの炎で、いつ破られてもおかしくはない。

「どうするつもりであるか、あやね」「逃げ切れるかわからないですにゃよ」

「たぶん、彼らはわたしが目当てのはずです」

お大師さまと小泉さんの問いに、あやねは息を切らせて答える。

「太白さんを〝鬼〟にするために……わたしの命が必要なので」

「ま、まさかチーフ、ご自分ひとりを危険にさらすつもりなんですかぁ」

「馬鹿げているでちゅ。優しさと愚かさをはき違えているでちゅよ」

「でも、わたしは……、太白さんを信じてますから」

手すりを握り、あやねは上がる息の下から答える。

信じている。だっておなじ建物内にいるのだ。きっと彼はきてくれる――。

階下で爆発音が響いた。非常扉が破られたのだ。

はっとあやねは振り返ると、とっさに手近な階の扉を開く。その向こうの分厚い絨毯《じゅうたん》が敷かれた廊下へ、小泉さんたちを抱き上げて送り込む。

ころころと絨毯に転がるもふもふたちの前であやねは急いで扉を閉めた。

「あやね⁉」「あやね、なにをするである！」「廊下の突き当たりのエレベーターで太白さんを探してきてください。わたしはさらに上へ向かいます、お願い！」

そういうと、あやねは身をひるがえして再び、懸命に階段を上り出す。

階下の足音がすぐ近くに迫る。足元も炎に炙られ熱くなる。もう、限界だ。あやねはすぐ目の前の扉に飛びつき、飛び込んで背後で閉めて鍵をかける。

視界は薄暗かった。手のひらをつくとざらつく剝き出しのコンクリート。この階にはなにがあったのだろう。十七階から二階上に小泉さんたちを入れ、そこから三階分くらいは上がった。ということは二十二階。初めて足を踏み入れる場だ。

しかし、あまりに暗い。まさかこのフロアには窓がないのだろうか。

実はここは、クリスマスフェアの際に侵入してきた妖かしたちを収容した場所。壁は鉄板、柱は鉄骨、窓はなく少々の荒事にも耐えられる造りだ。

そうとは知らないあやねが立ち上がったとき、奥で気配がした。

思わずあやねは身を強張らせて息を止め、声を呑む。

だれかがいる。こんな暗い、空気のこもった場所に。いったい、だれ。

ガン！　と背後で扉を激しく叩く音がした。振り返れば扉が燃えて赤く染まっている。いまにも溶けて破られそうだ。

ここにいれば吹き飛ぶ扉で怪我をする。選択肢はなく、あやねはフロアの奥へと後ずさり、手近な鉄骨の柱の陰へと隠れる。

「っ⁉」

突如背後から口をふさがれた。息を詰めるあやねの耳に男の声が響く。

「……まさか、最初に邪魔をしにきたのが」

震えながら目を向ければ、見知らぬ壮年の男だった。

「人間のくせに、高階の配偶者となった女とはな」

◆

ホテルの敷地を囲む塀の近くで、歳星は意識を失った陰陽師の男を見下ろす。

「これは、すでに儀式は成っている……ということか」

男の横には、折りたたみ式の簡素な祭壇に捧げられた供物。

十七階の窓から飛び降りて間もなく、ここを見つけた。つまり、もっともわかりやすく、かつ人間の足でたどりつきやすい場所だ。

要するに、ここでの儀式がいち早く行われたということ。残りの三人はやはり館内にいるはず……と思ったとき、天狗のひとりが三階辺りから舞い降りた。

「歳星さま、館内でイタチと陰陽師が妖かしたちを追い立てています！」

くそ、次から次へと。歳星は歯噛みする。

「陰陽師どもは上階へ行かせたくないらしいな。ホテル内へ急ぎ、儀式が済む前に残りの三人を見つけろ。館内の騒ぎは俺がイタチもろとも片付ける」

歳星が配下の天狗たちに命じると、彼らは翼を広げて飛び立つ。

結界はいまだ有効で、ホテルの建物の上限までしか飛んでいけない。とはいえ外からの視界も閉ざしているはずで、妖かしの本性を発揮してもかまわないはずだ。

「ならば、少々手荒にしてもかまわんな」

長庚に負わされた怪我の痛みは強い。だがいまは憤りのほうが勝っている。歳星はひときわ大きな黒い翼を広げ、風を巻いて飛び立った。

その館内の一角、七階の料亭「華苑《はなぞの》」の厨房の奥で、山犬が意識を失った男をひとり押さえつけていた。壁際の緑色の塗床には、供物を載せた簡易の祭壇。

「これはどうなんだ。もう儀式は済んだということか」

「おそらくね。抵抗が少なかったから」

晴永は苦々しく答える。山犬の三峰に倒され、昏倒《こんとう》した陰陽師を起こしてほかの儀式の場について尋問しても、時間がかかるだけで益はないだろう。

「ならばさっさと次に行くぞ」

山犬は前脚で祭壇をぐしゃりと破壊し、身をひるがえす。晴永は念のために男が身に着けていたベルトで後ろ手にきつく拘束しておくと、三峰とともに走り出す。

「次はどこだ」「式神の偵察次第だけど、きっと上階だね」

ホテル内は広大だ。果たして、間に合うだろうか。


「……駄目です、臭いが混濁している」

狐の姿の桃生が、床を嗅ぎながら太白に告げる。ここは本館十五階のパーティルーム『葵《あおい》の間』。フェアの新作発表のリハーサルが行われた場所だ。

「ならば、手分けして探そう」

長庚は太白に木箱を渡した、かと思うと瞬きの間に、前脚が片方ない巨大な銀の狐が出現する。太白は目をみはり、驚きの声を漏らす。

「あなたがそんな姿になれるとは知りませんでした」

「見せたことはないからな。〝鬼〟よりはよほどこちらがしっくりくる」

「僕には狐のわざは受け継がれなかった……つまりは、そういうことですね」

苦しげに太白がつぶやくが、狐の長庚は答えず周囲の空気を嗅ぐ。

「母は……僕の父があなたでないことを、わかっていたのですか」

「覚えてはいないようだった。だが、薄々違和感はあったはずだ」

ぎしり、と狐は牙を剝き出しにする。

「いろはは、あやつとふたりきりになるのを断固として拒んでいた。顔を見るだけでなぜかぞっとして、気がおかしくなりそうだといって。あのときは鬼であるあやつを恐れていたのだと思っていたが」

こんな緊迫した状況なのに、太白は自分に流れるおぞましい血に気分が悪くなる。突き上げるような憎しみと忌まわしさに嘔吐《おうと》しそうだった。

いろはが鬼の姿をした長庚を見て倒れたのは、自分が啓明から受けた恐ろしい仕打ちを無意識に覚えていたからだろう。

長庚と、母のいろはは愛情で深く結びついていた。病弱だが、いろはは精いっぱいの愛情を最期のときまで太白に向けてくれた。

そんな母を汚したあれが――名も呼びたくない――許せない。

「なぜ、あれは僕を産ませたのです」

猛烈にこみ上げる吐き気と嫌悪をこらえて、太白は問う。こんなおぞましいことを考えたくはない。考えたくはないが、追及せねば収まらない。

「自分以外、鬼として認めないというのに。あまりに不可解だ」

「……後継者としてのおれに不満を募らせていたからだろうな」

長庚は苦々しく答える。

「千年狐の血族を迎えて産ませたのに、狐の血が色濃く出すぎた。さらには妖かしと娶《めあわ》せて孫を産ませようとしたのを拒み、いろはと家を出ようとした」

つまりは、自分の思うままにならない息子への憤りだったのか。いや、と太白は胸のうちで否定する。啓明は冷酷な鬼だ。嫌がらせや憤りのような感情のままに動くだろうか。むろん感情はあっても、もっと非情な計算がありそうだ。

「とはいえ、あれの本質はおれにはわからん。長きにわたって鬼であったがために、妖かしでも人間でも理解が及ばぬ存在に成り果てたやもしれん……んむ」

ぴく、と狐の長庚の耳が立った、と見るやいなや舞台袖に走る。太白と桃生はあとを追った。狭い控室の隅で、狐が床を見つめている。

「もしや、これが儀式の痕跡か」

そこには供物を載せた簡易の祭壇が置かれていた。太白が厳しい顔になる。

「陰陽師がいないなら、すでに儀式は行われたとみていいでしょうね」

「ですがいつの間に。我らは真っ直ぐにここを目指してまいりましたが」

桃生の問いに太白は眉をひそめて答える。

「リハ前から、スタッフに扮《ふん》してひそんでいたのかもしれません。とはいえ、人目があるときに、こんな祭壇を設置してはおけないはずです」

「では儀式を始めたのは騒ぎが起こり、ここからみなが退去したあとですか」

「そうなります。いち早く始められたのは間違いないでしょう」

「ついでに痕跡も見つけたぞ。こちらだ」

狐の長庚が走り出し、太白と桃生もあとに続く。巨大な銀狐《ぎんぎつね》はエレベーターホールまで走っていくと、そこでしきりに匂いを嗅いだ。

「ここで唐突に匂いが途切れている。行き場がないぞ」

「待ってください、わかりました」

太白はエレベーターの扉の並ぶ壁に歩いていくと、ある部分を押した。すると、ぱかりと壁が開いてなかに隠された扉が現れた。

「これは高階の屋敷に向かう直通のエレベーターです。五の倍数の階に設置してあります。僕の執務室も十階にあるので」

「高階の屋敷？　ですが、白木路さまが狐の領域ごと閉ざされたのでは」

「……いや、待て。そうだ……」

長庚が首を振り、ゆらりと姿を変えてもとの人間形態に戻る。

「やっと、思い出した。おれが、どうやって啓明のもとへたどりつき、どこで啓明と対峙し、敗れて、我を失わされたのかを」

「どういう意味です。啓明はどこに……まさか」

「そうだ。高階の屋敷の奥、狐の領域にあやつは隠れている」

長庚は歯噛みし、苦しげに吐き出した。

「そして、おれをその領域まで導いたのは……白木路だった」

そのとき、ふいに太白のスーツの胸元から式神が白い鳥となって飛び立つ。

は、と三人が見上げると天井の隅に小鳥は飛んでいき、そこで影のようにひそんでいた黒い鳥と激しく羽ばたき合ってぶつかる。

たちまち両方ともばらばらに砕け、黒と白の形代の紙となって床に落ちた。

「黒い式神⁉　太白さま、長庚さま、これも陰陽師のものですか」

「いや、陰陽師のものではない。過去に見た覚えがある。これは」

桃生の問いに長庚が暗いまなざしと重い口調で答える。

「――啓明のものだ」

太白と桃生が驚きの目を向ける。そこへエレベーターのインジケーターが点滅し、下方からだれかが上がってくる。

とっさに三人は身構え、壁に隠れて待ち受けた。軽やかなベルの音とともに到着し、扉が開く。と同時に三毛猫と狸が飛び出してきた。太白は目をみはった。

「小泉さん、お大師さま⁉　無事でしたか！」

「い、いたですにゃ！」「太白、急ぐである、あやねが大変なのである！」

悲鳴のような声を上げて飛びつく二匹に、太白の顔色が変わる。

「あやねさんがどうしたというのですか」

「一階ロビーで陰陽師たちに襲われてですにゃ」「妖かしたちをつれて十七階にいったらおぬしらはおらず、イタチにも襲われたのである！」

支離滅裂な二匹の話を太白が聞いていると、ふいに横合いから木箱がひったくられた。はっと見れば長庚が木箱を抱え、隠しエレベーターに乗り込んでいく。

「待ってください、どこへ！」

駆け寄る太白に、閉まる扉の隙間から長庚は短い答えを返す。

「彼女のために生きろ。……おれのような後悔はするな」

それだけをいい残し、長庚を乗せたエレベーターの扉は閉ざされた。

このとき、お大師さまと小泉さんはまだ気づいていなかった。

ひびきと小玉、二匹のネズミの姿が見えないことに。

◆

見知らぬ男に口を押さえつけられ、あやねは息を詰める。

邪魔をしにきたって、いったい、なにを？　啓明の配下の妖かしともまた違う勢力？　もしや、ロビーで襲ってきた陰陽師たちとなにか関係があるの？

状況を知りたいがために、あやねは抵抗せずに言葉の先を待つ。しかし男は、いまにも破られそうな非常階段の扉に目をやった。

「面倒な相手をつれてきたな。だが、やりようはある」

爆音とともに扉がはじけとんだ。火をまとう、顔はイタチで体は人間というぞっとするような妖かしが数体、フロアに入ってくる。彼らの火で、薄暗いフロアがほんのわずか、明るく照らされた。

「待て。啓明の手のものだな。この女を追ってくるなら太白の敵か」

あやねを腕のなかに抱え、男は柱の陰から出る。イタチどもは足を止めた。

「こちらの狙いは太白ひとり。ゆえに共闘を提案しようではないか」

男の言葉にあやねは息を呑む。もしや晴永がほのめかしていたのは、このことだったのか。陰陽寮が太白を狙っている、という。

イタチらは答えない。無言で、まるで道を空けるようにふたつに分かれる。その合間から、ひとつの人影が歩み出る。赤と黒の衣装の、仮面をつけた人物だ。

「共闘……それは、よい提案をいただきました」

あやねは大きく、大きく目を見開く。逃れたはずの恐怖が間近にやってくる。

「ですが太白を狩るのは……わたくしの、役目です」

啓明の言葉に、あやねは総毛立って身を震わせる。

やっぱり。やっぱり、そうなのだ。彼の目的は最初から、太白。

方相氏は疫鬼を祓う過程で鬼とみなされるようになった。鬼と同等の力を持つものであるからと。しかし本当は、疫鬼の力を取り込んだからではないか。

啓明が若返ったのは、人間の血が混じる妖かしたちの妖力を祓い、奪ったから。さらには敵対する勢力を送り込んで太白を成長させ、あやねを弱らせて苛み、怒りをかき立てて恐ろしい災厄の鬼と化すように追い込む。その目的は――。

推測が脳内で事実となって結実し、あやねは血の気がつま先まで下がる。

「あなたは、陰陽寮の陰陽師ですね」

男は無言を返すが、否定をしないことが肯定となっている。

「わたくしを知っているでしょう。幾度となく、陰陽寮との交渉の席についたことがあります。ええ、あなたの顔も見たことがあります」

「……光栄だな、高階啓明」

陰陽師の男は苦いものをにじませて返す。

「しかし太白こそこちらの獲物。残念だが、今回の協議は決別だな」

「あなた方の狙いは、もう知っております」

男の言葉も聞かず、啓明は手のひらを差し出す。そこには、黒い形代。

「ひそませていた式神と配下の妖かしの報告によって」

「な……⁉」

男が驚愕するのと同時に、啓明の背後から何羽もの黒い鳥が舞い上がる。

「方相氏と陰陽師はかつて、力を合わせて疫鬼を祓っておりました。陰陽道のわざを、わたくしも極めております。そしてあなたはまだ、四角四境祭の儀式を完成させていない。残念ですが、あと一歩でした。さあ、その女を置いて、お下がりなさい」

「この女になんの価値がある」

「おわかりにならないのですか。太白のための餌ですよ」

男は唇を噛み、あやねを突き飛ばす。よろけて床に膝をつき、あやねは恐怖と絶望に目の前が暗くなる。逃れたと思った相手に再びつかまるなんて。逃げても逃げても、啓明の老獪《ろうかい》な巧妙さには敵わないのか。

しかしそのとき、床についた袂《たもと》から小さくやわらかななにかが顔を出し、肩まで這い上る。それを感じて、どくん、とあやねの心臓が大きく鳴った。

まさか。どうして。小泉さんやお大師さまと一緒に逃がしたはずなのに。

「……そうだな、まだ、四角四境祭は成っていない」

男の声が背後から聞こえる。

「だがあと一歩ではない。まもなく、成る——!」

突如、大量の羽音が聞こえた。かと思うと、あやねの頭上を恐ろしい数の羽虫が飛んでいく。すかさず啓明が黒い鳥を放ち、イタチが火を噴き上げる。何羽もの黒い鳥とイタチの火が、羽虫をついばみ、焼いて、たちどころに消していく。一方、赤い目をした鳥に取り囲まれ、陰陽師の男も悲鳴を上げて倒れる。

しかし羽虫もイタチを覆いつぶし、床に倒していく。

啓明だけが式神とイタチに守られ、最後まで残った。怪我ひとつ切り傷ひとつ、その身に負うこともなく綺麗な姿で。

「あやね、うずくまって、頭を抱えてしっかり耳をふさぐでちゅよ」

喧騒のさなか、耳元でささやきがした。あやねは身を固くする。

——そんな、ひびきさん⁉

だが、あやねの肩口を黒い鳥が急襲した。ひっ、という声とともにネズミがくちばしで突かれてはじき飛ばされる。

「ひびきさんっ⁉」

振り返って叫ぶあやねの袂からもう一匹、ネズミが走り出る。

「ち……チーフぅ、どうか、逃げて、くださ……っ！」

小さな、しかし必死な声が聞こえた。

はっとあやねが目を向けると、白いネズミは啓明の足元から素早く駆け上って耳元まで這い上る。それを見てとっさにあやねは自分の耳を両手でふさいだ。

次の瞬間、大音響が鳴り響いた。

あやねの体がびりびり震える。ひびきのわざほどではない、しかし固く耳をふさいでいたにもかかわらず、あやねは一瞬、気を失う。

「こ、小玉、さ……」

ふらつきながら我に返り、ぐわんぐわんする鼓膜と吐き気をこらえて起き上がって見回せば、フロアの床には何体ものイタチと陰陽師の男、方相氏の衣装の啓明が倒れ、その近くでは小さなネズミが横たわっている。

あやねが立ち上がる前に、白い毛を血に汚したネズミが、横たわるネズミに駆け寄る。そしてそのまま、うずくまってしまった。

あやねはふらつきながら這い寄り、二匹のネズミを拾い上げた。小玉は渾身《こんしん》の衝撃波を放って力尽きてしまったのか、息があるのかもわからない。

「……馬鹿なことを、半端ものめが」

怪我をしたひびきが震える声でつぶやくと、あやねの手のひらで気を失った。

「半端ものなんかじゃないですよ……。ありがとうございます、おふたりとも」

涙をこらえ、あやねは小玉とひびきをそっと袂に入れて身を起こす。

が、その目の前で倒れた啓明の体が崩れ、瞬きの間に黒い形代から塵《ちり》になる。思わず息を呑み、あやねは塵を見つめた。

（まさか、これも式神!?）

あやねは総毛立つ。藤田晴和は決して表に出ず、身代わりとして式神を使っていた。彼女が仕えていた啓明が、おなじわざを使うのも当然だ。

ここにいてはだめだ。逃げなければ。式神が身代わりとなったなら、襲撃は終わっていない。あやねは周囲を見回して、どこへ行こうかと逡巡《しゅんじゅん》する。

そのとき、陰陽師の男の近くに落ちている黒いショルダーバッグに気付いた。なにかの直感に突き動かされ、あやねはよろめく足で近寄る。膝をついてなかを見ると、組み立て式の祭壇と、供物らしい酒などが入っていた。

四角四境祭、と啓明はいっていた。それがなにかは正確にはわからないが、獲物だの狩るだのという言葉からすれば太白を祓うための儀式だろうか。

であれば、これはその儀式に必要な神具に違いない。

あやねはバッグを拾い上げ、必死に床を踏みしめ歩き出す。

どこへ逃げればいい？　どこへ隠れればいい？　ここは二十二階、降りるか上がるかの二択。あれが式神なら、啓明はいまだ狐の領域にいるかもしれない。といって下手に逃げ惑っても、啓明の式神や配下に見つかる可能性が大だ。

あやねの脳裏に、ある行先がひらめいた。

迷う間はない。ひとつの可能性に賭けてあやねはエレベーターの方角へ走る。

ホールは無人でだれの気配もなかった。ボタンを押し、永遠にも思える時間のあとにやってきたかごへ乗り込む。不安と孤独に震えつつ、到着を待った。

ベルの音とともにエレベーターが止まった。扉が開き、あやねは足を踏み出す。

そこは——二十四階、草鞋亭《そうかいてい》。

緑の木々を映す澄んだ水面の池にどこまでも澄み渡る青空、心洗われる美しい日本庭園。妖かしの上顧客をもてなすために作られた庭は、こんな状況下でも変わらずに美しい姿を見せていた。

この場所を、白木路はきっと大切に管理していたのだろう。自分が去ってもなお、美しくあるように残していたのがその証拠。

以前ここで、九戸家と南陽家のお見合いに立会人として出席した。

太白と一緒にこなした初仕事だった。ぎこちなくもお互いを思いやり、やり遂げた喜びを思い出す。

太白を懸命に想いながら、あやねはバッグを大事に抱え込んで庭を進む。

この中身をどうするべきか。太白を祓うためのものなら、壊したほうがいいだろうか。いや、素人の自分が下手に手を出さないほうがいいと、腕のなかからいまにも落ちそうなバッグを抱え直す。

庭園中央の屋敷に進み、土足を心苦しく想いながら草履のまま上がり込む。お見合いの立会人のときは綺麗に装っていたが、いまはスプリンクラーの水で濡れ、床に倒されて汚れて、掛下は泥まみれ、髪も乱れてひどい有様。むろん、外見を気にする余裕などまったくないのだけれど。

庭に面した廊下をあやねは息をひそめて歩く。

草鞋亭は白木路の結界内。狐の領域が外部からはアクセスできるなら、草鞋亭にも入ることなら可能だと思ったのだ。

外に出られるかは白木路の裁量次第でも、少なくとも陰陽師らはここを知らないはず。ならば、儀式を完成させることはできないはずだ。

長い廊下をたどっていると、つ、と目の前を白い影がよぎった。はっと目で追えば、それは晴永の式神の小鳥。

（藤田さん！　じゃあ、ここは安全……？）

あやねの瞳に、それが救いの光のように映った。

しかし安堵も束《つか》の間。行く手をさえぎるように黒い鳥が窓から飛び込み、白い小鳥に突撃する。二羽はバタバタともみ合い、錐《きり》もみして床に落ちて形代に戻った。

もう、居場所を突き止められた⁉

あやねは身を返し、庭から遠ざかるために屋敷の奥へと走ろうとする。

「あっ！」

肩口を、足元を、バッグを抱く腕を数羽の黒い鳥がいたぶるようにかすめる。あやねはよろけて廊下に倒れた。

みしり、と床板がきしむ音がした。はっと頭を上げると、黒と赤の衣装に、方相氏の金の仮面をかぶった人影が歩んでくる。まるで、あやねを追いつめるように。

あやねは立ち上がれず、それでもバッグを抱きしめて後ずさる。

(いや……太白さん……！)

声にならない声を上げ、あやねは太白を呼んだ。

——そのとき。

突如、激しい音とともにだれかが窓ごと人影を吹き飛ばし、壁に叩きつける。

あやねは大きく目を見開く。震える声が唇からこぼれ落ちる。

「た……太白さ……！」

あやねをかばい、啓明の前に立ちはだかるスーツの背中は――太白。

思わずあやねは泣き出しそうになった。いや、本当に涙がにじんだ。ここで気をゆるめてはいけないが、やっと会えたという喜びが抑えられない。

「あやねさん、ご無事ですか！」

振り返って呼びかける太白に、あやねは床を蹴って立ち上がって抱きつく。太白は息を吸い、一瞬、ぎゅっと抱きしめ返す。ほんの一秒にも満たない時間、ふたりはお互いを抱きしめ、もう離れないとばかりに深く、固く、抱き合った。

しかし、太白はあやねを抱き上げて即座に走り出す。

「え、た、太白さん、どこへ⁉」

「すみません、あなたを安全な場まで お連れします」

あやねを抱きかかえ、太白は割れた窓から庭へと飛び降りる。

「た、太白さん、もしかしたらあれも、啓明の式神かもしれません」

揺れる腕のなかであやねがいうと、なに、と太白は目を向ける。

「それと啓明の目的が、わかりました」

池の飛び石を驚異的な跳躍力で飛ぶ太白に、あやねは必死に説明をする。

「方相氏は疫鬼を祓う過程で〝鬼〟とみなされるようになりましたよね。だから啓明は、太白さんを恐ろしい災厄の鬼にまで成長させてから方相氏として祓って、鬼の力を吸収して往年の勢いを取り戻すつもりなんです。きっとずっと、そんな企みを抱えていたんです。おそらく……太白さんが生まれるころから」

いや、本当はそのために太白を産ませたのだ。確証はない、しかしおそらく、間違いようのないおぞましい事実のはず。あやねはとても口にしたくない。

だから代わりに自分の想いを伝える。掛け値なしの本心、半年ほどの短い日々でも、太白と過ごして育んできた想いを。

「太白さん、どうかお願いです。なにがあっても、自分を見失わないでください。わたしの身になにがあっても、どうか、どうか絶対に……！」

ぎゅ、と太白の背に腕を回し、あやねは振り絞るような声で懇願する。

〝たしかに、あやねさんらしくないですね……〟

最初の仕事のとき、綺麗に着飾って『高階の妻』としての体裁を整えた姿より、自分自身でいたいあやねの想いを、太白はちゃんと汲《く》んでくれた。

だからあやねは太白が好きだ。なによりも大事だ。パートナーとして対等に認め合い、お互いを大切にし合えるこの関係を、このひとを――愛している。

「わたしがあなたのおかげで、自分自身でいてもいいんだって思えたように、太白さんも、自分自身でいていいんだって……思って、ください」

「あやねさん……」

「それで、ぜんぶ、ぜんぶ無事に終わったら」

あやねは涙に濡れた顔で、太白を優しく見つめる。


「――今度こそ、〝結婚〟しましょうね」


太白の顔が、くしゃっと歪んだ。

いまにも泣きそうに。まるで、迷子の子どもがやっと家を見つけたかのように。

あやねを抱えたまま、太白はキスをする。あやねは涙をこらえて受け止める。ほんの瞬きの一瞬だったが、ふたりは愛情をこめて口付けをかわした。

「桃生、藤田さん、三峰さん。あやねさんを頼みます」

あやねの体が下ろされ、太白が身をひるがえす。はっとあやねが我に返って振り返ればそこは池のほとりで、晴永と桃生、三峰が困惑気味に見返していた。

「悠長だね、御曹司は」「こんなときも仲が良くて、桃生は嬉しく思います」

「え、いや、そのあの、これはっ!?」

うろたえるあやねを尻目に三峰がぶるりと体を震わせ、山犬に変化する。

「目の前でいちゃつかれてうざったいが、太白を助太刀にいってくる」

「了解。気を付けて」

「啓明に牙を立てられるかと思うと、うずうずするぞ」

山犬は牙を剝き出しにして笑い、跳躍してたちまち屋敷へと姿を消していった。やれやれと首を振る晴永に、あやねはバッグを差し出す。

「藤田さん、これ、途中で会った陰陽師の方のものなんです」

あやねは手短にいきさつを話す。

狐の領域で判明した啓明の目論見、陰陽師とイタチの襲撃、四角四境祭という言葉、ひびきと小玉の献身でからくも逃れたが、啓明は身代わりの式神だった……と。

「よくやってくれたよ、あやねさん」

バッグを受け取ってなかを確認し、晴永は真剣な顔でいった。

「もしも四角四境祭が成っていたら、このホテルにいる妖かしたちは全員祓われて、死滅していたところだった。結界が張られて閉じ込められているからね」

「だいじょうぶ、ひびきさんも小玉さんも生きております」

袂から出したひびきと小玉の体を桃生が受け取り、鼻先で匂いを嗅いでそういった。

あやねはもう、安堵でその場にへたりこみそうになる。

「とはいえ、あの屋敷にいるのが式神なら啓明の本体をどうにか――きたよ」

晴永の警告と同時に桃生があやねの肩を抱いて木立に隠す。見上げれば結界内のまやかしの空を、真っ黒な鳥の群れがいずこより飛来してきていた。


屋敷のなかは黒い鳥でいっぱいだった。

座敷に土足で踏み込んだ太白を目がけ、鳥たちが一斉に襲いかかる。とっさに両腕を上げて防ぐが、鳥たちは容赦なく太白を切り裂く。

そこへ、襖を倒すように巨大な山犬が飛び込んだ。

山犬は鳥たちを喰い破り、前脚で蹴散らすが、数が多すぎてきりがない。掲げた腕の陰で、太白が歯を食いしばる。唇のあいだから太く鋭い牙がのぞいた、かと思うと額に金色の目が開く。

いきなり太白は腕を振り払い、カッ、と叫ぶ。

とたん、黒いもやのごとき鳥たちが吹き飛ばされて霧散した。床にばらばらと黒い形代が落ちる。

いま太白を支配するのは、冷徹な怒りだった。己をたしかに保ち、怒りを怒りと認識し、制御する。あやねとの関係で、太白はやっとわかった。

自制とは、強い感情を無視して無理やり抑えつけることではない。なにに怒り、なにに哀しんでいるか、それを見つめ、いかに発露するかということなのだ。

暗い座敷の奥に、佇む人影が見えた。

「……啓明」

太白が静かに名を呼ぶ。山犬が牙を剥き、飛び掛かった。

啓明の右腕が巨大な鬼の腕へと変わり、三峰の牙をかわしてその首を難なくつかむ。片手で首を絞められ山犬は暴れるが啓明の腕はまったく動かない。

すかさず太白が啓明の腕を取り、足を払って投げ飛ばす。畳に落ちた啓明が起き上がる前に鋭い爪の生えた太白の手がその顔面をつかんだ。

「貴様が式神ならば、返すまで――〝鬼やらう〟」

とたん、太白の手の下で啓明の体が粉々に砕け、畳に黒い形代が落ちた。呆気ないと思う間もなく、背後の暗がりに新たな気配が生まれる。

黒い鳥を引き連れ、金の四つ目の仮面をかぶった啓明がゆらりと進み出る。周囲の襖が開き、いくつもいくつも、啓明の姿をしたものどもが現れる。

「くそ、どれだけ繰り出してくるつもりだ」

「ここはある意味、啓明の領域ですから」

獰猛にうなる三峰に太白は答えつつ、眉をひそめる。啓明本体に式神返しは効かないのか。精巧な上位式神は本人とほぼ同質、返されればダメージがあるのに。

と思ったとき、突如として足元が揺らぎ、天井が大きく揺れる。

はっと振り仰ぐと見る間に屋敷が、いや、ここを作る結界自体が、水晶のドームを割るように砕け散った。

◆

「……なぜ戻られました、長庚さま」

狐火の灯《とも》る薄暗い狐の領域で、青ざめた顔の白木路が出迎える。長庚は両腕のない姿で、木箱から取り出した鬼の腕を口に咥《くわ》えて、彼女の前に立っていた。

長庚が口を開く。ぼとりと音を立てて腕が足元に落ちた。

そこへ廊下を歩む音が近づき、暗がりから方相氏の姿の啓明が現れる。

「命じられたとおり、腕を取り返してきたぞ」

長庚の言葉に、啓明はどこか面白がるような顔を向ける。

「時間稼ぎくらいにはなりましたね。おかげで、配下のイタチや式神を放って待ち受ける余裕をいただきました」

「なぜ、この腕を歳星に送り付けた。いや……問うまでもないな」

長庚は足の裏で腕をそっと踏みつけて白木路を見やる。

「〝鬼〟の腕は呪物でもある。これを起点にホテルに結界を張るためか。そして歳星を呪い、その力を気づかぬように少しずつ奪い、弱らせた」

目を落とし、長庚は腕を見つめる。

「……あいつが、おれの腕を無下にはできんとわかったうえで」

「狐の血が混じるものは、情に足を取られるのですか。哀れなことです」

「哀れの意味を本当に知っているのか、貴様」

長庚は険しい目でにらみつけるが、啓明は優しい笑みで受け止める。

「どうぞ、その憎しみのままにかかっておいでなさい。今度は加減をしませんよ。もう、その腕だけでなく……あなた自身も用済みですので」

「啓明さま、おやめください！」

白木路の上げる声を、長庚は底なしに昏《くら》い目で受け止める。

「悪かった、白木路。……せめてもの抗いをさせてくれ」

次の刹那、長庚は啓明目がけて床の腕を蹴り上げた。

長庚が蹴り上げた鬼の腕を啓明はつかむ。その指が、鋭い爪の生える鬼の手に変わったかと思うと、啓明は陰にこもる声でつぶやいた。

「……〝鬼やらう〟」

とたん、鬼の腕が肉片となって崩れ落ちる。だが、はっと啓明は目を開いた。

「なんだと……これは」

鬼の腕かと見えたそれは小さな少女の腕となり、骨と肉に分かれて粉々になって床に落ちていく。目を上げれば、両腕がなかったはずの長庚には片腕があり、その一歩背後に佇む白木路には片腕がない。啓明はやれやれと嘆息した。

「……ああ、そういうことでしたか。狐どもめ、してやられました」

「やはり、おわかりになりませんでしたのね」

なぜか白木路は沈鬱な表情で答える。

「あなたの衰えを、痛ましく思いますわ」

白木路がいったとき、狐の領域が大きく揺れ動いた。啓明はぐるりと目を上げて周囲を見回す。戸惑う啓明へと長庚と白木路が静かに告げた。

「呪いをかけた白木路の腕が破壊されたのだ。ならば……」

「ええ、ホテルを囲む結界は壊れます。のみならず、この地にあるすべての結界と、狐の領域も間もなく崩れます。なぜなら」

青ざめた顔の白木路の、空っぽの片袖が揺れる。

「たとえこの身から離れようと、わたくしの一部。それを祓われたことでわたくしは間もなく潰《つい》える。あなたは、この崩れゆく領域からもう逃れられませんわ」

「……さすが、千年狐の欺きですね」

やわらかに啓明は笑んだ。

「ご自分の姿のみならず、切り落とした腕にも幻惑の術をかけ、みなの目だけでなくわたくしをも欺いた。さらに自分たちごと狐の領域を崩壊させ、わたくしを封じ込める。なかなかに素晴らしい企てでしたね。しかし」

啓明はおだやかな態度を変えずにいった。

「長きにわたって青葉の敷地に編み込んだ呪いにより、わたくしの式神はまだまだ湧いてくる。この領域だけ瓦解させても意味はありません。そして」

啓明の姿が揺らぎ、変容する。

はっと見ればそこには——巨大な、赤黒い肌の鬼が出現していた。

「ッ⁉」「はっ⁉」

長庚と白木路が身構える間もなく鬼の腕がふたりの首をつかむ。

ぎりぎりと首を締め上げられ、長庚も白木路も目を剝いて苦悶《くもん》する。いたぶるように啓明は、ふたりを揺れる天井近くまで高く持ち上げた。

「おまえも太白も、哀れなものです」

片腕で長庚の首を締め上げながら、〝鬼〟は優しくおぞましい声で告げる。

「たかが人間の女ひとりに惑わされるとは。まったく、哀れで愚かな存在だ」

「たかがと……しか、見ない貴様には……永遠に、わかるまい」

弱々しい声で返しつつ、苦しい息の下で長庚は思い返す。


〝……だからもう、長庚とも友だち〟

笑顔で差し出された手のひら。日に焼けてがさついた肌、節の目立つ指、それでいて、握るとしっくり馴染む温かさ……。どこにいても居場所のなかった長庚の孤独を、やはり居場所のない放浪者の彼女が慰め、寄り添ってくれた。

〝わたしが初めての友だちってことになる？〟

そうだ、いろは。おまえが初めての友だちで、おれが——永遠に愛するひとだ。

突如、長庚と白木路の姿が入れ替わった。

千年狐とその血を引くものの変化のわざだ。

長庚をつかんでいた手が空をかき、床に少女の体が落ちる、かと思うとそれは巨大な、前脚が片方ない銀狐に変容した。

「な……ッ!!」

ひと飛びに跳躍した銀狐の牙が、鬼の喉首に突き立てられる。鋭い爪もその身に食い込む。鬼は暴れるが、爪も牙もぎりぎりと深く食い込んでいくだけだ。

鬼は長庚を祓おうとするが、声が出せない。狐の体を太い腕でつかみ、渾身の力で引き剝がし、手足を引きちぎろうとする。

「……長庚さま。どうぞご安心を。命に代えてもこの領域は消し去ります」

銀狐の攻撃で啓明の手を逃れた白木路が、苦悶の顔でつぶやく。

「一族を守るために啓明のいうなりになり、いろはさまを害する行いに加担した罪を、どうかこの身で償わせてくださいませ」

その言葉の瞬間――音もなく、狐の領域は消滅した。

「結界が晴れた……!?」

だだっ広い空っぽのフロアに、あやねは立っていた。それまで目に見えていた、美しい池のある庭園の光景はどこにもない。先の二十二階とおなじく、鉄骨の柱と壁、剝き出しのコンクリートの床があるだけだ。

「な、なに、どうなってるんだ」

黒い鳥たちを自分の式神で追い払っていた晴永も、狐と化してそれを助けていた桃生も、ぼう然と周囲を見回す。

「あやねさん！」「突っ立ってる場合じゃないぞ、まだいる！」

太白と山犬の三峰が奥から走ってくる。

走りながら、太白があやねを抱き上げた。ひゃ、とあやねが声を上げる。切り裂かれた衣服の隙間から血をにじませつつも、太白はみなにいった。

「エレベーターでは逃げ場がない。天狗たちを呼ぶか非常階段で逃げるかだ。しかし、様子がおかしい。どれだけ式神返しをしても啓明本体に効いた様子はないのです」

あやねたちは顔を見合わせる。晴永が追走しながらいった。

「御曹司、結界が晴れたなら妖かしたちは外へ出られるよね。御曹司はみなを連れて外へ出て。最後の一角で、ぼくが儀式を行う」

太白に神具の入ったバッグを見せ、晴永は真剣なまなざしで告げる。

「いまなら啓明の式神を一掃できるはずだ……四角四境祭で」

「いいえ、藤田さんだけを行かせるわけにはいきません」

恐ろしいほどに冷静に、太白が指摘する。

「啓明の式神の妨害があるはずです。あなたを守るものが必要だ」

あやねの身が強張った。いまの言葉の意味を察したのだ。

太白は、晴永に同行するつもりだ。四角四境祭をやり遂げられるよう、啓明から守るために。だがそれは、最後まで晴永とともにいるということ。

この敷地内の妖かしを一掃する大掛かりな除災の儀式だ。無事でいられるはずがない。そもそも、太白と啓明を祓うための計画だったのに――。

「だ、駄目です！」

あやねは太白の首筋に精いっぱいの力を込めてすがりつく。

「駄目、駄目です、そんなのいやです、太白さん！　だってそんなことをすれば、ほかの妖かしたちは逃げられても太白さんは……！」

「……あやねさん」

太白は声とまなざしをやわらげ、優しく語りかける。

「ここで逃げてもしも儀式が失敗すれば、啓明の式神を抑えるのは困難だ。街へ式神があふれ出て、人間たちにも被害が及びます」

「わ、わかります。わかりますけど、だけどそんなのは……！」

道理はわかる。彼の意志もわかる。だが納得なんてできるわけがない。

この腕を離せば、太白とは本当の別れになってしまうのではないか。いやだ、そんなのはいやだ。たくさんの困難があって、離れそうになって、けれどその都度必死に乗り越えてきて、ようやく向き合ってこの先を歩んでいこうと思えたのに。

……人生の別れまで、お互いに手をたずさえて。

けれどその別れがこんな目の前だなんて聞いてない。いやです、としがみつくあやねを太白は優しく抱きしめる。

「あなたは、僕に〝自分自身でいていい〟といってくれた。僕は、自分がなりたいと思う自分であるために藤田さんを守ります。だから、すべてが終わったら」

あやねの耳元に唇を近づけ、太白は何事かをささやいた。

思わずあやねが目をみはると、いきなり体がだれかに渡される。

見ると人間形態になった三峰だ。彼女があやねを抱き、桃生が寄り添う。頼みます、と目顔でうなずく太白に三峰はふんと鼻先で返して走り出した。

「太白さん、太白さん……っ！」

太白と晴永を追い抜き、三峰は階段を飛ぶように駆け下りると、容赦なく速度を上げた。三峰の肩から後方へ身を乗り出すあやねの目の前から、手を伸ばす間も見送る間もなく太白たちの姿は遠ざかり、たちまち見えなくなる。

「泣いてる場合か、あやね。嘆く以外に、やるべきことはあるはずだぞ」

階段の手すりを飛び越え、ショートカットで降りながら、三峰が厳しくいう。気づけばあやねの頬はおびただしい涙で濡れていた。

「太白に、みっともない姿ばかり見せるつもりか」

はたと頬を張られた気がした。みっともない姿。寝起きの寝ぼけ顔もすっぴんも、寝顔だって見られた。泣いて怒るぐちゃぐちゃの顔だって見せてしまった。見てほしくない恥ずかしいところなんて、もういっぱい見られている。

だけど自分の意志を放棄して泣くばかりなんて、それこそいちばん見せたくないみっともない姿だ。彼はいつも、あやねの強い意志を尊重してくれたのだから。

「わ……わかり、ました」

あやねは顔をこすって涙をぬぐう。自分がやるべきことを懸命に考える。

「館内に残る妖かしたちの避難誘導を行います。手を貸していただけますか」

「もちろんだ」

桃生が笑みを浮かべ、三峰と目でうなずき合う。

「まずは、もっとも手近な階にいるものを逃がします。桃生さんは一足先に降りて歳星さんに事態を伝え、速やかにみんなを避難させてください」

涙を呑み込み、自分を取り戻して、あやねはてきぱきと指示をする。

「三峰さんは、啓明の式神から避難する妖かしたちを守っていただけますか」

「大役だな。いいぜ」「了解しました、それではお先に」

桃生が狐の姿になり、風に乗るような速さで駆け下りていく。

あやねは頭上を見上げる。太白と別れた階はもう、手の届かない場所にある。

信じる、なんて言葉にするのは容易い。容易いがために、本当に信じることができているのか、わからなくなる。

だから人間ができるのは祈ることで、いまの精いっぱいを戦って生きることで、愛するひとには素直に誠実に、愛していると伝えていくことだ。

胸がつぶれるほどの祈りを抱きながら、あやねは三峰の肩から降りると、自分のすべきことへ向けて一心に走っていく。走りながら胸のうちで太白に呼びかける。

待っています、太白さん。あなたにとって、生きて帰る理由になるように。

◆

青葉グランドホテル二十階――。

ここは、上顧客のみが宿泊できるクラブフロアだ。豪奢な絨毯が敷かれた廊下の先は、仙台の街を一望できる大窓が売りのインペリアルラウンジ。

ふだんなら、スタッフによって一般の客は入室を止められる。しかしもちろん、いまは無人。いつしか外は陽が落ちて、美しい金色の光が仙台の街を紅く染めている。

そんな場に、太白と晴永はやってきた。

「荒事には不向きなんじゃないの、こんな場所」

夕陽《ゆうひ》にきらめくシャンデリアにマホガニー製のバーカウンター、ゆったりしたソファ席などを眺めて晴永が皮肉な口調でいった。

「そうでもありません。それで、最後に残ったのはどの方角です」

「あやねさんのいった特徴によると、二十二階を担当していたのは陰陽寮の陰陽助だ。事前の配置だと彼は青龍、東を担当することになっていた」

ふたりの視線が広いラウンジの隅に向かう。そこは、バーカウンターの奥。

「祝詞の終わりが近付いたら合図するから」

バーカウンターを見つめながら晴永がいった。

「速やかに窓から脱出して。ここは二十階だけど御曹司なら死にはしないよね」

「それはさすがに命にかかわりそうですが」

太白が答えたとき、ラウンジの入口に人影が現れる。

「まさか、もう居場所を感知したの？」「走って！」

間髪容《い》れず走り出すふたりを、方相氏姿の啓明が宙を滑るように追ってくる。太白はすかさずカーペットに跡をつけるほど急停止して振り返り、一気に踏み込んだ。

突き出す右手が鋭い爪の生えた鬼の手になる。

その手が啓明の顔面をつかみ、すさまじい膂力《りょりょく》で一気にぐしゃりと握りつぶした。

これが本当に人間の頭部ならどれだけ無残なことになったか、しかし鬼の手のなかで啓明の頭は黒い塵となり、体は床に落ちてやはり崩れて散った。

即座に床からべつの啓明が現れる。一体、二体、三体。同時に何羽もの黒い鳥が彼らの背後に立ち昇る。

晴永がバーカウンターに手をついて乗り越えた、かと思うと真っ白な狩衣《かりぎぬ》姿の彼が現れて再びカウンターを飛び越え、太白の隣に並ぶ。

「藤田さん⁉　……そうか、式神ですね」

「分身だよ。御曹司の補佐くらいには使えるはずだ」

晴永の顔の式神が口を開く。使役者の分身なら、思業式神という上位の式神だ。晴永の姉、晴和がよく好んで使っていたわざ。だが術者と同等の力を持つがゆえに、式神返しをされると本体がかなりのダメージを負う。

「守ろうとか気にしないでくれ。死ぬわけじゃない」

太白の心情を見抜いたように式神はいった。わかっています、と太白はうなずき、ふたりは啓明と対峙した。

晴永の分身が白い鳥を放った。

いましも太白に襲いかかろうとした黒い鳥を追い散らす。その隙に太白は啓明の式神を捕らえて叩く。鳥と啓明の式神、数は多い。ふたりの力量的にはただの有象無象だが、それでもあとからあとから湧き出てくるのが面倒だ。

カウンターの裏では、晴永がバッグから組み立て式の簡易祭壇を取り出し、素早く組み立てる。酒などの供物を供え、素早く祓　詞《はらえのことば》を唱えてその場を浄める。

がしゃん、と派手な音で頭上に並ぶ酒瓶が薙《な》ぎ倒《たお》された。太白がはじき飛ばした黒い鳥のせいだ。鳥は塵になって消えたが、酒瓶は次々床に落ちた。

飛び散るガラスの欠片《かけら》が足元に当たり、晴永は身をすくめる。

「いや、もうちょっと静かにやってくれないかな。集中できないんだけど」

そうつぶやいたとき、カウンターにがしゃがしゃとテーブルやソファが組み上げられる。どうやらバリケードのつもりらしい。

「失礼。それで少しは静かになるかと」

太白の声が離れていった。晴永は小さく笑う。まあ、有能な相棒には間違いない。

晴永は息を整え「オウ」と警蹕《けいひつ》の声を上げて道の神を降ろし、祝詞を唱え始める。

「高天原《たかまがはら》に神留《かむづま》り坐《ま》す、神漏義《かむろぎ》・神漏美《かむろみ》の命持ちて……」

儀式は始まった。これで邪魔が入ればすべてが水の泡だ。


晴永の守りを固めると、太白は再び啓明へと対峙した。

夕陽がフロアを舐めるように沈んでいく。視界が悪くなり、闇が侵食して、そのなかから啓明の式神は染み出るように湧いてくる。黒い鳥も闇と同化して見えにくい。

だが太白は次々と着実につぶしていく。

しかし、どれだけ式神返しをしても、一向に啓明は弱る気配がない。いくら〝鬼〟とはいえ、老いて衰えが見える存在が無敵なはずはないというのに。

結界が消えたのも非常に気がかりだった。ホテルを包んでいた、妖かしのみを閉じ込める高度な結界だけでなく、白木路が大切にしていた草鞋亭も消滅したからだ。それも、狐の領域に長庚が向かって間もなくに。

あきらかに、白木路と長庚の身になにかあったに違いない。

「いつになったら本体が出てくるんだ、きりがない」

狩衣姿の晴永の分身が鳥を飛ばしながら背後からつぶやく。

太白がフロアにいる最後の啓明の一体を捕らえ、祓って返して塵にしたときだった。真っ黒な鳥が集まり、ひとつの形を成していく。晴永の分身が声を上げた。

「やっと本体？」「いや、わかりません」

晴永の白い鳥が集結を邪魔するように飛んだ。しかし分厚い群れの塊に阻まれ、表面をいくらか削ってすぐに退散する。

見る間に目の前に、金の四つ目の仮面をかぶった方相氏が出現する。黒と朱の裳はおなじながら、その手には盾と、大きな三叉《みつまた》の矛とを構えていた。

広い窓から入る街の灯りを受け、四つの目が不気味に輝く。

突如、方相氏は盾を振り上げ、恐ろしい勢いで太白に突進した。とっさに両腕をクロスし、太白はそれを受け止める。

「っ⁉」

しかし重い衝撃にあやうく吹き飛ばされそうになり、懸命に両足を踏みしめる。

『……そうまでして、抗う意味はあるのですか』

語りかける声に、はっと太白は目を上げた。啓明の声は、目の前から響くというよりまるで脳のなかへ直接語るように聞こえた。

『この先、もし生き延びたとしてもいずれあなたは独りです』

盾から伝わる力が強く、重くなる。太白は歯を食いしばり、足を踏みしめて懸命にこらえる。はじきとばそうにも方相氏の力は互角、いや、互角以上か。

『何百年にもわたる孤独を〝鬼〟でもなく〝人間〟でもないものとして生きるより、ここでわたしに祓われるがいい。あなたの……高階としての重荷は』

仮面の下から静かな声が、太白をいたぶるように響く。

『真の鬼であるわたくしが、変わらず担いましょう』

「あなたは……あくまで〝鬼〟として生きたいのですか」

太白は力を溜めて盾を跳ね返す。距離が開いた。しかし方相氏は矛をふりかざし、勢いよく突き立てようとする。

晴永の鳥が矛先をはじいた。揺らぐ方相氏の体へ太白が体当てを狙う。

方相氏の盾が太白を受け止めた。太白は押し込むが、相手はまるで巌のように動かない。晴永の鳥が襲いかかっても、三叉の矛が難なく追い払ってしまう。

盾を押さえつけながら、太白は鋭い声でいう。

「惑わそうとしても無駄です。もう、あなたの戯言は聞かない」

『いいえ、戯言でも惑わしでもありません。これは』

冷ややかな、しかしどこか甘い声が太白の耳にぞわりと触れた。

『父親としての、愛情、からですよ』

思わず、ぎりっ、と太白は激しく歯を食いしばる。おぞましさと憤りに、剝き出しの歯が鬼の牙となって尖った。

〝……おれのような後悔はするな〟

長庚がいい残した言葉を思い返す。自分は愛するいろはを害した啓明の子、憎まれても仕方がない。それなのに、最後まで彼は太白を労わってくれた。

結界が解かれたのも、きっと長庚が尽力したからだ。白木路と対峙したのか、啓明と対峙したのかはわからないが、弱った体で命を賭《と》したに違いない。

……いままで、ずっと孤独だと思っていた。

愛してくれた母は亡くなり、父は哀しみで自分を捨てて去っていった。

唯一の肉親の啓明は冷ややかで、常に力量を測るような目で太白を見ていた。教育係の歳星すらも、情を求められる相手ではなかった。

だが、あやねと出会えたからこそ気づく。

いまともに戦う晴永、小泉さん、お大師さま、桃生、歳星……そして長庚、さらにはあやねと仕事をともにする過程で出会ったものたち。

決して孤独ではない。自分ひとりではない。力を貸してくれ、手を差し伸べてくれるものたちがいる。こちらが誠意を差し出し、見返りを求めずに力を尽くしたからこそ、彼らはおなじく誠意を返してくれた。

あやねが教えてくれた。彼女が、気づかせてくれたのだ。

「僕は生まれてからずっと、人間でもなく鬼でもない、半妖として扱われてきました。どちらの世界にも属せない半端ものだと……。ですが」

力をこめ、太白は盾に圧をかける。じり、と方相氏の体が下がる。

「いま、やっと、自分の生を呪わずに生きられるようになりました。鬼でもなく人間でもないとしても、僕は僕なんだ。それを知った。だから」

ぎ、と歯を食いしばり、太白は方相氏の仮面をにらみつける。

「――僕は、僕自身として、生きる」

いい切るやいなや、太白はこぶしを握り、激しく盾を殴りつけた。

とたん、盾が粉々に砕ける。方相氏ははじき飛ばされ、フロアの壁まで飛んだ。崩れ落ちる姿に、太白は冷徹に告げる。

「僕を惑わそうなどと無駄です。あなたこそ、僕に疫鬼として祓われるがいい」

「……今年今月《こんねんこんげつ》、今日今時《こんにちこんじ》、時《じ》上直府《じょうじきふ》、事《じ》上直事《じょうじきじ》」

だが、陰々と響く声が、太白の言葉をさえぎった。

なに、と太白は目を剝く。それは追儺《ついな》の儀で唱える祭文、儺祭詞《なのまつりのことば》。祭壇もなく供物もない、ただ己の唱える言葉だけで太白を祓おうというのか。

方相氏は矛を杖にゆらりと立ち上がる。周囲に真っ黒な鳥が群がり、覆い隠す。体にまとう黒い衣と闇の鳥が同化し、動きがよく見えない。

突如、風を巻いて相手は肉薄してきた。しかし、

「ッ！」

くぐもるうめき声が同時に二ヶ所から上がる。方相氏が狙ったのは太白ではない、晴永の分身の式神だ。目を凝らせば分身の胸の中央に矛が突き刺さっている。

(しまった……！)

すかさず太白はその矛をつかみ、すさまじい膂力で引き抜いた。

方相氏は跳ね飛ばされ、よろけ、膝をつく。

「……山川禁気《さんせんきんき》、江河谿壑《こうかけいがく》、二十《にじゅう》四君《よんのきみ》、千二《せんに》百官《ひゃくかん》、兵馬《へいば》九千萬人《きゅうせんまんにん》……」

けれど、仮面の下からつぶやく祭文の声は止まらない。

「……大丈夫、儀式は中断されていない。でも、あと少しで終わる」

胸を貫かれた晴永の分身が、切れ切れの声でいった。

「御曹司、早く、逃げ……」

分身の式神が霧散した。後にわずか数羽の白い鳥たちを残して。太白は方相氏に向き直る。それは矛を杖にまた立ち上がり、構えた。

太白の瞳が金に輝く。その額にさらにふたつ、金色の目が開く。両手に生えていた鋭い爪がゆっくりと消えてひとの手に戻る。

逃げる間はない。ここで逃げれば残った晴永へ方相氏は向かうだろう。あと少しならその時間を稼がねば。

あやねの顔が浮かぶ。後悔があるならば、もっと彼女と一緒に生きたかったということだろうか。いや、そんな後悔などはしない。悔いるよりも最後まであがく。

愛《いと》しいものの面影を胸に太白は唇を開く。

「今年今月、今日今時、時上直府、事上直事……！」

方相氏が唱えるよりも早く、太白は儺祭詞を唱える。どちらの力量が上か、などは考えなかった。ただ無心に唇を動かし、相手の動きを見定める。

方相氏が動いた。太白も動く。振りかぶる矛のきらめきを目にして素早く体を返して矛先をかわす。しかし再度、横ざまに矛が襲いかかる。

晴永の分身が残した白い鳥があいだに入り、太白をかばって散った。

その邪魔のせいで方相氏の足元が揺らぐ。すかさず太白は突進し、矛の柄の半ばをつかむと祭文の最後までいい切って、方相氏の仮面を見据える。

「方相氏こと高階啓明。おまえを、疫鬼として認定する」

『高階太白……。おまえを、疫鬼として、認定する』

ふたつの声が重なる。太白の四つの金の眼が、爛《らん》、と光った。

太白はつかんだ矛を啓明ごと振り回し、窓ガラスを叩き割る。

二十階に冷たく強い風が吹き込む。即座に太白は手を伸ばし、方相氏の仮面ごと顔をつかむと、窓へと引きずり倒す。そして高らかに宣言した。

「高階ではない、太白の名において追い立てよう——鬼やらう！」

同時に、方相氏の体を抱いて太白は、夜の灯りきらめく仙台の街をめざすように高く、高く跳躍した。

エピローグ

マンションの拭き掃除を終えて、あやねはふう、と息をついて身を起こす。

不要な家具は売り払い、荷物はほとんど運び出し、次の新居は小ぢんまりした３ＬＤＫ。まあ、それくらいが根は庶民のあやねには身の丈に合っている。

一年も住んでいなかったのに、さらに仙台にきて二度目の引っ越し。母に知らせたら呆れるだろうと、少し申し訳なくなるけれど。

ルーフバルコニーに面した窓を開け、あやねは空気を入れ替える。

部屋に吹き込む夏風に、あやねは太白と訪れた海を思い返す。


四角四境祭の儀が成り、青葉グランドホテルの敷地が浄化されて、歳星や三峰が撃退していた啓明の分身が消える直前、太白が二十階から落下してきた。

かろうじてその体は敷地外の植え込みへ落ち、歳星たちが救出へ向かったが全身打撲で瀕死の重傷。歳星の手により天狗の里に運ばれ、そこで治療が行われることになり、それからもう半年が過ぎていまは八月になる。

太白が抱えていた啓明は、落下直前に消滅。太白に祓われたせいか、あるいはそれも式神だったのか、はっきりとはわからない。

晴永によると、式神返しが効かなかったこと、啓明が老いて衰えていたことから、すでに本体である啓明は老衰で死んでいたのではないか、との話だった。

あれほど分身が湧いて出たのは、青葉グランドホテルの敷地に染みこんだ啓明の鬼気のせいか、あるいは彼が衰えても鬼に固執した妄執のためか、それとも敷地に編み込んだ呪詛のせいではなかったか……とも。

むろん、あくまで仮説。どこかで啓明は生きている可能性も否定はできない。現時点では、彼の生死は確認できていないからだ。

そして狐の領域は、白木路と長庚とともに消滅した。

おそらく、啓明の本体もしくはもっとも強い妄執——を道連れに。

生き残った狐たちの話によると、領域の崩壊直前、白木路が彼らを秘密裏に逃がしてくれたという。きっと彼女は、啓明とともに潰える覚悟を決めていたのだ。

白木路は長年、自分の一族を守るために啓明に仕えてきた。歳星が啓明と協力関係にあったのとおなじく、自分だけならまだ対抗できても、敵対すれば一族に多大な被害が及ぶと考えたからだ。

回復してきた夏井の話によれば、いろはを訪ねてきたのはおそらく啓明で、その手引きをしたのは白木路だったのではないか……とのこと。

もしかしたら、白木路はいろはを害する企みに手を貸したのを、後悔していたのかもしれない。自分の一族の血を引く長庚の嘆きに、ずっと良心が苛まれていたのかもしれない。だから自分の命と引き換えに——とは、それも憶測ではあるけれど。

青葉グランドホテルは無期限休業中。近々売りに出されるとの話もある。

あやねは残務整理に追われていたが、忙しさがひと段落したところで引っ越しを終えられた。自分だけの給料でここの家賃を払っていくのは少々厳しかったので。

そうして、新たな出発をいま、目の前にしている。

「すっかり綺麗になったですにゃあ」

あやねの足元に小泉さんがとことことやってきて、ちょこんと並ぶ。いかにも暑そうな夏空を見上げ、あやねはつぶやいた。

「お大師さま、お元気ですかね」

「便りがないのはよい便り。もとの住処で呑気にやってるですにゃ」

「ふーん、ちょっと寂しいんじゃないですか?」

「なに、だらしない古狸がいなくなって清々したですにゃ」

とうそぶいて、ふっと声を落とす。

「……でも、桃生も甘柿もいなくなって、ちょっとだけ、寂しいですにゃ」

桃生は白木路がいなくなった一族をまとめるため、彼らのもとへ合流した。

隠遁を好む甘柿は、歳星とあやねの計らいで、妖かしの上顧客のみを招く会員制の隠れ宿のシェフとなって越していった。

三峰はやることはやったと蔵王の峰に戻った。しかし養い子のゆうかの話によると、彼女の呼びかけに応えて、たまに新居を訪れているらしい。

四角四境祭をやり遂げた晴永は怪我を負ったが、癒える間もなく陰陽寮の再編成にかかわり、『老人どもに手を焼く』とたまにぼやきのメッセージを送ってくる。

啓明に妖力を奪われた妖かしはもとに戻り、息を吹き返したひびきも自分の土地に帰った。小玉も、青葉グランドホテルグループ系列の別会社へ移っている。松島の別荘は取り壊され、夏井は天狗の里で新たな家政の仕事を見つけていた。

わずかな期間だったが、家族のようにともに過ごしたものたちと離れ、本当はあやねこそ寂しさでいっぱいだった。けれど、これはいわゆる発展的解消というもの。人間も、長きを生きる妖かしも、変わらぬものはなにひとつない。

家族という形態は、成長のための一時の巣なのだから……。

あやねの思考は、長庚のことに移る。

昔馴染《むかしなじ》みである歳星や甘柿の話によれば、長庚は人付き合いが苦手な質《たち》だったが情が深く、心から伴侶のいろはを愛していたという。

白木路とともに命を賭けて啓明を抑え、領域とともに潰えたのも、復讐《ふくしゅう》のためだけでなく、太白の尽力と彼のあやねへの想いのためだったからではないか……。

甘柿は長庚を悼み、生前にもっと味方をすればと深く嘆いた。歳星は、味方をしても無駄だった、いろはが亡くなった時点ですでにあいつは屍も同然だったと切り捨てつつも、結局はともに思い出話を語り合った。

不遇な身の上だった長庚を、あやねも深く悼む。わずかな邂逅《かいこう》だったが、彼はあやねを守ってくれた。その心優しさがあった。

哀しみを背負って生きてきた彼が、いまは少しでも安らいでいるように、魂があるのならいろはと再会していますようにと、あやねは願わずにはいられない。

「あやねが、もうすっかり元気で嬉しいですにゃ」

物想いにかぶせるように、小泉さんがいった。

「陰陽師の薬も浄めのわざもなく健康で、なによりですにゃ」

「わたしの不調は、啓明の企みのせいでしたから。それがなくなったならもう大丈夫だって、藤田さんや歳星さんがいってました」

〝……呪詛や言霊のわざで、少しずつあなたの生気を奪って弱らせました〟

狐の領域で聞いた声がつとよみがえる。

〝無意識に〝鬼〟の姿への恐れを、募らせるようにもいたしました……〟

悪辣な企みだった。太白を災厄の疫鬼へと追い込み、それを祓って、再び強大な鬼の力を取り戻そうとした啓明。

長き時を鬼として生きて、もうそれ以外の在り方がわからなくなっていたのか。

哀れだというのはたやすいが、あやねは決してそういいたくはなかった。彼に苦しめられてきた長庚、いろは、そして太白のために。

そのとき、物想いを破ってインターホンが鳴った。

「はい！」

慌ててあやねははずんだ声で答え、胸をどきどきさせて玄関に向かう。小泉さんも、浮き浮きした足取りでそれに続く。

重い玄関ドアのノブをつかみ、ゆっくりと開く。待ち焦がれた相手がそこに立っていて、あやねの胸はいっそう大きく高鳴った。

「お帰りなさい、太白さん！」

明るい声でいうと、相手はふ、と緊張を解くように肩をゆるめた。

「……本当に、待っていてくれたのですね、あやねさん」

半年ぶりに見る太白は杖をついていて、痩せて、精悍《せいかん》さが増していた。やっと回復したばかりに見えるその姿にあやねは胸を痛める。

「ほら、小泉。先にこいつらの新居に行くぞ」

太白の後ろから歳星の不機嫌な顔がのぞく。

「むう、仕方ないですにゃ。それじゃ、あやね、太白。あとで会うですにゃ！」

「車は待たせておく。長居はするなよ、太白」

不機嫌そうに歳星はいい残し、小泉さんとともにさっさとエレベーターへ歩いていく。つまりは、あまり長い時間あやねといちゃいちゃするな、ということだ。

そんなの、無理でしょ。

あやねはくすりと笑い、ドアが閉まったとたん、太白に飛びついた。太白は驚きつつ、受け止めて抱きしめ返す。

「……会いたかったです、太白さん」

抱きついてささやけば、優しい笑みで太白が答えた。

「僕もです。あなたに会いたい一心で、不味い薬も苦しい機能回復の訓練も、歳星の厳しい叱咤《しった》も乗り越えてきましたので」

「歳星さん、叱咤してたんですか？　怪我人に⁉　ゆるさない」

「ゆるしてやってください。僕を想ってのことなので」

はいはい、とあやねは太白の頰に口付ける。歳星がここにいたら「いちゃつきのネタにするな！」と怒りそうだ。

「引っ越しの準備をすべてお任せしてしまい、心苦しいです」

あやねとともに空っぽのリビングに入り、太白は見回す。杖をつく歩き方がぎこちないのを目にして、あやねは胸が苦しくなった。

「いいんですよ、困ったときはできるほうが補う。太白さんの言葉です」

「ええ、僕の言葉だ」

ふたりは笑ってキスをすると、ともに窓へ歩み寄る。

「あのときの打撲の後遺症は、まだ残っています」

ルーフバルコニーの向こうの仙台の街を見つめ、太白はつぶやく。

「鬼としての力も、人間としても、だいぶ衰えている。もしかしたら、ぎりぎりで逃れたように思えた四角四境祭の影響を受けた可能性があります」

太白は自分の手のひらを広げ、震える指先に目を落とす。

「上手く鬼の力が振るえないのも、回復が遅れたのも、除災の儀で妖力を奪われたせいかもしれません。死なずに済んだのは、半妖だったからでしょうか。つまり」

どこか気力の抜け落ちたような声で、太白はつぶやく。

「僕はいまや、〝鬼〟の名残りを残すただの人間なのかも、しれない」

「太白さん……」

「本当にあなたとおなじ人間になれたのならいいのですが。それに、ずっと鬼の力と付き合ってきて、人間にも妖かしにもなれずに生きてきた僕にとって、いまの状態が望んできた姿なのか……正直、不安です」

あやねは太白の手を握り、長い指に自分の指をからめる。

太白さんは、太白さんです……というのはたやすいけれど、上辺だけの言葉だ。

「その不安を、ちゃんと理解できない自分が歯がゆいです。だからせめて、わたしには太白さんのそういう気持ちを聞かせてください」

穏やかにうなずいて見下ろす太白のまなざしを、あやねは見返す。

「あのですね、太白さんがいないあいだ、ずっと考えてきたんですけど」

八月の陽に目を細めながら、あやねは静かに語り出す。

「わたしたちは〝契約結婚〟っていうビジネスで始まりましたけど、でも結婚って、本来はやっぱり契約なんじゃないかなって」

「契約……ですか」

「そう、当事者の意思の合致による法律行為、という意味でも」

窓の外で、夏の陽射しに照り付けられたバルコニーは白く灼《や》けて、いかにも暑そう。ここに引っ越してきたのは一月。離れ離れでこんなに季節が進んでしまった。

でも一年。太白と出会い、やっと一年が過ぎたのだ。

「同等の権利を有し、相互の協力によって維持する、ですよ」

「そうですね。家庭、あるいは家族という形態を夫婦は両輪として支える。どちらかに重みが加わり過ぎても苦しいだけだ」

「そんなときは、素直に助けを求めればいいんです。小泉さんやお大師さま、藤田さんや桃生さん、甘柿さんにひびきさんに小玉さん……みんなが助けてくれたように、自分の弱いところを見つめて求めれば、きっと助けてくれるひとがいますから」

手をつなぎ、肩を寄せて、乗り越えてきた日々をふたりは想い返す。

ふと太白は、ん？　眉をひそめた。

「いまの名前の列挙に歳星が入っていないのは、わざとですか？」

「わざとですよ。だって助けを求めたら、すっごいふんぞり返って恩着せがましく『やっぱり俺が必要だっただろう！』っていいそうですから」

あはは、とふたりで笑い合うと、あやねは神妙な面持ちになる。

「でも感謝してます。偉そうでも間違いなく太白さんを助けてくれましたから。青葉グランドホテルグループを維持できているのも、歳星さんのおかげです」

「たぶん、このまま歳星に総支配人職を続けてもらうことになりますね」

「太白さんは……それでいいんですか」

もちろん、と太白は答える。この怪我だ、表舞台に立ってどうこうとは、もう彼は考えないのだろう。あやねはしっかりと太白の手を握り締める。

「収入も著しく下がるでしょう。啓明に追われて住処を失った妖かしたちを支援するため、私財も底をついています。それでも……」

太白はあやねの手を握り締め、おそるおそる、という口調でいった。

「僕と、一緒にいてくれますか」

どこか怯えるようなまなざしに、あやねはふ、と口元をやわらげる。

「あのですね、稼ぎとかどうでもいいです。太白さんと出会う前にわたしが住んでたマンション、１ＤＫですよ。はっきりいってここのバスルームより狭いです」

あやねが偉そうにいい返すと、太白は苦笑した。

「お金があってこそ文化的な生活ができますから、大事ですけど。だから、わたしは逆に太白さんにお願いしたいです。……どうか」

あやねは太白に向き合い、彼の両手を両手で握り直すと、真っ直ぐに見上げる。

「どうか、わたしと一緒に、生きてください」

貫くような強い声に、太白は大きく目を開いた。そんな彼に向かって、あやねは祈るように切なる想いをこめて言葉を重ねる。

どうかこの言葉が、ちゃんとあなたに届きますように。あなたの怖さや不安を消せなくてもせめて、ふたりでいたいという想いが伝わりますように。

「いつか行きつく先の別れがどちらかの死でも、それまでのあいだ、わたしと一緒に、どうか幸せを積み上げてください。わたしは、ほかのだれでもない太白さんと、別れまでの一度きりの人生を生きていきたいんです」

「あやねさん……」

「太白さんだって、藤田さんのもとへ向かう前にいってくれたじゃないですか」

四角四境祭に向かう前の別れのとき、太白はあやねにこうささやいたのだ。

〝帰ってきたら……どうか、僕と結婚してください〟

ずっとあやねは、その言葉を大事にして待っていた。

本当に待っていたのだ。二度と一緒になれないかもしれないとの不安を懸命に押し殺し、長い夜と長い昼を必死に越えてきたのだ。

こうしてまた会えたなら、なにがあっても決して彼の手を離すつもりはない。

「太白さんは、その約束を果たしてくれました。待っていてよかった……。あのですね、人間の人生は短いんです。幸せになるのをためらっていたら、もったいないんです。ですから、太白さんもその気なら、ぜひ」

にじむ涙を隠さずに、あやねはにっこりと、花が開くようにほほ笑んだ。

「わたしと、最後まで幸せになりましょう――！」

太白はほんの一瞬、泣きそうな顔を見せた。何度か瞬き、目を閉じてから開くと、ふとまなざしをやわらげ、あやねの手を握り返して額をつける。

「ありがとう。あなたに出会えてやっと僕は、自分の人生に誇りを持てました。生きている喜び、生まれてきたことへの喜びを、ようやく……知りました」

間近で見つめる彼のまなざしは限りなく優しく、これ以上ないほど甘く、幸福に満ちていた。その想いにあやねも泣きそうに嬉しく、幸せになる。

恋人であり、夫婦であるふたりは、固く手を握って見つめ合う。

「改めて、僕からもあなたにプロポーズします」

愛しいひとへのあふれんばかりの想いをこめて、太白が告げる。

「ここから、また一緒に始めましょう。僕らの──〝結婚〟を」

謝辞

二〇一九年より始まった『百鬼夜行とご縁組』シリーズも六巻となり、最大の宿敵の啓明との戦いがひと段落、あやねと太白の関係もひとつのゴール、かつ、新たなスタートを迎えました。

実は、あとがきというものが苦手で、メディアワークス文庫さままで書かせていただくようになってからはずっと書いておりませんでしたが、シリーズひと区切りになった今回、お世話になった方々に一言お礼をお伝えしたく、あとがきに代えてここに謝辞を記させていただきます。

シリーズ全巻を通し、目を惹《ひ》く華やかな繊細美と、魅力あふれる表紙を手掛けてくださった宵《よい》マチ先生。

美麗作画で見事なドラマを見せてくださる、コミカライズ担当の深田《ふかだ》華央《はなおう》先生。

シリーズ途中までお付き合いくださり、細やかなご指摘をくださった担当の土屋《つちや》さま。プロットからずっと担当していただき、様々なアドバイスや励ましやご配慮をしてくださった坂本《さかもと》さま。

ＫＡＤＯＫＡＷＡの関係者のみなさま。支えてくれた家族や身内のみなさま。本当に、本当に、ありがとうございます。

そして、このシリーズを手に取ってくださった読者のみなさま、丁寧なお手紙や感想をくださった方々に、心からの感謝を！

書かれたものは、だれかに届けられてそこで完成するのだと考えています。自分の手を離れた先で、この物語を手に取り、楽しんでくださった方々がいるのなら、それがなによりの喜びです。

久々の新作も準備中ですので、そちらでもまたお目にかかれたら嬉《うれ》しいです。

二〇二二年九月　マサト真希《まき》

<初出>

本書は書き下ろしです。

メディアワークス文庫

百鬼夜行《ひゃっきやこう》とご縁組《えんぐみ》
～契約夫婦《けいやくふうふ》と永遠《とわ》の契《ちぎ》り～

マサト真希《まき》

2022年９月25日　初版発行

発行者　青柳昌行
発行　株式会社KADOKAWA
〒102－8177　東京都千代田区富士見2－13－3
0570-002-301（ナビダイヤル）
装丁者　渡辺宏一（有限会社ニイナナニイゴオ）
印刷　株式会社暁印刷
製本　株式会社暁印刷

●お問い合わせ
https://www.kadokawa.co.jp/（「お問い合わせ」へお進みください）
※内容によっては、お答えできない場合があります。
※サポートは日本国内のみとさせていただきます。
※Japanese text only

※定価はカバーに表示してあります。

Printed in Japan
ISBN978-4-04-914366-9 C0193

メディアワークス文庫　https://mwbunko.com/

本書に対するご意見、ご感想をお寄せください。

あて先
〒102-8177　東京都千代田区富士見2-13-3
メディアワークス文庫編集部
「マサト真希先生」係

コミックス第一巻
大好評発売中！
《仕事一筋女子×妖怪御曹司》の
契約夫婦が贈る、あやかしお宿奮闘記が
ついにコミックスとなって登場！
表情豊かに描かれるあやねと太白の恋模様を
ぜひお楽しみください！
COMIC BRIDGE
https://comic-walker.com/comicbridge/

百鬼夜行とご縁組
あやかしホテルの契約夫婦
漫画
深田華央
原作
マサト真希
キャラクター原案：宵マチ
BRIDGE COMICS
『百鬼夜行とご縁組
あやかしホテルの契約夫婦 一』
[漫画] 深田華央
[原作] マサト真希
[キャラクター原案] 宵マチ

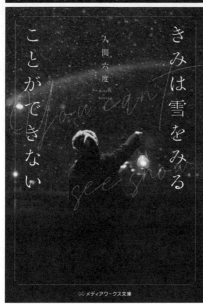